月津

YUEJIN

巴代 著

目錄

鹽水港

「總算！」他朝海面吐了口痰說。

硬是將船頭一個大彎弧轉向正東方後，他注意到有兩段不連結的彩虹彎弧，低掛在遠處山巒前。

下雨了？他心想。才脫離外海水域進入近岸，浪頭明顯變小了，令他感覺稍微舒服了些。

「應該可以在日頭落海前進港！」他屈起手肘擦拭額頭的汗水又說。半敞著的上衣已經濕了一大片，從頸子到衣襟，衣背。他可不希望山邊那些因夕陽照射水氣而形成的彩虹範圍，也包括鹽水港，那會讓搬運貨物變得很麻煩。

這是一艘十六公尺長，六公尺寬的老舊木船，由鹽水港出發，橫越被稱為「黑水溝」的台灣海峽前往福建泉州、福州兩處，準備在今天黃昏落日前返回鹽水港。乘員包括船老大，五個船員，還有一個被稱為總管的，負責商行貨物點收與買賣的商人。十天前，農曆八月初一，這船載著滿船的糖與米糧，經過泉州卸下部分貨物，又採購了布匹、瓷器、紙張，希望在中秋前，回到鹽水港鎮賣些好價錢。其餘的貨物在福州卸貨，並採購粗厚的石板、石柱、石塊當壓艙，這是木船自鹽水港出發前預定購買的貨物，另外甲板上還縱向擺著十六根約三十四尺長粗大筆直的福杉木，杉木都上了層薄油又妥善包裹著，這使得甲板空間變得非常窄仄。這已經是這艘老舊木船今年第三次載運這些石材。也幸好這些建材的重量，使得這艘近乎平底的木船，在波濤海湧中不致過於顛盪。但即便如此，他還是暈船吐了幾回，遭其他人訕笑。剛剛由外海進入近岸，他忍不住呼了口氣輕叫一聲，慶幸總算到岸了。

「注意了，收帆！收速！」船老大的聲音從船頭吼著傳來。

三個操帆的船員，立即拉起了帆繩，風帆頓時斜張使船頭做了調整，筆直朝著陸地前航，然後回正，收起了半帆，航行一段後，船速明顯的緩慢了下來。

船甲板上，前後兩面帆，在穿越海峽的航程中，操帆手看風向聽船老大指示調整帆面角度，以控制速度與方向，所以操帆手多是資深與有經驗的船員，或者與船長有一起工作的經歷。另外兩人則是備用支援或指派注意船兩舷的狀況。除了一位負責買賣的總管，六個人之中只有他還穿著被汗水浸濕的上衣，其他人都光著膀子工作。

「阿明，你要專注點啊！抓緊舵柄，聽我的聲音調整。向左一點！」船老大又吼著。

被稱為阿明的漢子沒有回話，自己調整了姿勢，抓著安置在船尾中央的船舵，將舵柄向右推，讓船頭向左偏移，操作時目光還不時四處張望。他實在不清楚船長說的向左一點是多少幅度，也感覺不出船頭究竟偏移了多少，只是聽到船老大在船頭喊著，本能的推拉舵柄，聽到船老大喊著「很好」，感覺受到嘉許，還會覺得不好意思。

甚少人知道阿明的本名叫柳紀明，一個時辰前，在木船遠遠見到海岸線時，船老大點名他移到船後頭接手方向舵聽指揮操舵，船老大則走到船頭，盯著航道，並高聲指揮。

「準備進潟湖！」船老又大聲喊著。

八掌溪由東朝向西流動，在「布袋嘴（港）」出海。由於河道寬敞，溪水飽足，其夾帶的泥沙也很可觀，在布袋嘴外隨著溪水強度與海潮暗流的不斷推擠、改道而淤積成為暗沙，或堆積成為沙洲。使得這個潟湖將近四公里長寬的水域，布滿暗沙與沙洲，令每一艘進出的船隻謹慎不敢大意。為了確保航道安全，布袋港與出海口之間的潟湖區航道兩側都插上了長竿與浮標，只見那浮標與長竿所形成的彎曲航道時寬時窄，船行速度自然快不得。

一般以風帆為動力的船隻，都會選擇海風由西吹向東面陸地的下午時分進港。因為順風，只要保留四分之一的帆面，就容易獲得垂直背向的順風力，一方面保持前進的動力，一方面將速度放至最慢。此時，船頭左右偏向主要靠著船尾的舵，操舵手需細心的偏移船舵角度取得適當的轉角。

這使得柳紀明忽然緊張起來了。他不清楚這些航道的基本常識，更不懂目前這艘船吃水的深度以及需要多少動力，他甚至不清楚船老大為什麼會指定他去操作船舵。但直覺告訴他，溪流泥沙所造成的淤積每天都會改變，即使航道所插上的標示，也未必完全符合現在的狀況，只能作為一個概略的指引，未必見得就絕對安全，只有仔細聽從船老大在前方的導引，然後謹慎細心的操作船舵。此時，船上其他人都就定位了，除了操帆手，其他兩人已經在船兩側，緊盯著兩側的水文狀況。

柳紀明汗水濕透了上衣，握緊舵柄的手因為過度用力，指節泛了白。他抬頭，望見前方有一艘大小相同的船已經航進河道，他們是不同「郊行」（註：商行，商業組織，同業公會）所屬的船隻。柳紀明並不清楚他們的身分，也沒興趣知道那些，他只想儘快通過潟湖進入河道。

「右！」

「右！」

「幹！」

「左！」

「你娘咧，出來了！」

「張帆！」

「喂！張帆！一半！」

船老大喊著指揮著。除了海風、濤聲以及船身組件「嘎吱」聲，只有船老大的聲音，而布袋嘴岸邊站著幾個人拿著紅布旗，不時左右揮舞。柳紀明清楚聽到自己心跳與喘息聲，卻一瞬也不瞬的盯著船頭前方。約半個時辰過後，船終於通過布袋嘴，進入河道，船身稍稍下沉了一點。操帆手張起了一半的帆，船速度變得輕快了些。

「呼！」柳紀明呼出聲音，不自覺捲起袖子拭汗，看見舵柄被自己握出了一截濕，他忍不住咧著嘴笑了。

他忽然注意到灑在兩張船帆上的夕陽出現了淡淡的紅色光斑，他本能回頭朝著船尾的方向望去，倏地驚訝地張口呆望，不自覺地，整個轉過身背對船頭面向海邊。

那是一顆巨大火紅的夕陽，其上方一小彎弧被一塊雲遮蔽。那雲塊不是單獨存在，在那周邊，板豆腐似的以那塊雲拉出了一條底線，各自間隔又塊狀向上向外散布西半天。一塊塊的雲，燒紅鐵塊似的染著赤紅、橘黃，越遠離夕陽火球的邊際越鬆散，而終成接近片狀的橘色雲絲，散射向天際，照映整個海岸與河口成一片紅暈與金黃。他注意到那水面金色鱗片似的粼粼波光，宛若他在泉州廟會常見的藝閣衣衫上的金彩，忽然碎裂而撒上水面；那浮動的、柔軟的暗影，猶如那些被裝扮的小女孩，吃驚不知所措的眨著眼，在一片金海中閃動黑色睫毛，輕顫、波動又閃閃光亮，他稍稍分神又覺得開心。

柳紀明目不轉睛又貪婪的四下張望，復又注視那紅豔夕陽的下緣，正輾過一層上紅下黑的雲層帶，幾束陽光無力穿透而下，燃彩了已然灰黑又不願失去色彩的海平面。視線水平處，幾個更黑的點點影子，緩緩的優雅的橫飛而過。那是一群灰鷺在夕陽光暈裡，黑炭筆似的劃過海平面那一道猶自帶著紅暈的灰黑雲層。而幾群的白鷺鷥雁行朝著陸地群飛，為這霞光滿天，畫上了三兩道白色線條。

「呼！」柳紀明又忍不住的輕喊一聲。

先前，他在台南府城北郊工作時，也是經常遠望西海岸的黃昏夕陽，那有著相似的色澤。

但此刻從河道出海口，親身罩暈在這樣的光影下，他有說不出的激動與震撼。

柳紀明結實勻稱的身形一動也不動的站立遠眺，而清秀俊美的臉部輪廓，沉浸在夕陽紅暈中，格外的清晰立體，有幾分安定與憂鬱。這一幕，落在前頭的船老大眼裡，也忍不住安靜的注視了一會兒，臉部表情柔和了許多。

「喂，阿明啊，你屁股朝著船頭幹什麼？還想回到海上啊？」船老大聲音也不那麼刺耳了。

柳紀明回過神地扳過身，握著船舵柄，也不敢多看其他人一眼，專注著朝船頭行進的方向望去，並留心船老大的指令，但不久，他忽然又有了新發現，不自覺又開心的笑了，張著口望向船外。

河道出海口兩側全是紅樹林，兩公尺左右的高度。密實的紅樹林樹冠層以下，幾乎覆蓋著白色的鳥糞便，而樹冠那些較高的樹枝杈椏上已經站上了一隻隻的白鷺鷥，有些才剛剛回來，踩在枝葉上，翅膀還忙著張合拍撲保持平衡。海上那顆火紅，以接近水平線的小角度射來夕陽光照，紅黃的貼上紅樹林上層。

柳紀明想起剛看到的，低矮紅灰雲層的背景中，白鷺鷥群雁行所形成的，彷若一條由中心點掐著朝前飛行的白棉線，飄掠前行的白色線影。他左右張望，果然又有一群群覓食而回準備歇息的白鷺鷥群，從遠前方的溪床飛來了兩三批，在不同的區域、方向，正聒噪的拍翅著陸。

「郊行也是這樣嗎？」柳紀明喃喃的說。想起了台南府城以及鹽水港鎮那些繁多又不同名號的商郊，也是一團團一圈圈的各自形成勢力，各自占有地盤，而手下總是群聚一群為他們工作的人。

那我也是其中一隻白鷺鷥？想到這兒，他忽然覺得沒趣。轉而注意到那一群群已然散亂各自找尋枝椏安歇的白鷺鷥之中，還有幾隻灰青色、尖嘴喙，看似孤單又驕傲的夜鷺。

就算是隻鳥，我應該是隻夜鷺吧？柳紀明心裡想著夜鷺總是獨自呱鳴、飛行、覓食、不群聚也孤單夜宿，卻沒說出口。

木船看似優雅緩慢的繼續航行著，而八掌溪兩側的景色已經換成高低參差排列的蘆葦叢，而稍遠方五節芒疏密錯落的叢長在溪水泛流過的溪床，部分花穗已經成白華，秋意頓時點妝了溪床的曠野。

再過幾天是中秋節了，然後菅芒花要一整片的花白，風吹飄漫。柳紀明想著，稍稍有了愁緒。

「喂，少年耶，你叫阿明？你是哪裡人？」

被稱為總管的商人，忽然出現在柳紀明眼前問話，打斷了他胡思亂想，令柳紀明不自在又好奇。

我叫柳紀明，他心裡說著，嘴巴卻只回答：「泉州！」

「泉州府城？」

「嗯？你……」柳紀明楞了一下，「你猜的？」他覺得有趣。沒有人這麼問過他話，即使在台南府城，他隨口說說自己是廈門人，也不會有人多事的問下去，甚至當初他混進一批單身漢搭船到府城，也只被當成口音有差別的同鄉人。眼前的總管直接點出泉州府城，一定是他看出了什麼，或者泉州府城口音對這商人有特別的意涵，或者是商人的直覺？柳紀明心裡忍不住的反問，臉上很自然掛起了笑臉。

「我是同安蓮溪人。」那商人說，「我聽你自言自語覺得有趣，你的口音確實是泉州人，但腔調又不同於我們那些泉州來的羅漢腳。如果你不是府城的人，也應該是城鎮的人，或者你讀過書，識得了字！」那商人平聲不急緩的說。

柳紀明忽然有種被刺探的被冒犯感覺，他感到厭惡。

「喔！我說話聲音很大嗎？」柳紀明不經意聳了左肩的說。眼神飄向船右舷，又伸向遠方那些乾溪床的菅芒草花穗。

這裡的秋天一定很美。他心想著，隨即又將眼神飄回甲板上那幾根包紮緊實的柳杉木。

「這是你的？」柳紀明不等總管回話，自顧自的說。

「你的聲音不大，像個讀書人吟詠誦詩。我不是聽得很清楚，但我總算也是讀了些書，猜想你應該不是那種下了工，等吃飽了就慌著找樂子打發時間的羅漢腳，你跟他們那些人，很不一樣。你上過私塾？識過字？」那商人似乎也不想直接回答他的問題，這令柳紀明更感到好奇與不舒服。

「喔，我是葉開鴻，三年前從新化（註：今台南市新市區，清朝時期之新化非現之新化區）搬到鹽水港，幫幾個糖商買賣採購。我想等過了幾年，我要自己經營買賣，成立自己的商號。」那自稱是葉開鴻的商人見柳紀明表情錯愕沒有回話，拍拍柳杉木說。

他不用告訴我這些吧！柳紀明心裡陡升起這個念頭。

「我的妻子正懷著第三個小孩，再過幾年，等這些建材準備得差不多了，我便要起一間大厝，也或許明後年就開始慢慢蓋。這是去年訂的木材，這一趟來，我特別留心點收這些木材，還要確認下一批建材。」葉開鴻說。

「那一定是個很宏偉的大房子！」柳紀明不知道怎麼接話，這商人遇見熟人似的說話語氣，讓柳紀明不習慣，直想逃避。

「宏偉？呵呵……你的心思細，操舵的動作也精準不粗暴。我聽船老大說你是第一次操舵。我想，也許哪天我有了自己的糖行，可以到我的商號來幫我工作。羅漢腳那些粗活不適合你，糟蹋！」

「我？」柳紀明不了解自己心思細與商人蓋房子有啥關係。正想多問，葉開鴻已經回過身朝船頭走去，還不時檢查杉木似的偶爾低頭，偶爾踮腳看上方的繩結，慢慢離去。

一隊白鷺鷥沿著河道，飛掠木船上方，朝紅樹林的方向飛去，空氣的鼓動聲夾雜著鷺鷥喘息或交談聲，一閃而過，幾絲毛毳紛落。

柳紀明不解的笑了，他覺得自己糊塗了。

前一段時間他跟著台南府城「北郊」的貨船到鹽水港，看到鹽水港繁榮卻單純，忽然起了個念頭，決定找機會離開北郊到這裡討生活。跟多數倚靠碼頭討生活的羅漢腳一樣，應徵船員、或臨時當搬運工賺點工錢，平時守候在碼頭等待貨船進出，在裝貨卸貨時任碼頭工頭召喚搬運。十天前這艘木船在卸貨時，船老大走到他身旁，邀請他幫忙跟著船出海。起初他是猶豫的，畢竟橫渡台灣海峽的經驗，是所有羅漢腳來到台灣前的最大夢魘，但看在高於搬運工三倍的工錢，又可以順道回泉州看看，他答應了。現在，這船的商人總管居然邀他到他的糖行工作，也沒說明白究竟是怎麼回事。令柳紀明心裡直犯嘀咕，這又是怎麼回事呢？

「操帆！準備右轉！」

前頭再響起了船老大的聲音，揪起了柳紀明的心思。他趕緊站穩抓著舵柄，緊張的望著前方。前方即將進入「急水溪」河道，操帆手豎直了船帆，使帆面與風平行減速，船速果然變慢。

「左！」船老大吼著。

操帆手將帆面向右調了約三十度角，船身明顯有了向左緩緩移動的推力。柳紀明算計著船身與急水溪河口的距離，很本能的跟著推舵柄向右，使船頭順利向左偏移向八掌溪左岸，逐漸取得船身足夠右轉進入急水溪河道的空間。

「右轉！」

船帆向左打了七十度，船身取得向右的推力而稍稍右傾，柳紀明立刻將船柄向左推到底，船頭明顯的移動轉向，慢慢進入了急水溪口。

鬆了船舵，柳紀明大呼了一口氣，露出了笑容。

那些搬運工一定還在港口，等船一到，一定一擁而上的。柳紀明想著。

鹽水港鎮上空升起了好幾道炊煙，天色還亮著，但夕陽特有的紅暈已經完全褪去，東邊的山區已經黑了一整片，似乎已經下起雨來，而船行經過的急水溪沿岸鳥雀還在呱鳴，蘆葦叢鑽出了幾隻野兔相互追逐著。

「搬運工最適合我了！」柳紀明想起商人的工作邀約，他輕聲的堅定的說。

鹽水港的搬運工多半不屬於特定商郊，因此也沒有固定的休憩處，白天時間在港區等待船隻進港卸貨，或者裝貨出海，這段時間，可隨處遊蕩不需固定位置等待，甚至不想工作整日閒晃也不會有人嗒呼。這不同於台南府城安平港的狀況，那裡港口大，船運量多，討工作幹活的工人更多，為了有效得到更多工作機會，不同的群體往往組成類似幫派的兄弟會組織，由其中領頭人協調商郊排班領工再調配人手，因此閒散或者沒有加入群體的工人，只能看運氣找些零星的工作。工資則依照搬運量計算，數量做多做少，時間做長做久全憑個人狀況，不必時時聽令商家或工頭吆喝，運氣好的話，船家會在接近用餐時間，準備一些餐食。柳紀明便是這一類的散工。

二十七歲的柳紀明身子結實，搬運不成問題，他喜歡跟著一群被謔稱為「羅漢腳」的單身漢子，一起流著汗水安靜的搬運，或偶爾嬉笑吆喝的搬運完一艘船的貨物，領完工錢休息或轉進小攤子喝點酒聊天。柳紀明的少語、冷靜，總是一眼就能判斷出那些貨物該優先上船，卸貨時從哪些貨品開始，路線怎麼走，而他總是率先去搬運，走他預想的路線，誘導其他人跟著一起走。這是什麼時候開始的？沒有人注意到，就只是很自然的跟著搬運，那些有經驗的搬運工，也是跟著搬上一趟就覺得合理且快速，甚至以為柳紀明是一個更資深的搬運工或工頭。所以有他在的時候，工頭不需要太費心指揮吆喝。

「那個安靜的聰明人」，「那個喜歡當搬運工的工頭」，大家總是這樣說他。想起這個，柳紀明忍不住又笑了。他是個愛笑的人，微笑，或輕微露齒的無聲的笑。

「我今晚不需要跟著搬運吧。」柳紀明自言自語。這一回他屬船長的員工船員，應該把搬運的工作讓給等在碼頭的工人搬運，否則他算「搶工」，會引起糾紛的。

「別鬆懈啊，就要進港了！」船老大說著，聲量已不若在八掌溪河道那樣的亮刺。

鹽水港的南北岸停靠區果然已經等候著一群人，或坐或站，有人抽著菸，也有人嚼著檳榔，柳紀明認出其中幾個是他熟悉的人。

鹽水港僅只是急水溪沖刷形成的一個狀似胃囊的弧形寬大河道，上游入港的溪水至多可通行竹筏或小型的淺底船，夏季水量大，狀況好些，但不穩定，前些年，並無法通行遠程越洋載貨的大木船。去年夏季後，幾場大風雨，意外地將港區沖刷得又寬又深，以至於港口區的河道兩岸忽然又可以停靠大型船隻，中間還能通行相同大小的大船。但因為水道經常溢流氾濫不穩定性，南岸屬沖刷區，所以港區幾個卸貨的靠岸碼頭，除了少部分在南岸，多半的卸貨碼頭設置在北岸，夜間作業期間會點燃火炬照明，以維護安全。因此，入夜後，港區溪水照映火光與月色，平添許多情調。全年除了冬天較冷的天氣，鹽水港人，特別是文人最喜歡在傍晚或入夜後，到港區岸邊作詩、朗誦、飲酒、茗茶或吸大煙。

船上自稱是葉開鴻的總管與船長王仔首先上了岸，在卸貨碼頭交談，沒有急著離去。一個盤著髮辮，捲著袖子，著七分長褲子的漢子，似乎早已等待著，見著葉開鴻與船長交談，他上前請示，隨後自己先上船準備並招呼其他等著的搬運工開始搬運。船員們讓出了空間，都站上了卸貨的岸堤。

柳紀明注意到搬運工裡三個身材異常壯碩高大，打赤膊的漢子，正朝著他笑。

「喂，阿明喔，原來你跟著跑船了，怪不得一直找不到你，以為你去別的地方了。」

「是啊，我們還生氣你不說一聲自己偷偷回去府城那裡了。」

「喂，古阿萊，西蒙，拔初，你們都來了啊。我怎麼會去府城？我從那裡過來的，不會回去啦。那天船老大臨時要我跟著上船，我沒多想就跟去了，沒想到一去就十幾天。沒跟你們說一聲，失禮啊。」

「沒事，我們要工作，不多說了。等一下我們搬完，請你喝酒。」古阿萊的聲音清亮又中氣十足說。

「好啊，我還有一點事，現在也不方便跟你們多說話。等一下，我去找你們。對了，你們不回去啊？」

「應該不回去，你們的船回來得晚，我看要搬的東西很大件，總管家裡的人有先派人跟我們說了，今天留下來，如果不回去，晚上可以睡他們的庫房。」

「工頭還有說，有幫我們準備一點酒菜，所以，你忙完到庫房那裡找我們哈。」西蒙說。

「你們跟那個總管怎麼那麼熟啊？」

「你來的時間不長，當然不認識他啊。他對我們特別好，不像其他的商郊頭家。」

「我算是來很久了吧。」

「哈哈，你的眼睛只看想看的東西，耳朵只聽想聽的事，連想事情也跟人家想的不一樣吧。」古阿萊說，「好了，要工作了，記得找我們哈。」

「好！」柳紀明爽朗的回答，語調上學著古阿萊，輕輕的揚起了尾聲與拉長音調。剛剛，他始終微笑著交談著。

他們從鹽水港西邊五公里，八掌溪南岸的一個幾十戶人家的西拉雅族的小部落來的。鹽水港人都稱那個地方為「番仔寮」。他們經常到港口找工作，因為體魄強健，又不太會算計工資與工作量，所以很受搬運工頭的喜愛。由於葉開鴻到福建的船隻回程時都帶著大量的建材，一些雕了紋路花紋、圖飾的石材、石柱，特別需要力氣大的人小心翼翼搬抬、放置，所以特別喜歡僱請古阿萊一幫人。十幾天前出門時，有預先囑咐工頭，可能回來的這幾天一定把他們留下來，並預先安排住宿。還特別交代，不論他們這幾天等待的時間，是不是去做了其他人的工作，都允許他們留宿。

柳紀明特別喜歡他們的直爽、強健，喜歡說笑、不與人爭吵。也理解商家對他們的好心，只是，工頭常常剋扣一些工錢的事，讓他很不舒服，古阿萊等人看來不在意的態度也讓他疼惜與啼笑皆非。

古阿萊等人動作乾淨俐落的，把甲板上粗長筆直的福州杉木鬆解，維持原來的油布包裹，與其他搬運工兩人一根的扛上岸直接送往葉家倉庫。這情形讓交談中的葉開鴻與船長都暫停了說話，專注的看著他們輕鬆的踏上棧板上岸。

「他們真是古意、憨直又強壯的一群人。」葉開鴻忍不住讚嘆。

「是啊，可惜他們不願上船出航，要不然應該都是很好的船員啊。」

「不過，你找到了好幫手，不是嗎？」葉開鴻看著古阿萊，又不自覺的將眼神飄向柳紀明，只見柳紀明與其他的船員，已經坐著專注的看著船上搬運的工人。

「對了，你說他叫什麼名字？」葉開鴻問。

「阿明？好像姓陳，但不確定，大家都叫他阿明。我注意他很久了，是一個很聰明、很好的幫手，不像一般的羅漢腳。所以這一次我特別邀他一起上船。不過，下一次還不知道會不會跟著上船，他會遵守規則，聽指揮，可是看得出來，他更喜歡自在不受束縛。」船老大說。

「陳？」葉開鴻心思飄向泉州，努力找尋關於陳姓府第的印象。他認為柳紀明讀過書，家世應該也不錯，不解為何要跟著羅漢腳跑到台灣找生計。

「每個人個性不同，能分得清楚場合，不耽誤事情也沒什麼不好啊。姓陳？應該找時間問一問。」葉開鴻又說。

「總管也注意到他？要不要現在叫他來問問。」

「不用不用，這樣很失禮啊。」葉開鴻又瞥向柳紀明說著。「對了，王仔，等一會兒這裡卸完了，帶著船員以及古阿萊一夥人到庫房一起吃點東西吧。」葉開鴻習慣稱王姓的船頭為「王仔」。

「好好，真是謝謝。我看葉總管先休息吧，這裡我看著就好了。」

「沒關係，你比較辛苦，這一趟下來也多虧了你，我們都安全回家了。」葉開鴻笑著回答。

葉開鴻倒不是客氣，他這一次帶回來的東西種類數量不算多，只是體積重量大。除了幾件已經雕鏤好了的石板成品，還有一些未加工雕飾過的石材素胚，以及作為壓艙的石板、石塊，費不了多少時間搬運。但葉開鴻還是習慣性的等所有貨物都送進倉庫為止。他轉過身離去，又不自覺的看了柳紀明一眼，只見柳紀明專注的望著正搬運著最後一塊壓艙石條離去的古阿萊。

「這個人，有故事。」葉開鴻不自覺的輕聲說。

中秋節

才天亮，太陽還沒升起，鹽水鎮已經甦醒了，連最喜歡黏在床上，怎麼也趕不下床的五歲小男孩也早睜開了眼，望向窗櫺的白亮，蠕動著要下床。

「你要幹什麼，再睡一會兒吧？」

「不好，我要落床，去看藝閣的仙姑。」

「看仙姑？這個時候要去哪裡看仙姑啊？再睡一會兒，吃過飯，我們全家一起去看仙姑。」葉開鴻的妻子翁蜜挺著肚子正坐在床沿準備下床，見到大兒子醒來吵著下床，她趕緊調過姿勢，伸過手輕撫著他的額頭，深怕他真的起身爬下床，把其另一個小孩都吵醒，她可不想奶完孩子之後，還要處理其他小毛頭起床的雜事。她得下床煮飯弄吃的，今天得忙上一整天呢。

葉開鴻天剛亮就已經出門，查看倉庫以及準備今天的其他工作，這是他多年的習慣，翁蜜一直慶幸葉開鴻是個勤奮有想法的人，只是心疼他日夜的勞動。她拾起柴薪起了火，飯鍋上灶後，回到屋子，兩個兒子安靜的躺在床上，她感到自豪。畢竟，連生兩個男孩，也不是一般人能有的福運啊。

「咦？阿西啊，你怎麼沒睡呢？」翁蜜看見床上的大兒子葉瑞西睜著眼望著窗外，她感到訝異。

「阿母，外面有很多人在走路了。」

呸，亂說！翁蜜心裡本能的輕聲罵道，渾身瞬間起了雞皮疙瘩。都說小孩子天眼未合，能看見大人看不見的東西。眼前，葉瑞西從醒來便一直呆望著以四片木條框起的木窗，心想，莫非真如他說的那樣，外面有「人」走動？思及此，翁蜜打了冷顫，頸背僵硬，她不自覺的撇過頭向窗外望去，幾段紛雜的交談聲，卻適時地傳進她的耳裡。

屋外那些流動的交談聲，老早就交響了很久，天不亮早起的鄰居與上市場的人彼此問候與交談，時高時低，窸窸窣窣的說著響著。有時從南邊來，有時又從街頭遠處慢慢接近，有的就停在房間的院子外一會兒，有時又從港口的方向傳來吆喝，一聲、兩聲。這是平常就存在的現象，只不過今天比其他的日子更密集、躁動、繁忙與興奮。翁蜜想起自己的大兒子，安靜無語睜著眼睛專注想事情的模樣，心想他應該有所期待。

呸，我想到哪裡了？他說的是那些吧？翁蜜心裡忍不住地輕聲嘲笑自己。

可是……五歲的小孩，能記憶去年以前的經驗嗎？翁蜜心裡嘀咕著，感到有趣與疑惑。

「阿母，昨天厝邊的阿娥有說她今天要去當藝閣的仙姑，我想要去看看。」

「阿西啊，原來你一直想這個？好，等你阿爸回來，今天就讓他帶你去廟裡看看。你記不記得上一次也是你阿爸帶你去的呀。」

「嗯，不記得。上一次阿爸有帶我去看嗎？阿娥有去嗎？仙姑很多嗎？」說著說著，葉瑞西便興奮著要起床。

「等等，你先別起來，今天要熱鬧一整天，你不睡好，會一直打瞌睡，什麼都看不到的。你再睡一睡，我煮完飯，等你阿爸回來，我再把你們一起叫起床吃飯。你要幫我照顧你的弟弟們喔，先別下床哈。」翁蜜深怕兒子就這樣下了床，她還有一堆事沒有忙完呢。

「喔，我再睡一下。」小男孩倒也可愛，說著立刻閉起眼睛，一動也不動，那可愛模樣，惹得翁蜜既心疼又直想笑。

中秋節辦理類似廟會遶境的活動，並不是鹽水港鎮的傳統，過去也沒有這樣辦理的紀錄。三年前，武廟關帝聖君生日遶境活動後，幾個行郊、商鋪頭家突發奇想，提議在正式的廟會節慶外多辦理幾回相關的活動，一方面讓鎮上居民休憩同樂，一方面吸引鹽水周邊的村里到鎮上消費一起熱鬧，形塑鹽水港鎮作為一個大城鎮的繁榮氣象。這個提議遭護庇宮、武廟管理階層的集體反對，認為會稀釋了鎮民對寺廟活動的期待與象徵性。但囿於這些行商頭家，幾乎就是寺廟的支持者，寺廟平時修繕營建，甚至祭典作醮也少不了他們的捐輸，再加上地方官衙也極力贊成，所以，寺廟很難堅持反對意見。

幾番研商折衷的結果，最終決定選擇在中秋節白天的時間辦理踩街遊行活動，除了神明轎不遶境，其餘鼓樂與藝閣作為重點活動保留。另外特別鼓勵鎮民或其他外村村民在遊街道路上設攤，做點小生意，也增加年節採購的熱鬧氣氛，形成一個沒有以神明為中心的嘉年華活動。這讓初到鹽水港的葉開鴻大開眼界，感到難以想像。心想，鹽水港果然是個大港，這些商人一個個機伶過人，總能想出辦法製造熱鬧刺激買賣。想到先前在新化製糖、收購、轉賣的同行們，總是單打獨鬥，形成不了大氣候，他對鹽水港的郊商們生起了推崇敬意。以至於來此最初的兩三年他格外謙虛與認真的學習，卻也因此讓糖商們對他刮目相看與器重。

今早，天才亮，他下了床直往港口邊的倉庫，檢查哪裡沒有收好、鎖好，特別是那些鏤刻完成品的石板數量以及存放位置。這些可都是直接可變賣的好貨，踩街熱鬧是好事，但是遊民、暫時沒工作或休假不上工的羅漢腳一下子湧進鎮裡，閒雜人等多了，偷盜總是個顧慮。說不定還有土匪混進來察探！葉開鴻根據自己在新化廟會的經驗，他忍不住往這方面想。還好當初搬進庫房時，已經預先將那些未加工的石塊、石板以及木柱都放進靠近門的位置，以麻袋包裝的糖、鹽則接著往裡擺放，大型的雕鏤成品都鋪上了麻布，以及以稻草稈編成的隔離層往內收藏。這讓他省事了不少，沒費多大勁再整理。檢查完門栓、門軸之後，他重新鎖上大鎖，滿意的離開。才撇過頭，望見港口幾艘船都繫泊著，而與他合作多時的船長王仔，正背著他，坐在船舷望著港區抽菸。

「我應該擁有自己的船吧？」葉開鴻忽然升起這麼個念頭。

「葉兄！」一個聲音喚住了葉開鴻。

「啊，是陳頭家，這麼早來倉庫區，一定有大好事。」葉開鴻循著聲音看去，原來是他協助經手糖業其中之一的陳頭家。

「哎呀，葉兄，見笑了。老早醒來了也沒什麼事，忽然想到你應該在這裡，所以我就過來了。」陳頭家笑著，魚尾紋葉片似的貼在兩邊眼角。

「你果然好心情啊，今天過中秋，船都不開了，想起我來應該不是生意的事吧？」

「也算是生意的事吧。我是說，最近有沒有去新化或者大內走走的打算？」

「怎麼了？」葉開鴻表情不自覺的嚴肅起來了。

「唉唷，嚇人啊，你的表情。沒什麼大事的，我只是想請你幫我問問看，誰那裡，還有沒有紅糖存貨。」

「陳頭家，不是才送完貨？」葉開鴻感到疑惑的問。

陳頭家不是糖郊的傳統大戶，其所能蒐購轉賣的糖貨買賣量不是很大，一年頂多一百至一百五十包之間。在府城至鹽水港之間的範圍，這樣規模的商號不少。過往，他們多半將貨物賣給糖郊大戶方便省事，但也有的希望獲得較多的利潤，寧願自己雇船與其他港口商埠直接交易。在競爭激烈的鹽水港，這類的商號的通常都加入商郊形成同業組織，增加在地方的影響力。有些商號通常自己採辦，再與個別商號或個人立合同委託運輸與銷售，但也有的頭家就委託專人處理採購、運輸、銷售的瑣事，自己坐享當頭家的名號、地位，僅提供資金與適度的收益。這也是葉開鴻被找來鹽水港的原因。

三年前，葉開鴻應一位糖商劉姓頭家的請託，搬遷至鹽水港協助處理糖的銷售。才兩年多，已經吸引四家商號委請葉開鴻處理銷售輸送事宜，陳頭家便是其中之一。目前葉開鴻蒐購的範圍已經擴及曾文溪以南的幾個主要聚落，甚至已經超出鹽水港糖郊傳統的蒐購範圍。但因為葉開鴻蒐購的是零星新墾戶與規模不大的糖廍（註：熬煮製糖的工場）貨物，所以並未引起鹽水港糖郊的敵意。

「是這樣的，你是自己人我就不隱瞞了。昨天傍晚台南府的糖郊某個商號，嗯……是誰就容我保留些了，派了人問我有沒有紅糖存貨，他們急需送往福建，價錢沒說多少，但是可以蒐購價的一成五作為利潤，這算是多給了，他說信得過我開的價錢。所以我答應去找找看。」

「你是說，你要自己去蒐購然後自己運送？」葉開鴻覺得哪裡不對勁。

「當然不是啊，運送談價的事當然還要拜託你呢。哎呀，你看我多糊塗，真是失禮，我居然不告訴你是哪個商號。真是對不住啊，我不是提防你，他是蔡頭家，他要守住祕密不讓糖郊裡的其他商號知道他另外蒐購紅糖的事，我沒多想就順口這麼跟你說了，你看我真是失禮，請多原諒啊。我怎麼能不告訴你他是誰呢。」陳頭家急著道歉，語氣也急了。

「哈哈，這有意思了，蔡頭家我是知道的，他應該有其他的買主，然後不想給商郊剝一層。沒關係的，這是小事啊。都八月（陰曆）了，大批量的存貨應該沒有了，不過小商鋪或者幾個小的糖廍，一般應該還有半年的存量，假如我們提高點價錢，應該會有收穫的，不過，這也說不定啊。我想，如果真找到糖貨，你跟我一道下府城也可以啊。」

「不不不，到時，還是拜託你了，因為情況特別，他們希望把貨物送到他們指定的地方，我會把他們回覆的聯絡方式告訴你的，拜託了。」

「別這麼說啊，還要多謝陳頭家你的照顧呢。這樣吧，過完節，我找個時間去走走找找，我也該回去看看老朋友呢，說不定有人願意墾地加入種植啊。」

「那就拜託了。」陳頭家咧著牙笑著連連點頭稱謝，晨曦下，門牙左邊缺齒的小黑洞，因接連點頭，上下聯成了一條小黑線，令葉開鴻回禮中也忍不住咧著嘴笑著。

「不客氣啊，陳頭家，也請繼續照顧。」葉開鴻滿心感激，這兩年要不是這些頭家們額外的接頭做生意，他也不至於這麼快的在鹽水港的商業圈站穩腳步。「今天大家遊街歡樂，陳頭家應該也很熱鬧啊。」

「喔，正好提醒我了。你逛了逛，中午就到我那裡一起吃飯吧，我讓家人準備了兩桌飯菜，我們好好聊一聊，也讓我多多沾點你這麼旺的氣勢，看看下半年能不能更順利。」

「好的，好的，我一定叨擾。謝謝邀約啊。」葉開鴻連忙點頭稱謝。

回家用過早餐，葉開鴻便帶著大兒子葉瑞西前往護庇宮上香準備加入遊街的行列。他希望小孩能經常出入人群，習慣見人，能帶孩子出門的場合，他一定不會錯過。其他兩個小孩年紀太小，遊街不方便，由其妻翁蜜在家守候著遊街隊伍經過，讓孩子一起感受熱鬧。

護庇宮前已經擠滿了人，踩街的隊伍大致已經按出發順序等待，各團體聚集一起，廣場邊也豎起一根竹竿掛著一長串炮。葉開鴻繞過幾個鑼鼓師父的位置，轉向宮內，看見三個大頭家坐在廟廊，旁邊還站著幾個商號頭家，抽著長菸斗各自交談著。

「是李頭家。」葉開鴻抱起了他兒子上台階說。他認出那三個頭家中間坐的是糖郊大戶李勝興，也是鹽水港鎮活躍於全台各港口貿易的大戶。

「阿爸，人好多啊。」

「是啊，阿西，你要抓著我的手，別自己亂跑。」

「嗯，我知道的。」葉瑞西回答著，眼睛卻直往李勝興等人的位置望去，「阿爸，他們是什麼人？」

「什麼？」順著兒子的目光望去，葉開鴻嚇了一跳，心想，難道這孩子也能分辨一般人與大頭家的不同？他回答：「他們是我們鹽水地方的大頭家啊。」

「比阿爸更大的頭家嗎？」

「是生意比阿爸做得更大的頭家。」

「他們有船嗎？」

「哈哈，有的頭家擁有好幾艘船，可以開著船到處做生意呢。」

「比阿爸的船還要大嗎？」

「喔，阿爸還沒有自己的船呢，等以後我們賺很多錢以後，我們可以買自己的船，自己做商號當頭家。」

「嗯，我以後要當頭家，有自己的船，到很多地方做生意。」

「但是，你要先讀書識字啊。」葉開鴻忍不住多看了兒子一眼。「而且你要好好幫你阿母照顧弟弟們，將來我們一起做生意。」

「好，我會幫阿母的，我是大哥呢。」葉瑞西挺著胸說，滿臉稚氣的認真模樣讓葉開鴻忍不住笑了。

上過香跨出廟門檻，幾個站著的頭家有人認出他來了，揮手打招呼，沒引起三個大頭家的注意。鹽水有五個郊商，其中糖郊的李勝興的大商人地位，令葉開鴻有仰望而不可及的距離感，他沒有往李勝興的位置多看兩眼，牽著兒子專注找著廟前台階下。

一定有那麼一天……葉開鴻想著，又不敢順著往下想。他目光往前延伸，從港口來的方向，發現古阿萊、柳紀明等人正向護庇宮走來，葉開鴻想起陳頭家說的事。才下了階梯，鞭炮忽然爆響，而人群開始湧動。

與去年一樣，遊街路線與廟會節慶遶境不同。整個鹽水港鎮分成兩部分，由武廟與護庇宮各為起點，正巳時（約上午九點）燃放鞭炮便出發。敬祀關帝君的武廟隊伍直出廟前的大路向西，抵達布莊林立的街道路口向左轉向南，朝港口的方向移動；以媽祖為主神的護庇宮出發隊伍，則先向南而後沿鹽水港北岸向東移動，再沿著倉庫前的道路，抵達葉家前的路口之後向北移動。兩路的隊伍，剛好沿著鹽水港鎮最主要的商號與市集，而後在布莊前的道路與向東主要道路的交叉口交會，再一起移向幾個郊商所在的街道。這樣的安排有為商郊、商號討吉利的意味兒，特別是當兩支隊伍在交會處暫時停止移動彼此較勁時，各大頭家總會往前站在圍觀人群的前面，像是集體站列接受鼓樂禮敬的畫面，這個當下，大頭家似乎取代了神明。

這種鼓樂與藝閣妝彩彼此競豔，鑼鼓喧天，歡笑高語，加上攤販與遊客湧集，確也形成一種與廟會遶境相似熱鬧又大不同的集會形式。令外村的人感到新奇，也令各商號感到繁榮懷抱希望。只不過，沒有神明壓陣的遊行，頗讓廟的管理者們與地方耆老覺得唐突與不適應，私底下頗有微辭。

遊行隊伍最前面的鑼鼓隊在街口相遇，都暫時停止前進，先由武廟方向的鑼鼓隊展演後，護庇宮的鼓樂會稍後加入，兩組人馬一起敲鑼擊鐃打鼓吹嗩吶，這讓各自後方的隊伍持續興奮著，彼此高聲交談又與街道旁圍觀的民眾打招呼或鬥嘴。連拖拉載運藝閣的牛隻，也忍不住，搖頭甩尾或拉一地牛屎，忙得牛主人趕緊清理，引起旁觀人大笑。古阿萊等人笑得更大聲，站在古阿萊前面的女子笑得尤其豪邁。柳紀明注意到那女子從進到鹽水港鎮，就一直在古阿萊後方安靜的走著、站著，時不時還遭同行的西蒙言語奚落挑弄，惹得她一路臉紅又似乎高聲抗議著什麼，柳紀明聽不懂他們使用的語言，心想她與西蒙應該是一對吧。

因為牛糞，還有那女子清亮但毫不掩飾的笑聲，令柳紀明忍不住投去目光，他發覺她儘管衣著灰舊，膚色曬出了棕黑，但五官小巧立體，側臉大笑的模樣煞是好看。她忽然停止大笑，目光轉移到藝閣上面，表情瞬間專注嚴肅，然後轉頭與古阿萊交談。

「阿明啊，我問你。不是，是我妹妹蘇奈想問你。」吵雜聲中，古阿萊指著旁邊的女子，又指著前面牛車上幾個妝扮精緻的小女孩高聲的說。

「什麼？你想問什麼？她是你的妹妹？你怎麼到現在才向我介紹啊。」柳紀明沒有責備的意思，先微笑著看了蘇奈一眼，將耳朵湊向古阿萊高聲回答。

「是嗎？我一直沒有介紹你們認識嗎？」

「沒有啊，你就跟我點點頭，然後悶著跟我走來，我還在想她那麼漂亮，應該跟你們沒有關係吧。」

「喂，你是說我們三個很醜是嗎？沒想到你也會開玩笑啊？我以為你們跟我們番人不一樣，都喜歡板著臉，不懂開玩笑呢。」西蒙插話說。

「好啦，不說這個了，你要問什麼？」柳紀明拉高音量問，吵雜的鼓樂聲中不適合說話。

「我是說，他們是人嗎？我是說，他們是真的人嗎？」古阿萊說。

「哈哈，他們……」柳紀明忽然想笑，他克制著，「他們是人啊，你看他們的眼睛，一直四處亂看，頭也不時的亂動。」

「對啊，還有一個在流鼻涕。他們為什麼要坐在那裡，還要穿那麼漂亮，好像廟裡畫的什麼……你們說的香菇。」個子較矮壯的拔初說。

「哈哈，香菇？是啊，他們就是被化妝成仙姑的樣子，一起出巡。就像是神仙來這個鎮上，讓大家平安的意思。」

「真的很像假人，臉頰塗得紅紅的圓圓的，嘴巴也是。天這麼熱，穿這麼多衣服。為什麼不是大人打扮成那樣？」古阿萊越說越疑惑，聲音也越來越小，黝黑的臉輕皺著眉與他粗壯的身體搭起來有些怪。

「古阿萊，你沒事幹什麼想這個啊？小孩子又沒什麼事可以忙，這種日子叫他們站在……喔，不是，還有坐在那裡，又不會累，在牛車上還可以看熱鬧，又不是走路。」拔初忍不住插了話，聲音大得引來旁邊的人投來目光。而兩組鼓樂已經開始合奏了。

「是啦，大人有大人的事，小孩子一起來玩玩也很好啊，這個位置不多，大家可是搶得凶呢。」柳紀明說。

「也是啦，你們住的地方也有這個嗎？」古阿萊知道柳紀明不是這裡的人，他跟其他很多一起做粗活的單身漢一樣，都是坐船過來的。只是古阿萊不知道那裡是哪裡，柳紀明的家鄉跟這裡有什麼不一樣。

「我們那邊喔……」柳紀明心思恍惚了一下，無意識的，又意有所指的指著踩街隊伍說著：「啊，動了，他們開始走了。」

只見，兩組鼓樂已經混成一隊，不同的樂器各自聚攏。四個敲鐃鈸的，搶站在前頭開始移動，藝閣的隊伍也開始移動。只見牛拉的簡單板車上頭，坐、站著兩三個小孩子，一組接著一組的移動前進，街道旁站立的人群議論著誰家的扮像好，誰大氣標緻的聲音，也不時從喧鬧聲中抽拔了出來，這可是女人家在這樣的踩街遊行的活動中，最興奮也最能爭辯的部分。

我們那裡當然有啊！那裡是泉州啊，如何沒有這些廟會、踩街？如何沒有藝閣？柳紀明心裡吶喊著，他讓古阿萊的問題，問出了一點鄉愁。那是他家鄉記憶中最美麗鮮明的部分。從他大姊的梳妝台到坐上了他專屬的位置，每一點一段，柳紀明根本不需要特別記起，只稍遇見美麗的事物就自然浮上腦海。

那梳妝台靠近南面的牆邊，木製的梳妝架上掛著一面只有大戶人家才會擁有的玻璃鏡面。鏡面旁邊的木板面鏤刻著花草，還有一對尖嘴喙的小鳥，一個張著嘴喙一個閉著，上下斜對著相互注視，像是交談著或者一個唱著歌，一個專注聆聽。梳妝台上，排列著裝有大姊胭脂的瓶罐錦盒。除了綠色底描金花樣的一個長方盒，柳紀明最喜歡一只孔雀立體造型的銅製圓盒，那是一隻色彩斑斕的沒有展屏的孔雀，站在一樣色系寶鼎似的小圓盒上，那圓盒裡頭以白色琺瑯瓷為底，裝有一種特殊植物花香提煉的香膏。據說是一個愛慕大姊的商人託人轉送的。柳紀明喜歡那個香氣，淡淡雅雅又能遠遠傳播七、八尺的距離，每一回廟會，扮成藝閣仙女時，他總要偷偷滑一點抹在他頸子、手腕。

好懷念又好遙遠的香膏啊。柳紀明忽然想念了那個香氣以及梳妝台邊的窗櫺，那些八卦造形的框櫥，鏤刻或浮雕著幾朵花，那些花瓣的細褶間，敷蓋了不少的灰塵，陽光經過折射照映，散射著一股灰亮，既不刺眼又清晰可鑑。每一回上妝，他的大姊總是要他側身坐著面向窗，說這樣上妝可以更細緻，鏡子反映的側影可以更清楚妝的線條。柳紀明始終不懂，但他還真喜歡看著窗櫺灰塵上那些細微，他甚至還見過幾隻螞蟻和蜘蛛網絲。

柳紀明自五歲起，便開始被選入藝閣，他一直都是廟會踩街、神明遶境隊伍中藝閣的主角，那個規模比這裡大得太多，也華麗得無法放在一起比較。媽祖生日或得道升天的廟會活動，他會被請上主座扮成媽祖；觀音佛誕、得道日的遶境，他一樣也會被遊行隊伍請到主座扮作觀音。原因除了柳紀明白皙俊美，他兩個姊姊總是精心為他整理妝扮有關。那絲質或帶有金邊的綢緞，著妝在一個有著瓜子臉蛋的，柳細黑眉、紅唇粉嫩臉頰的俊美少年身上，一坐上位置，便光華四射，奪人目光引來驚嘆。柳紀明最喜歡看見沿途群眾不自主的合十禮敬，他不知道那是什麼意思，但他們表情的虔誠祥和讓柳紀明感到平靜，以至於沿途總是掛著淺淺的微笑，安靜無語，活脫就是一尊神明雕像。

想起這個，柳紀明忍不住舉起右手小臂，以食中指輕輕劃過耳上的髮鬢，瞇著眼微揚起嘴角。

「阿爸，阿娥當仙女了，坐在牛車上。」一個聲音將柳紀明拉回現實。他注意到左側幾個人的距離，一個約五歲大的小男孩騎坐在一個男人肩頸上，伸手指著牛車上的藝閣，一個描了眼眉圈了腮紅，又點上紅唇胭脂的圓臉小女孩。

「哈，真漂亮啊，你要是妝扮起來應該比她漂亮吧。」

「不要，我要扮成哪吒三太子。」

「藝閣有三太子嗎？我們這裡沒有啊。」

「應該要有，阿爸你去跟那些大頭家說，讓三太子出現嘛。」
「嗯，我找時間跟他們說一說，就說哪吒可以保護四境平安，商家生意興隆。你真要裝扮成哪吒，我到布郊幾個商行找最好的布料，讓裁縫師給你量身訂製，到時你一定像真的神明一樣，坐在上面每個人都注視你。」
「喔，真的嗎？我要變成哪吒了，是三太子呢。」
那對父子的交談聲音斷斷續續傳進柳紀明耳裡，柳紀明注意到那父親正是上一次在船上，自稱為葉開鴻的總管，那個沒來由告訴他將來要自己開商號的人。他忽然想離開這裡，撇頭看見古阿萊三人已經不耐煩的一直朝著道路兩側的攤販觀望，似乎在搜尋什麼。
「走吧，我們到別的地方看看有什麼吧。」柳紀明移動位置，並伸手推了一下古阿萊說著。
「好啊，光看人走路，好像還少了什麼，這裡應該有好吃好喝的，我們找找看吧。」
「往港口那裡不是有幾個小店？」西蒙說。
「那幾個店吃很多次了，今天這麼熱鬧，應該有攤子可以吃到好東西吧。」
「我們往哪裡走？」
「跟隊伍反方向吧，或者我們繞一繞，等隊伍離開這裡，我們再回來吧，我記得這裡的外村人擺攤子比較多，應該會有好東西的。」
幾個人比手畫腳的說著話，蘇奈已經先動身向武廟隊伍來的方向走去，那街道旁看似有幾個攤子。蘇奈的步子拉得很大，令隨手紮起落在後背的一綹頭髮，規律的搖晃著；而豐翹的臀部很自然的一撅一落，連寬大的粗布裙也遮掩不住，這令柳紀明感到驚訝與不忍移去目光。他從來沒見過這樣的女子，台南府城沒有，他的家鄉泉州沒有，他來鹽水幾個月了，也沒有見這樣的姑娘。他覺得太驚奇，以至於失神地哈哈笑了起來。

「阿明，你笑什麼？」西蒙問。

「沒有。」柳紀明覺得被窺見，忽然不好意思。

「沒有？我注意到你一直看著蘇奈，你在笑她嗎？」

「這個……才不是呢，我是一直看著她，不是笑她，她好特別又好康健啊。」柳紀明說著，眼睛已經注意到蘇奈貼近了一個雜貨攤與小販交談。那是一個挑著立型擔子搖著貨郎鼓的小販，擔子上放了一些顏彩的絲線、布飾與小玩意兒。

「你應該是很喜歡她，沒想到你才第一次見到她就喜歡上她了，等一下我跟蘇奈講，看看她有沒有意思帶你回去。」西蒙說。

「這種事你可別亂說啊，我只是很喜歡看她，不是你說的那種喜歡。你不是跟蘇奈很好嗎？我還在想，什麼時候吃你們結婚的酒呢，我沒看過番人結婚啊。」柳紀明看著西蒙說，而他們已經走到小攤。

「這個……說起來複雜，以後有空再慢慢跟你說吧。」西蒙說著，卻見蘇奈手拿著一小綹紅線，嘴裡嘀咕著。

「她說什麼？她的表情很急啊。」柳紀明問。

「她說，這個人賣太貴了，錢不夠，要我們幾個人幫她。」西蒙說。

「多少錢啊，這麼小的東西。」

「三文錢。」

「三文錢？太貴了，這個小販欺負人啊，來，東西還他，我帶你們去買便宜的。」柳紀明伸過手從蘇奈手上拿了那捆線團還給小販，蘇奈還有些不捨，眼睛瞪得老大，看著那綹線團被塞進小販手裡。

「你這個頭頂沒瓦腳下沒地的羅漢腳，這樣擋人財路就不對了。」小販不高興，聲音大了。

「有什麼不對，三文錢都可以買三尺的布了，做一件上衣的剩布，都還比這個多，要賺錢也要有一點良心吧。」柳紀明倒是一貫的聲調，像是在背誦文章那樣，平靜卻固執。

「你是什麼人？多管閒事，不讓我一個生意人賺錢，難道要我去搶？」小販聲音還是大的，不過因為柳紀明的聲調與眼神，讓他覺得眼前這個人有來歷，加上古阿萊、西蒙、拔初已經圍上來了，雖然不甘心又不太敢在言語上刺激他們，怕生意外。

「就是因為你是生意人，十一的合理利潤還是要守住，客人才保得住，你才能做得久啊。你這樣喊價，跟搶錢有什麼不一樣？」柳紀明邊說邊撥弄著小販攤上其他的小物品。

「幹你娘的，平平是羅漢腳，我好不容易找了生意來做，卻遇到你這種管閒事的擋財路，要換作幾年前的我，早就殺了你，滾開。幹你娘的，你幫這些番仔是怎樣？你想裝好人騙他們的土地嗎？」柳紀明的動作讓小販發火，那意味著生意做不成了，聲音拉高了。也連帶吸引一些人旁觀。

「還有，你們這些番仔，要小心這種人！他會騙你們的土地，還有女人，尤其是妳！」小販吼著又忽然指著蘇奈。

這讓蘇奈感到生氣，怒瞪著眼，她不完全聽得懂話的意思，但小販聲量與說話的表情讓她不舒服。古阿萊已經一臉怒意的站上前來，柳紀明即時拉住了他。

「聽你這樣說，好像你也不算是壞人，這個事就算了，你做你的生意，別欺騙他們這樣的人，這個跟騙土地騙女人，只是大騙小騙的差別。」柳紀明以傳教似的聲調平靜的對小販說著，同時拉著古阿萊離開，「走，我帶你們去買便宜的。」

柳紀明意識到，這個人願意做小買賣，不去偷騙搶，也算安分，那些他說的事，應該也都是親眼見識過，或許剛剛，他只是一時起貪念吧。他想。

「騙肖耶，大騙小騙？你當我是什麼人啊？幹你娘咧，滾遠一點。」小販朝著他們離去的方向怒叱著。

沒買到紅線，蘇奈顯然不太高興，一路抿著嘴跟在古阿萊後方，不時還瞪著柳紀明的後腦，嫌他多管閒事，直到走進一間布莊，臉上線條才舒緩。

這條街是鹽水港鎮布郊的大本營，道路兩側不同的布莊林立。柳紀明帶著他們先是走到街底又折回選了剛進來的第四家，一間店門寬敞但以木製屏風半掩一半店面的布莊。這店面雖然看起來只有一半的店門，但因為屏風外側，以木桌椅與布料搭配裝飾，所以整體視覺上，反而呈現比原先的店門還要寬敞與豐富。門口與屏風遮掩的設置，是為了減少陽光照射，造成布料顏色衰褪，這是經驗豐富，而且專門零售與裁縫的老店才會有的設置。柳紀明心想，如果沒有意外的話，那遮掩的屏風內側，前段放置著各式布料，中段設置一個工作桌台與兩個櫃子，作為洽談、量裁的空間。工作台更裡面的空間應該會製作幾個架子，使各類布料拾牆而上，那些應當是一批諸如絲、綢、緞等店裡的高級布料，他想。

柳紀明當然不是為了布料而來，而是因為這樣的店，一定在開放的通道設有不同功能的櫃子，那裡有針、線、釦等等手工活的小玩意兒。在泉州，他家就有四個這樣的店面，其中一家還是他名下的店呢。

想到此，柳紀明堆起了笑臉輕快的踏入店門，古阿萊等人則張著口，被眼前這些不同顏色與光澤的布料所震撼，相反地，掌櫃的可就受到相當驚嚇了。進門的幾個人，先是滿臉笑容灰舊短衣、過膝長褲貌似羅漢腳的柳紀明，再來是粗壯又充滿野性的三個大男人，和一個絕非本地婦女打扮的女人一擁而入。這些都不是布莊會出現的人，一下子都出現了，是來搶劫嗎？掌櫃的滿臉驚恐地退縮到櫃檯後方的布料區發抖了。

「啊，真是泉州的樣式啊。」柳紀明幾乎沒多注意受驚嚇的掌櫃，往店裡開心的打量。

「你們……」那掌櫃的似乎一時回不了魂，囁囁問，身體還不住的打抖。

「哎呀，真是失禮啊頭家。」柳紀明見著面色慘白，年約四十歲中等身材的掌櫃，想起自己這一群人的模樣，忽然不好意思了。

「我們來買一些針線鈕釦。」柳紀明指著左側那些櫃子，笑著對掌櫃的說。

「喔。」那掌櫃稍稍回神，望著發楞的古阿萊等人，傻了眼。

柳紀明沒等掌櫃的招呼，自己就櫃子，很快的挑了一些紅、黃、綠色的繡線與縫衣用的黑、白線各兩捆，幾根粗細不等的針，另外還拿了一個像錦囊的小包包，那大小看似可以放置這些針、線。

柳紀明的動作讓蘇奈睜大眼睛，這些是她想要的，如果能，她還真想多挑一兩條掛在櫃子旁的花巾，可是她沒錢，別說沒錢買花巾，連剛剛柳紀明挑的這些，她都沒有能力支付。

他在幹嘛？蘇奈不自主的看了古阿萊一眼。其他三個男人也只是呆望著柳紀明，不知所以。掌櫃的更是驚訝的看著柳紀明，他沒見過一個男子對針線這麼熟悉，也想不到，來人似乎熟悉這店的擺設，他非常肯定沒有見過這樣的人來過店裡。

「多少錢？」

「四文錢！」掌櫃的被柳紀明的聲音拉回神，臉上有了血色，語氣也恢復了老店掌櫃的生冷。

「好，我再拿兩條這花巾，幫我包在一起。」

「總共十文。」

柳紀明取了十文錢遞給掌櫃，微笑看著這掌櫃的，令掌櫃渾身不自在，又覺得有趣。

「你怎麼知道這是泉州式樣的店？」掌櫃的忽然問，眼神注視著柳紀明，語氣暖和多了。

柳紀明只笑著沒回答，又環顧了店內擺設。

「算你八文錢吧。從來沒有人看出來這是泉州式樣的店，連這裡的郊商頭家也不知道我們為什麼要這樣擺設，那些商號同行更是嘲笑我們門面小氣。但是，這裡，鹽水港的布莊，沒有人比我們經營更久，生意更穩定的。算一算，這個店，我是第三代經營了。」掌櫃的遞過物品和退錢，語氣變得平和，像柳紀明那樣的說話，平靜，講道理說教似的。「我不知道你是從哪裡來的羅漢腳，我看得出來，你跟那些單身過來討生活的男人不一樣。有需要再來吧，或許你想聊一聊，你對布莊太熟悉了。」

「這樣啊，那就謝謝頭家啊。」柳紀明只是微笑著說，拿了東西，趕忙催著大夥走出店門。

「這個給妳。」才走出店門，柳紀明把東西都給了蘇奈。

「啊，你怎麼知道我想要這個？連那個花巾……」蘇奈直張著嘴，望著柳紀明不敢相信眼前這個男人，居然知道自己喜歡這些顏色，蘇奈心裡一陣甜蜜，忽然紅臊了臉，「可是我沒錢給你啊。」

「咦？妳會漢語？而且，妳的聲音怎麼那麼好聽？」

「會啊，她很會說，比我們都會說，而且很凶喔。可是啊，今天她生病了，都不太說話又輕聲細語，我們不習慣啊。」拔初說。

「什麼生病？誰生病啊？」西蒙插了話。

「是生病吧?!平常凶得像火雞，今天都變小母雞了，阿明啊，你知道哪裡有漢藥鋪，帶我們去看看病吧。」拔初表情曖昧的瞄了蘇奈一眼又看著柳紀明說。

「唉唷，你們喔……」蘇奈皺了眉一臉紅臊。她提了口氣，手指著西蒙又洩氣垂軟的說。

「哎呀，不用給我了，我自己一個人過日子，用不了多少錢的，今天是中秋，就算是給妳過節吧。」柳紀明看出來是西蒙與拔初兩個人在調侃蘇奈，趕緊解圍。

「你們過節都送人東西嗎？」古阿萊問。

「我老家有這個習慣，別人不一定。」

「那我們送你什麼呢？」古阿萊也覺得不好意思了，別人送東西給自己的妹妹，也不知道該回送什麼，他們還是第一次見面呢。

「不用客氣啦，你們來陪我過節，比送什麼東西都珍貴啊。我們別說這個了，不是要吃點東西嗎？我們找找吧。」

「對啊，蘇奈買個線就把我們帶到這裡了。」拔初說。

「拔初，你再亂說……」蘇奈說著，又不好意思的住了嘴，她看了柳紀明一眼，笑了。

鐃鈸嗩吶聲隔了幾條街傳來。柳紀明一行人沿著街返回剛才來的街口。人潮隨著遊行的隊伍似乎也移動了去，他們並沒有發現有賣零嘴或者外村特別來賣的食物，倒是接近葉開鴻家的路口，有人擺設了一個賣糖蔥、狀元糕的攤子，看起來是在地經常性設置的攤子。柳紀明買了五份，大家分了吃。這讓古阿萊分外感到不好意思，他撇過頭看了一眼蘇奈，蘇奈忽然瞪大眼睛，臉又一陣紅臊。柳紀明倒是沒注意到這個，心裡想著這裡的踩街規模與熱鬧程度太小，也過於簡單冷清。他沒意識到這不是一個廟會的活動，當然他也不知道這個活動到了隔年就停止辦理了，這是後話。

「你們在這裡啊。」葉開鴻走出住家，才轉出街上，看見柳紀明等人，招呼了一聲。

「葉頭家！」古阿萊首先回應了，他把糖蔥從嘴邊慌忙移開的樣子，讓柳紀明想笑。

「我是說，你們沒有跟著去看熱鬧啊。」

「有啊，我們剛剛往那裡去，然後又走來這裡。頭家沒有出去？」古阿萊比手畫腳的說著。他很尊敬葉開鴻，通常也是葉開鴻開口工作邀約，很少有較長的對話內容，以致覺得語塞。

「有，我剛把孩子送回家，現在要去陳頭家那裡談事情。」葉開鴻說，他注意到他們都拿著糖點，也注意到蘇奈，「你妹妹？」

「是，她來跟我們看熱鬧。」

「對了，這幾天，你們有沒有其他的工作？」

「這幾天……」古阿萊遲疑了一下，看著拔初、西蒙一眼，「我想不出有什麼工作，頭家有工作要交代嗎？」

「我想後天早上你們可以過來嗎？我想到新化那一帶走一走，想僱請你們陪我去一趟，工錢按照天數來算。你的妹妹可以一起嗎？幫我照顧兒子，給一樣的工錢。」

「我們，可以一起去。蘇奈呢，妳可以一起去嗎？」古阿萊又看了拔初、西蒙一眼，又看了蘇奈。

「我可以。」蘇奈眼睛簡直亮了，她沒想到居然有工作活可以做，知道古阿萊的工資不少，心想可以有一筆錢在口袋，或許可以還一些錢。她忍不住看了柳紀明一眼，只見柳紀明正咬了一口糖蔥，似乎想事情。

「阿明先生，一直忘了問你的姓氏。」葉開鴻轉向柳紀明問。

「我叫柳紀明，來這裡，他們都叫我阿明，你叫我阿明就可以了，葉總管真是忙碌啊。」柳紀明記得上次被問過，他是含混的回答，沒告訴葉開鴻自己的名字，這一回倒是老實了。

「好，阿明，怎麼樣？你可以跟著一起來嗎？」

「我？我這幾天是沒別的工作，跟著走走也好，可是我能幹什麼呢？」

「我也算你一份工，至於能幹什麼？我現在也不知道，出遠門人多比較安全，也許你可以跟我多聊一聊，或者幫我出個主意啊，誰知道我會遇見什麼事呢。我先走了，我還得去跟那些頭家們談一談。你們記得後天出工的時間，在我庫房那裡跟我碰頭，我找人準備吃的，我們巳時出發。」葉開鴻說。一般沒有特別約定的出工時間通常是辰時，大致是現代的七點左右。葉開鴻估算還有些事要調整，他不想太晚出發。

「好，我們會按時到的。」古阿萊說。

「哇，我居然可以有這裡的工作啊，可是很奇怪的工作啊。」蘇奈等葉開鴻離開，興奮的直嚷，「我今天怎麼這麼好運氣啊。」

「這真的是很特別的工作啊，出門走走也可以領錢，我沒有遇到過這種事，葉頭家還真是好人啊。這一定是蘇奈的好運氣。」西蒙說。

「那我們現在怎麼辦？回去準備嗎？我們要準備什麼？」拔初問。

「這還要問？葉頭家要我們跟著去新化，也是因為那裡有一段路，我們可以提供保護。所以長刀、長杖、揹簍這些東西不能少。新港社（註：新化，今之新市區）有不少的番社，我們也準備一些東西當見面禮，別讓他們笑我們番仔寮的人不懂禮數啊。」古阿萊說。

「那……我們現在就回去？」蘇奈的表情有一點怪，輕皺著眉問。

「唉唷，才認識半天，你就捨不得阿明？後天還有很多天啦。你們可以……」拔初笑著，故意把話說一半。他的話沒有吸引其他男人的附和，蘇奈已經瞠著眼睛瞪著他、耳根子都紅了。

「先吃點東西再回去吧，到港口那裡看看，應該有開著店。」柳紀明沒讓這個話題繼續，他提議。

「也好，吃點東西再回去吧，都來到鎮上了。」

相隔幾條街還傳來鼓樂聲，有時還暴起幾聲喝采，看來踩街活動還在進行。一行人因為葉開鴻的工作邀約，也沒了心思多逗留。才移動，迎面已經來了約四五個人。他們清一色與柳紀明相近的灰舊布衫，短上衣，垂著長辮子。蘇奈很自然的移動到古阿萊身後。

「阿明，又有工作了？」其中一個人問，個子與柳紀明相當，下顎留有一些稀鬆的短鬍。顯然他們看見葉開鴻與柳紀明等人交談。

「嗯。」

「有這種事？真讓人羨慕啊。」

「你們呢？」

「幾個頭家說什麼過中秋，都停工了，這幾天都閒著。這裡的人日子過得還真好，居然還有過節日這種事。」那留有鬍子的男人說著，又看了看古阿萊等人，目光最後停在蘇奈臉上。

「應該很快就有新工作了吧。」柳紀明隨意回話。

「阿明啊，看起來那個頭家很照顧你啊，偶爾，也記得要分給我們一些工作啊，不能只照顧你的番仔朋友啊。」

「喂，你弄錯了。是葉頭家找他們來的，不是我幫忙找來的工作。工作的事，你要找的是那些頭家，不是我。」柳紀明有些生氣，也不管那幫人，拉著古阿萊等人離開。

「還裝蒜？誰不知道你隨便就有工作做。」見柳紀明等人不理他，又將要離開視線，那人還不甘心，遠遠的喊著：「喂，阿明啊，有機會介紹幾個番仔給我們當老婆啊。」

「幹！」古阿萊、西蒙、拔初不約而同的以漢語輕聲說，這情形讓柳紀明、蘇奈楞了一下，忽然，大家都笑了。

那些人是遊蕩在鹽水港附近被稱為羅漢腳的，遠來找工作的單身漢。鹽水港算來是台灣僅次北部艋舺排行第四的繁榮港埠，需要大量的額外勞動力從事港區搬運，或提供商郊所需的勞動力。一般商郊會特別選擇一些適用、可信任的羅漢腳長期僱用，有時提供簡單住宿。多半的商號或者船老大需要招募工時，也會特別固定找一些他們信任的羅漢腳，再另外招雇一些不固定的羅漢腳補充勞力，有時雇家會臨時安排住宿，以應工作需要趕工或早起。古阿萊等人屬於這類的工人，但又不同於外地而來的羅漢腳，他們是來自鹽水港附近一個被稱之為「番仔寮」的西拉雅族小部落。鹽水港有不少商家像葉開鴻，就特別喜歡僱用古阿萊這一類的工人，他們不會找麻煩，力氣又大、勤奮不多語。另外一種羅漢腳，則是不太受商家注意或氣力較差的，他們經常性的遊蕩找尋工作機會，這一類的人最多，以至於鹽水街頭經常有羅漢腳閒晃，頗讓居民擔心。所幸鹽水港打零工機會多，這類的羅漢腳不至於閒野太多時日，剛剛那些人便是這一類人，他們不出來遊晃時，總是窩在自己搭建的住宿睡覺、喝酒或賭博，柳紀明勉強算是這一類的工人，因此他與那些人常會在某些場合一起工作而相互認識。但柳紀明還是不同於這類的羅漢腳，他是挑頭家，挑工作夥伴，如果可以，他更想一個人找地方住。

吃了點東西，送走了古阿萊等人，柳紀明並沒有直接回到住處，反而循著稍早遊行隊伍移動的方向隨意的走。來到鹽水港找工作幾個月了，一直沒有好好的走走看看這個號稱台灣第四大繁榮的港埠。稍早遊行的藝閣，以及後來店連店排列的街道中，那間不起眼的泉州樣式的布莊都令他感到熟悉與親切。

他沿路注意的住屋幾乎是一樓或者一樓半高的房子，門楣窗櫺雕飾的不多，但也有好幾棟磚造的住厝，屋簷脊梁與牆面都可以清楚的看見刻意裝飾或雕琢。他猜想這些應該都是商號頭家的住厝，比起那些稍微遠離道路的房舍，它們豪奢得多，應該會讓人多了不少的驚嘆與想像。

街道上有不少人走動，交談，大笑，柳紀明注意到十幾步遠的距離，有一群羅漢腳或站或蹲的抽著菸，盯著對街一座門面寬敞的磚造房，交談著又忽然大聲笑鬧。他忽然想起護庇宮內牆上那些禁止訛詐、偷盜的警碑，他本能的左轉轉入一條小巷繼續漫行。他倒不是認為那些與他一樣無事，到處閒晃的羅漢腳會去幹這些無賴的行徑，只是他不想這個時候與他們混在一起。正確的說，他對於成為什麼團體的一分子，有一種恐懼與迴避的本能，他不知道為什麼，卻每在做出這種迴避反應後，自己忍不住地搖頭笑自己。

土礫石的小巷子蜿蜒連結著好幾戶人家，這些房子有磚造、紅瓦疊造的，也有土牆瓦頂的，大小不一。但相似的是，每戶人家有著一塊園子，周邊除了種植一兩棵樹，每家都各自種些不同種類的蔬菜。這算是鹽水港鎮尋常人家的住家，讓柳紀明感到舒服，先前他在台南港區沒見過這麼庶民的風景。他一路走著，貪婪的東瞧西看，而後忽然被前面走來的，牽著手的兩個人吸引，忍不住停了下來，笑著注視他們。

那兩人一高一矮，高的女孩約略十四、五歲，身材瘦削，只簡單的把頭髮往後束起。較矮的，是一個藝閣妝束的小孩，身上穿著以白色棉布縫上彩色邊條的漢裝，臉上化了些白色的粉妝，面頰上各抹上胭紅，使得應該原本就細長的眼睛，像是在一張麵皮上割出細縫，顯得特別。柳紀明很明確的知道那是個小女孩，是一個家裡不是很殷實的孩子。這讓柳紀明特別感動，原來小女孩當藝閣的夢想並沒有富裕與貧窮的區隔。他覺得太奇妙了，不自覺地咧著嘴微笑的注視著，惹得那高個子女孩急拉著小孩停步，與柳紀明拉開距離，眼神驚慌。

「你是壞人嗎？」那女孩問。

「不是，不是，我不是。」柳紀明注意到自己嚇著了人，一連說了三個不是。他注意到高個的女孩五官清秀，一道濃眉的襯托，令眼神散射著特別的神韻。柳紀明忍不住直看著她。

「你別亂來喔，我會喊人的。」女孩心生警覺，輕皺著眉怒著說。

「不要啊，我沒有惡意的，因為小妹妹扮藝閣的樣子吸引我，我忍不住多看了一眼，你們很漂亮啊。我不是壞人喔。」柳紀明急了，怕她這麼一叫，被當成壞人欺負婦孺，他可能要被活活打死的。

「我阿母說你們羅漢腳很多是壞人，要我們小心，遇見了一定要大聲呼叫。」

「不要啦，我不是壞人，又沒做什麼。我只是喜歡看藝閣，那像仙女出巡一樣，從小就愛看。在我的家鄉，只要有能力，每個女生都搶著要去當藝閣的仙女，那不容易的。妳很漂亮，妳以前一定也當過藝閣的仙女。」

「原來是這樣啊？羅漢腳居然也愛看藝閣，真想不到啊。」女孩臉上的線條忽然緩和了聲調也柔軟了，「我以前當過藝閣的，那是很久以前的事了，那時我是護庇宮隊伍的，我經常扮媽祖婆，坐正位。」

「聽起來妳一定很懷念啊，畢竟，正位不是每個人都有機會的。」

「是啊，我好像坐演了五年，後來他們說我長大了，不適合繼續擔任。不過我知道不是那樣的，那是為了把位置讓給一個大頭家的女兒，才這樣決定的。」女孩眼眉又泛起了一些怒意。她的話讓柳紀明不知如何接話，一個看似清秀無心機的女孩，居然也經歷過這種大人算計的圈子。

「我阿母說，窮人家的孩子免不了會遇到這種事，我們是沒有能力跟有錢人比較的。」女孩抬起眼皮看著柳紀明說，「你是羅漢腳，你一定了解窮人家的情況。」

「這……」柳紀明不知如何接話。眼前的女孩已經到了嫁人的年紀，說小也算大人了，這樣的生活感觸已經遠遠超過了她臉上的稚氣。說她大了，看起來又分明還只該是母親的幫手，照顧小孩或整理田園。

「這小孩是妳的嗎？」

「你說什麼啊？真是汙辱人，我怎麼可能，你亂說話。」女孩的聲音忽然升高，「才覺得你這個羅漢腳斯文和善，你就露出原形，怎麼可以亂說話啊。我怎麼可能有這麼大的小孩。」

「喔，真是失禮，我很憨，看不出女人的年紀，妳那麼漂亮，我以為妳是誰的夫人了。真是失禮，請原諒。」

「她是我姊姊的孩子，我也不是誰的夫人。」女孩聲音忽然變小了，急急拉著小女孩，靠著路邊越過柳紀明，閃入在剛剛經過的一個院子口。

「阿芬啊，妳剛剛跟誰說話啊？」院子傳出問話。

「沒啦，一個羅漢腳，說妹妹的扮相很好。」

「唉唷喂啊，妳跟羅漢腳講話，妳不怕被騙去當媳婦？羅漢腳沒有幾個是好人，妳最好小心點，最近有太多的羅漢腳到處亂走動，阿爸還在等媒人給妳找對象呢，嫁給羅漢腳喔，妳一世人撿角啦，我跟妳說。」

柳紀明聽著交談聲，不自主的邁起腳步離開，心裡忽然一陣難過。

新化之旅

柳紀明被整理裝具的聲音從夢裡喚醒，他沒睜開眼睛，也大致知道幾個同睡在寮子裡的單身漢，都已經起身準備上工，這是昨晚睡寢前閒聊，提到各人今天的工作。今天有幾艘船要出港，有些貨物選擇在今天早上裝載。一大早的，儘管大家習慣性地不交談，動作也盡可能的放輕，避免吵到還在睡的人，柳紀明還是醒來了。他不喜歡一大早跟誰說話，特別是大家各自上工前的這個時候，他稍稍睜開眼，注意到天還沒有完全亮，側過身又閉上眼睛，他知道現在只有他一個人還賴在床，今天不需要特別早起準備工作。

這一群算是一般商號比較信任，不固定僱請的羅漢腳，正因為不是固定的僱請工，所以這一群人每天總會到港口附近等待工作，絕少窩在草寮裡。柳紀明跟著他們一起，也算是解決了住宿的問題，也間接區隔了與其他羅漢腳團體之間的差異。

這草寮搭設在急水溪進入港口的北岸溪床，那個位置已經在鹽水鎮上住戶的範圍外。這個位置一方面離港口作業區不遠，也與市區有區隔，避免居民產生疑慮。用水方便，荒郊野地也提供足夠的空間，讓這群單身漢子有活動與解決如廁需要的空間。一開始只是幾個沒有固定僱主，隨時等候臨時工作的羅漢腳，在接近港口附近的倉庫旁搭設簡易棚子，因鄰近居民反對，倉庫所屬的幾個頭家，也擔心這些人喝酒、打架把倉庫燒了而驅趕，所以移到這裡。柳紀明也是來到鹽水港初期，被介紹到這裡住宿，他並不固定住宿，也沒有固定的睡鋪，有時因工作睡倉庫，睡船上。這是一個簡易的住宿草寮，沒有炊事的地方，看起來就只提供睡覺的功能。建材也簡單，就用河道上隨處可割取的五節芒草和竹子編成牆面與屋頂，草寮有著三面牆，前面向著港口上游的河床敞開。草寮並不深，頂多是一個睡鋪加上三尺的長度，但橫寬可以容納十來個人，現在就有九個睡鋪。羅漢腳來來去去，有些人才離開另覓他處，一些勤快又經常被僱請的羅漢腳又陸續加入，他們自己找材料依自己的喜歡鋪設睡鋪。草寮使用久了，卻也形成了一處風景，每個人睡鋪旁大致放有個人簡單的寢具、衣物，或工具，或者他們覺得有用的東西，比如一段木頭、陶壺、佛像木偶，西面的茅草牆甚至還掛著一張媽祖像，睡鋪各有風情，間隔有疏有密。

經過一段時間，柳紀明才決定固定在這裡住宿過夜，並在古阿萊等人的幫助下，動手加強整個草寮，向東面擴建增加一點空間，使變成可以容納十來人的結實草寮，又加強了茅草的厚度使遮風避雨效果更佳。古阿萊甚至把草寮前方清出成空地，中間設個火塘可供生起篝火驅蚊，另外又順手在前方幾棵樹下擺起幾個木頭段作為座椅，供他們平時閒聊用。為此，草寮的其他人，特別感謝古阿萊，並尊重柳紀明的喜好，讓出東面靠牆的空間。

說起柳紀明的睡鋪，還是很有意思的。他的床是以幾片從溪床揀回來的木板墊在幾塊厚石板上，木板與底下的石板之間，以茅草塞實；木板上他鋪以曬乾的白毫茅草，一層一層均勻平整的鋪實，上面再用割開的麻袋包得緊實，這使得他的床鋪看起來平整寬敞又舒適。他除了晚上睡覺才會躺上來，同草寮的人卻從來也不敢躺上他的睡鋪，他們說柳紀明的床板是溪邊撿回的棺材板，麻袋應該也是窮人家沒錢買棺材，裹屍埋葬用的，所以床鋪總是有一股淡淡的奇怪味道。當柳紀明刻意與隔壁睡鋪隔出了近兩尺的寬度時，隔壁睡鋪的漢子居然開心的叫好。

柳紀明也從不解釋，那些板子實際上是幾片長條碎裂的漂流木，古阿萊以他的長刀幫他刨平，找了幾個已經脫線的麻袋，教他整床的方法，又給了他幾片的排香草塞在麻袋做成的床單下。其他人聞到的便是排香草枝葉散發的味道，柳紀明很喜歡這個香味，像熏香，也像年輕男人微微沁汗的體味，淡淡雅雅，有時又忽然迸出一種野性，既濃郁又不那麼張揚。後來，柳紀明還發現他鋪床的木板有股香氣，有一天他興起，掀開床單一角，湊過鼻子聞，確認出樟木的味道，他更加開心，以至於不上工的日子，他就習慣性的一直躺到把所有事情想完了一遍再離床遊蕩。他並不喜歡在白天的時間窩在這裡，因為其他人偶爾不想上工時，會聚集喝酒擲骰子賭博，鹽水港的治安巡守員也會經常來走動巡視，這些都讓他感到不舒服。所以這裡的同伴也常常稱他是一個「愛睡覺的安靜人」，或者「白天不見的遊魂」。這讓柳紀明啼笑皆非，又不以為意。

柳紀明確定所有人已經離開了，他仍然閉著眼沒有起床的意思。他嗅著床板那股香氣，一動也不動，心神又恍恍惚惚的飄向久遠，那個經常等到陽光穿越窗櫺，灑上床褥時，他總要被一股香氣所喚醒的孩提時光。那香氣拉著他一點一點的醒來，一寸一寸的有了知覺，然後貪婪的嗅著，嗅著；在眼睛還沒張開以前，他總要側著身體，伸出手指，像蝸牛的觸角，一小步一小步的伸出，探索身旁已經疊好收好的被子一角，然後鑽著、挑著、摳弄著。柳紀明忽然感到手指刮疼了，他睜開眼，看著手指正劃著一片茅草葉。順著手指撥開的茅草牆所露出的縫隙，他看見幾道晨光正穿出東方遠遠山頭的雲層，射向港區水面，那水面的氤氳猶如蒸籠上的蒸騰水氣。他忽然感到餓了。想起今天和古阿萊等人與葉開鴻有約，應該得上街找找一些可以帶在路上的食物。他完全清醒了，離開草寮往溪床走去。

「天氣轉涼了。」柳紀明掬了溪水洗過臉，朝上游望了望，喃喃的說。

溪床上五節芒草、白毫茅已經出現發黃、泛白的花穗。他喜歡這個景象，心裡特別平靜，卻也說不出個所以然。他起身沿著溪床走上港口北岸的河堤，向東門附近的市集走去，警覺有人在盯視著他，他撇頭往港口望去，一艘船正緩緩駛向下游出口，一個人正注視著他，柳紀明認出那是上一次臨時僱請他上船的船長。柳紀明沒點頭，沒揮手道別，臉上只浮起笑容。才接近市集，便看見古阿萊等人揹著背簍正準備穿越市集而來，他們也幾乎同時發現了柳紀明，而揮了手打招呼，這情形讓市集裡幾個菜攤的小販感到新奇，頻頻向兩邊瞻望。

鹽水港是個大城鎮，附近部落的西拉雅人偶爾前來市集不是稀罕事，羅漢腳偶爾沒事閒晃也還看得到，但兩種不算常客的人，大清早相約似的到市集，就讓人感覺稀奇了。兩邊碰了面，柳紀明瞬間變成那群圍觀之一的好奇人，充滿新奇的眼神在古阿萊等人身上打轉並微笑著。古阿萊等人都換下了在港口工作的灰舊衣服，穿著了顏色較新的，帶有部落繡飾的短背心與漢式七分長褲，揹著背簍，腰佩著長刀，手執長杖，頭額還綁了一塊布巾的妝束，三人幾乎是一致的裝扮。蘇奈除了背簍，下半身穿著帶有不同色彩刺繡圖飾的長裙與綁腿，頭髮包紮著前天柳紀明送她的布巾。

市集越來越多的目光望向他們，似乎議論著什麼。擔心古阿萊等人受影響，柳紀明就近把攤子上的十幾個草粿都買了，然後一起離去。抵達港口旁葉開鴻的倉庫時，庫房大門已經開了一邊，門口一張小桌子，擺上了一些裝袋的糕餅，還有一串還冒著蒸氣的粽子，葉開鴻似乎在庫房裡忙著，庫房裡窸窸窣窣地傳來聲響。不一會兒葉開鴻走了出來。

「你們來了？」

「是！」

「來，早上吃過了沒？這裡有粽子，早上我請我查某人蒸了粽子。」

「我們吃過了。」

「路遠，還是吃一點，這個熱的好吃。」

「總管，你們平常也吃粽子？」柳紀明問，也不客氣的解了粽繩，一顆顆的遞給其他人。

「不常，你是知道的，這很麻煩的。不過我們今天要出遠門，吃糯米的粽子，比較耐餓，加上，難得請古阿萊跟我們一起上路，我查某人說要請他們吃粽子，昨天我便去割竹葉。秋天了，竹葉長得不好啊，所以粽子包得難看，你們多將就吃吧。」

「好吃，真的好吃，很香。」蘇奈咬了一口，嚼了幾下忍不住說。

「這不好意思了，下次有這種事，你可以招呼我一起去。」柳紀明說。

「這怎麼好意思呢。」

「我是說，像這樣不屬於工人與僱主的關係，與我個人或者古阿萊有關的私人事務，請不要客氣，我會過意不去的。」

「好吃啊。」西蒙幾乎已經吞下一顆粽子。

「那就再吃一顆，數量足夠我們吃幾次呢。」葉開鴻笑著說，心裡卻對柳紀明說的工人與僱主關係感到新奇。經常有主僱關係的頭家與工人之間，有些活兒確實有些是人情範圍，不需要另外支付金錢或其他的酬勞。工人可以做與不做，僱主也不能勉強，這是常識與默契，但是柳紀明明確的提出的工人與僱主關係，並不是一個尋常人輕易說得出口的，那是生意人的一種本能。

難道這個自稱柳紀明的羅漢腳曾經是個生意人？葉開鴻笑著臉，心裡卻升起了疑惑。

「咦，繼續吃啊！」葉開鴻注意到他們都只吃一顆便停了手。

「還要走路，這樣夠了，謝謝頭家。」古阿萊說。

「這樣啊？那麼，這些東西，你們看看怎麼分著背吧，我到庫房整理一些東西，然後出發。」葉開鴻心裡更是吃驚這些別人眼裡的番人，居然這麼自制，他也不堅持，笑著又進入庫房。

葉開鴻的妻子翁蜜來了，揹著一個，又牽著一個孩子，還提著一個包袱。

「夫人，粽子實在好吃，謝謝妳。」柳紀明禮貌的說。

「不用客氣，我們家老爺還需要你們多照顧呢。」翁蜜笑著說，環顧其他人目光最後落在蘇奈身上，「妳包上這個頭巾好漂亮啊。」

「是嗎？很漂亮？謝謝。」蘇奈耳根子忽然熱了，眼睛瞄向柳紀明一眼。

「很漂亮，我很喜歡包頭巾，可是這哪裡可以買得到呢？」翁蜜問。

「我不知道怎麼說，那個……」蘇奈指了指柳紀明。

「喔，是在那一條布莊街上一個店，店門只開一半的那一家，那裡的布料與價錢很好，夫人如果喜歡，妳可以去看看。」

「你真內行啊，你真的是羅漢腳嗎？謝謝你告訴我這個啊，我會去看看的。」翁蜜說，而葉開鴻已經出了倉庫門，拿了頂斗笠與一根木杖。

「沿路還請大家幫忙多多照顧。」葉開鴻說，他回身關上倉庫大門，取過翁蜜手上的包袱掛上身，「我們走吧！我們出發吧。」

「耶，等一等，不是要我照顧你兒子嗎？」蘇奈見翁蜜仍牽著兒子，沒有要一起出門的樣子，感到慌了。

「喔，不用了，我們昨天商量，路上遠，天氣熱，硬要他跟著上路怕麻煩，以後有機會再說。」葉開鴻說。

「那……我怎麼辦？我還要跟著去嗎？」蘇奈說，語氣還有驚慌。

「一起啊，就一起跟我們走啊，我說過的不改變，一樣僱請妳，不要擔心。」

「這樣……怎麼好意思，謝謝頭家。」蘇奈連忙道謝，卻又想不透眼前這位頭家想什麼。

出發時離開市鎮，古阿萊在前，葉開鴻、柳紀明、蘇奈緊接在後，西蒙與拔初殿後。古阿萊並不知道葉開鴻確切要前往的位置，但他知道，也去過新化幾回，那是西拉雅族新港社的大本營，他還有幾個朋友在那兒。他主動在前領路，是習慣性引路並保護隊伍，也是對葉開鴻作為雇主的一種禮敬。葉開鴻自然知道番社人的習性，他默契的讓出位置，並向古阿萊點頭致意。一行人，沒多久便走出鹽水港鎮區，朝位在南邊的市集「茅港尾堡」的牛車礫石路而下。

這是南來北往的主要道路，輸送到鹽水港幾個商郊的各類貨物也經由此路，往來自是熱鬧，就僅剛剛一小段路，與他們交會而過的行人與牛車，就已經十來組人馬。道路兩邊除了高大芒果樹不規則間長，所形成的行道樹供往來行人乘涼，礫石路邊看不到過膝的長草。這讓郊區經驗有限的柳紀明覺得新奇。他還注意到，除了水稻、瓜果與小耕地的蔬菜與不知名農作，視界所及，大面積的甘蔗種植，毗連延伸到盡頭。那些甘蔗田，有些區塊的甘蔗，葉梢高度才及人腰，而有些區塊，光是莖幹就已經達到成人的高度，其中還有一些人力正在剝除莖幹的蔗葉。柳紀明徹底被這景象所吸引，以致不時張望與遠眺。

「那些是準備一年收成的甘蔗，這個高度看起來大致是過完年的二月以後種植的。」葉開鴻看出柳紀明的心思，他指著莖幹已經跟身高差不多的蔗園說。

「另外……」葉開鴻轉指向另一處葉梢及腰的蔗園，「這個高度的甘蔗，大致是前兩個月才種植的。甘蔗大致是春秋兩季種植，收成則是年底到明年春天的時間，確切時間要根據甘蔗的成熟度，每個地方會有一點不同。」

「所以……」柳紀明忽然想到，也許正是因為這個原因，蔗糖不會一次完全被收購，因為收割的時間不同。他把想法說了。

「沒錯，但是還有其他的原因。」葉開鴻覺得柳紀明夠聰明可以想到其中的差異。「各個糖郊有各自固定收購的蔗園。像你看到的這些大規模的蔗園，大致會有固定相對應規模的糖廍製糖，貨源不足才會找其他的來補充。因此，那些小規模的，不在大量採收期的蔗園，或者沒有被大郊商看中的蔗園，就只能找一些小規模的糖廍合作，因此，小的商號才有可能收購這些糖維持生存。」

「所以，我們這一次就是要找這一類還沒出清倉儲的糖廍？」

「的確是這樣，但我想，有些大的糖廍應該都有一些存貨，等待好的價錢，這些年除了新化地區的糖，我多半也是這樣找貨補充的。」

「我懂了，即使多給了一些價錢，你在買賣上也不會吃虧。」

「哈哈，聽起來你很有概念啊。我是收購商，有的時候還代為處理賣糖的事，我不可能吃虧啊。但是生意人，我重視的是信譽，也盡可能的為糖廍以及商號創造好的利潤。所以出貨的時機以及選擇商號都要好好的判斷。」

「怪不得葉總管打算自己開商號，我想鹽水港那些商號頭家沒有幾個有你的經驗。」

「這個，我不敢自己這麼說啊，畢竟當頭家也不是隨便就能當得好的。」

「但是要當一個夠出色又長久經營的頭家，也不是什麼人都可以勝任的，經驗、能力、眼光與信譽都要有過人之處啊。」柳紀明想起泉州那些老字號的商鋪，想起布莊街上那個布莊，但又忽然覺得自己說太多話了。

「哈哈，你很有想法啊，阿明先生，你不是一個普通的羅漢腳。等那麼一天，我的商號成立了，希望你能來幫忙。」

「我……」柳紀明不知怎麼接話，他往前看了一眼古阿萊，發覺他正安靜的走著看著，距離拉出了好幾步。他又往後看看後面的人，只見蘇奈與其他兩人正在嘀嘀咕咕的交談著，比畫著手腳，聲音時大時小的傳進柳紀明耳裡，他聽不懂西拉雅語，但見身材較矮的拔初與西蒙爭辯著什麼，三人又忽然起爆笑出聲音來。

柳紀明表情有些尷尬的朝葉開鴻微笑了一下，退了兩步，讓葉開鴻獨自在前。蘇奈三人以西拉雅語交談的聲音又響起。

「我說的有錯嗎？」拔初回過頭問西蒙。

「是沒錯，我是很喜歡蘇奈，可是這種事怎麼可以由我們自己說呢。你不也很喜歡她，你怎麼不直接跟她表白。」西蒙沒什麼表情的說。

「是沒有這個規矩，可是我們可以起個頭啊，那這樣，以後的年輕人就可以主動表達啊。」

「我們？是我？還是你？我們一起開頭？這哪裡說得過去，我們一起嫁給她喔？」

「你們兩個都閉嘴吧。真是沒規矩，你們當著我的面討論我是什麼意思啊。」蘇奈忽然回頭說，表情沒什麼惱意。

「不是啦，西蒙很喜歡妳，全部落的人都知道，我就跟他說啊，要他趕快對妳表示，要不然妳被人搶走了，他要哭一輩子了。」拔初說。

「呸，你不是也喜歡我？全部落都知道啊，你怎麼不主動跟我表示？你不怕我被西蒙搶去了，你要哭一輩子。你們是嫌路上無聊，拿我開心是不是？你們怎麼不說全部落的男人都喜歡我？」蘇奈回過頭睨著眼睛看著他們說，不像生氣，反而像三個哥兒們嬉鬧。

「這……」拔初語塞，瞠著眼不知如何的樣子，笑傻了頭頂一隻橫飛過的長尾黑鶇，「嘎嘎」的放肆大笑。

「我說錯啦？你們幾個在部落裡的，哪個不是逮到機會就偷偷地看我？我警告你們喔，最好老老實實認真的工作、養家，這樣我會認真的從你們當中選一個。」蘇奈乾脆退了兩步，與拔初、西蒙兩人的一前一後成三角形的併在一團走路。

「哎呀，蘇奈啊，我也是好心嘛，我跟西蒙是好朋友好兄弟啊，我是真心喜歡妳，可是西蒙比我更愛妳，他不敢說出口，說這是部落的規矩，所以我幫他說。」

「拔初啊，你別害我啊，規矩還是要遵守的，我們好好走路吧，別惹蘇奈生氣啊。」

「你們別說了，你們有沒有想過，葉頭家為什麼要帶我們一起去？」蘇奈語氣倒是平靜，轉了話題。

「可能這一段路很遠，需要人保護。」拔初說。

「這路很遠？你腿短，認真走也用不到半天，哪裡遠。」

「是因為新化那裡有很多新港社的西拉雅人，所以我們去可以溝通？」

「我聽說葉頭家是從那裡來的，溝通哪裡會有問題？就算他不會說西拉雅語，也應該有他的朋友、親戚在那裡吧。」

「如果是那樣，我們……為什麼會來？」

「我也不知道，第一次遇到這種事，陪著走路也算是工作，還要付我們工錢。想不透啊。」蘇奈抬起了頭往前望著葉開鴻，卻注意到柳紀明那個不同於部落男人的身形，忽左忽右的走著，又左右四處亂看。心裡忽然感到甜蜜，她不自覺的伸手，撫了一下頭髮，又想起柳紀明似乎沒有稱讚她的頭巾，心裡稍稍納悶，加快了步子，回到自己原先走路的位置。

一行人，古阿萊悶聲專注的走著，葉開鴻與柳紀明結束了話題，一前一後的各自想著心事；殿尾的兩個西拉雅男子一時無語，而蘇奈正思索著，該如何讓柳紀明真正注意到她今天包頭巾的樣子，並稱讚她的美麗。

「我們休息一下吧，前面已經是茅港尾堡（註：今台南市下營區）了。」一直無語的古阿萊，在一條無名溪岸，一排橫列的樹叢停下，建議著。

「也好！」葉開鴻同意，心裡暗暗好奇古阿萊不選擇進入市區休息的決定。

這看起來是一處經常有人停留休息的地方，有幾個石塊以及被踩踏出毫無雜草的一小塊一小塊平坦地，另外還有被隨手丟棄的不同時期的包裝竹葉、月桃葉、芋葉，隨處可見。古阿萊等人卸了背簍，各自取了兩三個以竹筒製成的水壺，往上游走些，注滿每個竹筒。柳紀明此時才注意到，一行人，只有他是空著手走路，連早上在市集匆匆買的草粿也丟在古阿萊背包裡，他忍不住笑了。

柳紀明似乎也不急於坐下來休息，他向四處張望，發覺他們所在位置的上游處的對岸，是一大片的稻田，下游處的溪床兩側也是一大片的稻田，遠遠望去一片綠油，某些區塊的稻米已經開始結穗。在柳紀明的印象中，這個情景在鹽水地區不是常見，他本能的將目光投向葉開鴻，只見葉開鴻正悠閒的抽著菸斗，古阿萊等人則邊整理背簍，邊抽著菸，只有蘇奈有意無意撫著頭，投來目光。柳紀明忽然有種被窺視的窘態，連忙回給蘇奈一個微笑，正想說點什麼，古阿萊已經提醒大家要上路了。

這是一個名為茅港尾堡的地方，古阿萊並不是很喜歡這裡，原因無他，這是漢人聚居較密集的市鎮，對應於「新營」較北邊的地理位置，此地有時也被稱之為「中營」，都屬於早年駐軍所形成的聚落。古阿萊當然不知道這些名稱變革緣由，但是這個地方屬於跟他同社群的西拉雅族蕭壟社群的遷居地點之一，後來被驅離的事他是知道的。而且他幾次往來經過的經驗，讓他進入這個鎮都會莫名的緊張起來。

茅港尾堡依據歷史經驗，傳統上有著嚴密的保安組織，對於古阿萊這一類習慣佩刀往來行遠的「番人」，或者貌似羅漢腳的成群漢子，特別警戒。古阿萊幾年前與西蒙等七人，因為緊急到新港社通報事情，傍晚經過此地時，被一群持棍棒掃刀的壯丁，逼近相互照面以示警戒。古阿萊隊伍裡一個較年輕的青年，本能的拔刀吆喝要求說明原因，差一點引發全武行，幸好那些持棍棒刀械的壯丁，領頭人聽得懂西拉雅語，讓他的人退開幾步。古阿萊對此特別不高興，責問那個領頭人，說明他們經過市集已經依照慣例，放緩走路速度，以免製造緊張氣氛，市鎮的人不應該故意攔路挑釁。那領路人並未理會，只抬起頭睨著眼看著古阿萊，氣得古阿萊甩出長杖，矛頭的金屬直插入那群人之中所站立位置的一棵苦苓樹幹，驚得那群人急忙退開，又執起棍棒掃刀怒目對峙。古阿萊怒氣未減，上前單手拔起長矛，也不看那些人一眼，立刻上路。第二天他們回程時，茅港尾堡的街上，來了更多人，但拉出了距離遠遠的監視著。日後，古阿萊經過此地，一定會有幾個人遠遠警戒著，同時街道上居民異樣眼光，還是讓古阿萊感到不舒服。

古阿萊理解這是市鎮的安全警戒措施，換作是自己的部落也會採取相同的措施，所以後來也就不再那麼在意。剛剛建議大家在市鎮外休息，也是不希望身為頭家的葉開鴻受到驚嚇，這是他保護部落長老的一種習慣或者說是本能。但看來，古阿萊似乎多慮了，葉開鴻交遊廣闊，一條貫穿市鎮的道路上，他已經跟不少人打過招呼，甚至有幾個米商還攔下他說了些話。只是，這樣一群遠行的西拉雅男女與羅漢腳、商人的組合還是吸引路人的目光。

這讓柳紀明對葉開鴻產生了不少的好奇與敬意。他注意到，街道上往來的行人無多，住屋形式多為磚牆建築，大院子可曬穀物。與鹽水港鎮那些大小參差，又明顯有職業風格的建築大不相同。這裡多為農民吧？柳紀明心裡猜測著。以至於出了茅港尾堡市鎮，他還東張西望的看著那些一畦一畦，種植著不同種類農作物的田地。除了稻田和玉米田，他根本分不清楚其他的農作物。

走出了茅港尾堡，葉開鴻回過頭與柳紀明隔著半步，邊走邊說：「這裡以前是軍隊駐紮屯墾的地方，以前，也叫右武衛、中營，現在叫茅港尾堡。」

「喔，這裡番人少，民人比較多啊，種稻的也很密集。」柳紀明說，他的話並不帶有歧視意味，那個時期，一般稱漢人為「民」或者「人」，稱原住民為「番」，即使古阿萊等人的概念裡，也是跟著那樣的稱謂說自己。

「是啊，你注意到了？這裡原來可以通港的，現在海水都退到麻豆去了，他們這些稻米也就多半送到麻豆的港口轉賣。」

「你應該也有幫忙經手一些吧？」

「咦？」葉開鴻覺得詫異，「你怎麼看出來的？」

「我只是猜想，路上有不少看起來也是做生意的人跟你打招呼談事情，我沒有刻意偷聽，我剛剛是退到蘇奈那裡了。但我看得出來，這裡的農作規模雖然看起來很大，但是，零星個別的種植戶應該也不少，他們應該不會完全與米郊打交道。」

「以前會，後來改變了一些。有些米郊的商號跟著府城的習慣，只想自己多賺點，不給農民好價錢，收購數量也沒有保證。過去幾年，我幾乎年年都順便幫他們幾家處理收購的事，所以有一定的交情。你觀察得很細心也很準確啊。」

葉開鴻與柳紀明持續交談。前方引路的古阿萊已經重新安靜的走路，因為太陽大，平原也沒有因為溫度升高而颳起一些風，因此顯得悶熱與刺曬。古阿萊盡量貼著沿路的樹蔭下走路，讓後面的人跟著走，減少腳底的灼熱感，特別是後面沒有穿鞋的西蒙等人。

時間已經接近中午，古阿萊徵得葉開鴻的同意，避開穿越麻豆市鎮的道路，選擇一條有樹遮蔭的田間小路，偏向東南邊直向新化方向前進。就在遠離麻豆市鎮約四公里的曾文溪分支溪床邊停了下來，準備休息用餐。古阿萊等人都放下背簍，在溪床邊洗臉，葉開鴻也沒閒著，放下包袱捲起袖子，掬起水洗臉擦手臂降溫。倒是柳紀明沒急著幹什麼，一個人呆坐著看水流向下游，發現溪床水道有石塊之外，水道邊細沙較多，看起來這水道是穩定不常氾濫的。

這溪流附近又會是怎樣的農業景象？柳紀明疑惑著，忍不住站了起來，踩著石過溪，才發覺兩三層五節芒草稀疏形成的隔離之外，是另一條溪流。他懷疑這是同一條支流，在上游處分岔形成兩條平行流向的小溪。才踏上溪床上堤的芒草邊上，他起了尿意，在背著溪流與眾人解開褲頭撒出的同時，視線透過那幾層五節芒不自覺的朝上游望去，正好看見蘇奈裸著上身，以一條小塊灰布擦拭身子，原先包紮在頭上的花巾已經卸了掛在身旁的樹枝上。柳紀明忍不住想仔細端詳又警覺失禮，趕緊回正頭向前，他驚覺蘇奈被他的尿聲驚擾，眼睛餘光還閃現著蘇奈慌張轉背向他的模糊影子。他若無其事，更加的專注向前觀望。他發現前方似乎還有一條支流，柳紀明猜想，這是一條寬大的河流，河面被幾個凸起的沖積泥石，與分布生長其間的五節芒與雜樹，分割出幾條逕流，各朝著向下游流去，然後在某一個溪段匯合，朝西邊的海域滾滾流去。柳紀明愈瞧，愈發肯定這是一條大溪流。他抖了抖餘尿，回過身體踩踏石頭回到位置上。

蘇奈的胸部真美啊。柳紀明心裡頭忽然浮起蘇奈裸著的上身讚嘆著。

那絕對是一對尖挺豐潤的乳房，不是仙桃般的上下圓周豐厚肉感，而是鎖骨與乳頭線上方的胸肌嶙瘦，而乳腺以下飽脹渾圓；小紅棗似的乳頭貼敷在銅幣大小的乳暈上，嘛嘴似的勾挺著。即使蘇奈是斜角度半面朝向柳紀明，柳紀明還是很清晰的感受到那稍稍外擴，奶量彷若充裕溢滿的乳房，在蘇奈不算厚實的上半身垂掛著的震撼與奇特。他想起了甚至還不會清楚表達語意的孩提時期，他總會不小心走闖進姊姊們的房間，看她們更衣，總會注意到她們那些白皙小巧的乳房，而她們總是防著被彼此看到，在嘰嘰喳喳的說話間束起胸部再穿上衣。柳紀明不記得他的姊姊們什麼時候長成了蘇奈那樣，一隻手都抓不滿的乳房，或者從來沒有長得夠大過。他甚至也不記得家裡請來的奶媽，有沒有像蘇奈那樣，似乎可以掛在嘴上當奶嘴的乳暈。

這樣的想起，顯得如此奇特與美好，令柳紀明不自覺撫了撫自己的胸部。正想撇過頭看看蘇奈在那兒，眼角卻已經出現了蘇奈自溪床另一頭走來的身影，柳紀明刻意維持著原來的姿勢，頭也不撇的又忽然伸展出雙腿踩踢了腳邊的沙子，他非常確定蘇奈剛剛瞪了他一眼。

「這裡是曾文溪溪床，是這個平原最大的溪流，年年氾流鬧水災，河道也是三、五年大改一次。」正抽著菸的葉開鴻，吐了一團煙說。

「我剛剛往前看，這溪床確實寬敞遼闊，這麼大的溪流影響多少的人啊？」

「總是一方水土，水流到哪裡就影響到哪裡啊。她的水流面積大，能種植利用的面積自然就大，容易產出大的量。可惜水道經常改變，也就影響農作物的穩定，有的時候水稻種個幾年，忽然來了一次氾濫，田地毀了，就得改種其他農作物。」葉開鴻吸了口菸，再吐出煙，「因為這樣，整個曾文溪流域的農作種類就變得豐富又大量。各商郊都把這裡當成主要的收購重心，一般的商號也拿這裡當成一個重要的據點，畢竟種植的人多，機會就大了。」

「所以，這裡也有葉頭家的供應商？」

「不是，我沒有特定的供應商，你忘了，我只是替商號蒐購與轉賣的？我只是跑腿的。」

「但是，將來，你會成為商號頭家，這些都有可能是你的供應地。」

「是的，我的確是這樣想的。這些年我在新化以及鹽水港，多少有了自己的經驗與熟悉的農人與小商號，我很有把握可以處理買賣的事務，但我也需要有能力的人幫忙。說實話，這裡有一些農戶，也幾乎是半固定的向我供應貨物，說是我的供應商也不為過。」葉開鴻說著，別有意涵的看著柳紀明。

柳紀明忽然不想過度介入葉開鴻的事業，他不著痕跡的避開葉開鴻的目光，並轉向古阿萊，只見他正敲著菸斗，清理菸灰。而西蒙與拔初似乎爭執著什麼。

「葉頭家懂得真多，你一定會是一個很成功的生意人。」柳紀明收回眼神說著，又忽然瞥向蘇奈，只見蘇奈正安靜的紮著花頭巾。

「哈哈，阿明兄，我不知道你的過去，但是我直覺你有做生意的經驗。」

「喔，我不是，我只是個羅漢腳。」

「哈哈哈，羅漢腳？你客氣了。」葉開鴻也不堅持，他看了看其他人，「我們吃點東西，休息一下。」

大夥的午餐倒是簡單，除了葉開鴻妻子翁蜜準備的粽子，柳紀明早上買的草粿已經攤放在西蒙剛剛割下的幾片月桃葉上，拔初解開了一包以血桐葉包紮的肉片，蘇奈則打開了一小罐以竹筒製作的隨身竹罐，裡面有一些醃製的芋莖乾，然後又從背簍取出葉片包裹的粟糯米搗成的糬，很部落風味的中餐看起來忽然變得豐富，令葉開鴻與柳紀明感到新奇。

再出發的時候，行進的隊伍有了變化，葉開鴻與古阿萊走的稍微前面，拔初與西蒙依舊湊在一起嘀嘀咕咕彼此玩笑不停，柳紀明則是退到了後面與一直悶著頭不說話的蘇奈走在一起。他們還是回到了一條較為寬大，有便橋，且有其他行人往來的道路。

大約一刻鐘，或者更長的時間，蘇奈始終沒說話，只在剛剛柳紀明退到她身旁的時候，抬起眼皮瞪了他一眼。

「我在想，葉頭家應該是希望你們種甘蔗，將來供應他的商號。」柳紀明試探性的說，但蘇奈仍然不接話，「因為我實在想不出，葉頭家為什麼要你們來。他真是有頭腦的人啊，假如你們種甘蔗，你們的土地就可以好好的利用，這樣也不用到處找工作，又有固定的收入。」

見蘇奈不說話，柳紀明隨口說：「妳怎麼了？西蒙欺負妳？妳不是可以修理他嗎？我記得，他說你們番社的女人最大，可以修理他們，我也注意到，他們很怕妳，他們怎麼這麼大膽。哎呀，看他們還不知死活的在那裡高聲講話，真希望看到妳修理他們的樣子。」

蘇奈嘴角動了，眼皮又抬了起來，兩眼瞪著柳紀明。

「怎麼了？」柳紀明被蘇奈的表情弄糊塗了，心想，雖然認識不久，但這兩次的見面，蘇奈看起來不是會鬧彆扭的人。

或許她本來就不是那麼愛說話吧。柳紀明心裡嘀咕著。想起中秋踩街時，蘇奈多半時候是安靜的，他又稍稍釋懷。

「一定很多人跟妳說，妳戴起頭巾很漂亮。喔，別誤會喔，我不是說頭巾很漂亮，而是包紮在妳頭上特別漂亮。妳看過廟裡畫的仙女像吧，妳比仙女更漂亮，妳的五官線條很清晰美麗，在我看來更像是布莊那些高檔的絲綢上描上去的畫作，一般人不會有這樣的形態。我想，你們番社的年輕人一定都為妳著迷。」柳紀明自顧自的說。

「你偷看到了我的身體。」蘇奈忽然無預警的撇過頭瞪著柳紀明說，近乎偷襲。那聲音幾乎含在嘴裡，低聲壓著只讓柳紀明聽到，讓他嚇了一跳。

「妳說什麼？」

「我說，你在溪邊有看到我的身體。」

「什麼時候？」柳紀明腦海浮起蘇奈那一對少見的，尖挺飽滿的乳房，決定裝傻。

「什麼時候？你還要裝傻？你喔，跟我們番社的那些人一樣沒規矩，就愛偷看女人的身體，真是的，我怎麼這麼不走運，遇到你這種人。」

「什麼呀？我才不是呢，我只是去解手，注意到溪床的菅芒花開滿了河床，被那整片的灰褐秋瑟景象震撼了。」

「你說什麼？」蘇奈被柳紀明拗口的用字弄糊塗，打斷了他說話。

「什麼？喔，我是說，我沒有看到妳在擦身體，我只是在……放尿，看到很多的菅芒花開了。我很喜歡那個景象啊，那個溪床比鹽水港那裡的還要寬敞，一眼根本看不到盡頭。真沒想到……」

「你別裝了！」蘇奈打斷柳紀明繼續胡扯，「你剛說擦身體？你怎麼知道我在擦身體？你說，我擦了哪裡？啊？你說啊？」

「這個……」

「你老實說，好不好看？」

「好看，啊，不是……」柳紀明說溜嘴。

「好看？你好意思說。要不要我再讓你看看啊？」

「這個……」

「這個？那個？我跟你講喔，不要以為你看過我的身體，我就該對你怎樣喔。你呀，跟其他人一樣，給我排隊好好表現，看哪一天我心情好，說不定我就帶你回家。知道嗎？」蘇奈臭著臉面對柳紀明說，說完撇過頭，加快腳步追上西蒙兩人，自己又忽然忍不住，揚起了嘴角偷偷笑著。

柳紀明一臉無辜，心裡卻忽然大笑。他也不急著追上，自己東看看西看看，保持距離的緊緊跟著，也遠遠看著葉開鴻與古阿萊比手畫腳的交談。

抵達新化時，才接近傍晚，日頭還掛在西邊遠處天際線上。葉開鴻帶著一群人，馬不停啼的拜訪幾個糖廍、商號，也在移動的路上看了幾塊閒置的土地。除了洽談，葉開鴻似乎已經不跟柳紀明等人閒談，這讓柳紀明感到震撼與理解葉開鴻對於工作的專注與專業。

一行人的奇怪組合，還是吸引了不少人的關注。

雖說新化是西拉雅族新港社的大本營，西拉雅人隨處可見，但是古阿萊等人不在傳統印象的搬運與田園勞務，卻跟著一個商人、羅漢腳四處行走，算是難得一見的獨特風景。以至於葉開鴻終於決定在他原來的舊居附近借宿時，走來了幾個古阿萊在新港大社西拉雅族的舊識，認出是古阿萊等人，便邀約前往他們社內住宿。古阿萊因為考量葉開鴻第二天的行程，婉拒了他們的邀約。但來人似乎不願輕易放棄，說這樣子傳出去，別人會嘲笑他們怠慢了遠方來的朋友，他們可是承受不起的。所以又主動協調附近幾個認識的西拉雅住家，挪出平時乘涼議事的涼亭床台，給古阿萊等人睡寢。所幸離葉開鴻下榻的住家不到一百公尺，而那幾戶西拉雅人，還是經常受僱於葉開鴻住宿的那家人。經葉開鴻同意並約定第二天見面的時間，古阿萊等人移到那裡住宿，柳紀明也跟著去了。

古阿萊的朋友們既熱情也周到，各從背簍裡取出了些東西，又把那些東西分成兩份，其中兩個竹筒的酒，以及肉片用來招待接風。其餘的包括鹿、野豬等大塊燻肉，捶實的純糯米糬數條、幾罐封實的竹筒裝罐的，以新港社著名的土法蒸餾出來的小米酒，則是要他們帶回去的。古阿萊等人所帶來的見面禮與他們大抵相同，但是內容卻有些差異。古阿萊帶來的是，十幾片以整隻田鼠擠壓成片的燻肉，以及竹筒裝著早些時候在鹽水市集買來的米酒與家裡捶製的粟糯米糬，擺在一起也挺豐厚的。

眾人在屋前的小庭院點著煤油罐一起用餐，屋主端出了芋頭、水煮地瓜等主食，又剁了兩隻古阿萊帶來的燻鼠肉做湯。眾人喝了酒說話開玩笑，一筒竹罐的酒還沒喝完，就有人開口唱歌，其餘人各自隨興跟著唱和。

這情形讓柳紀明驚訝極了，古阿萊的歌聲比平時說話的音調沉了一些，蘇奈反而高了幾個音調，使得聲音在眾人的歌聲中始終清楚地被辨識著，柳紀明腦海直覺的浮出銀鈴的聲音；比較意外的是，個子矮長相甚為平凡的拔初，聲音出奇的好聽，中氣足不致太雄厚，轉音流暢不賣弄。而西蒙似乎只是跟隨著鼓掌打拍子，感覺不出唱歌喜悅的偶爾哼唱些單調的聲音。至於其他人，既不搶拍又隱約要爭出頭的聲音，反而襯托出一群人的歌聲和諧展演，這太讓柳紀明感到不可思議了。順著他們唱歌鼓掌的節奏，柳紀明也慢慢摸索著節奏跟著鼓掌，整個人融入他們那些山脈海湧般，一波一波的歌聲，他忽然感傷，眼眶紅了起來，以至於在微弱煤油燈下，眼前的影像舞蹈似的晃動著、興彩著。

他從未遇到這樣的事，在泉州老家不曾，即使後來跟著船到了府城，到了鹽水港，與羅漢腳們一起隨處睡寢，甚至後來有了草寮的狀況也大不相同。這之前他所遇到的羅漢腳，在不上工的時期，喝酒、賭博是很常見的，那樣的喝酒場合，他們總是充斥著怨氣，謾罵雇主，互譙又享受彼此戲謔；總是不正經的談女人，與平常組兄弟會為彼此鼓勵或出氣的正面氛圍完全不同。

「我們休息一下，喝點酒吧。」

有人說著西拉雅語提議著，柳紀明沒有聽懂，但倏地停歇的歌聲，以及歡愉口氣的交談聲蔓延開來，把他拉回了現實。右座的古阿萊遞來一小杯酒，他跟著豪邁的倒進嘴裡，一口飲進，一股灼熱順著喉道入胃裡，他大呼了一口氣，頓時感到舒暢，忍不住傻笑。左邊坐位的蘇奈卻已經挑著眉側臉投來好奇的眼光。

古阿萊惦記著第二天的行程，在歌聲持續了好幾輪，喝完第二筒酒之後，古阿萊主動要求及早結束晚餐，眾人閒聊沒多久便一起走到院子口送走了古阿萊的朋友。這讓柳紀明莫名產生失落感，他不是一個愛熱鬧的人，但晚餐隨性自在的歌謠，讓他又重溫了早已經忘了的，被歡愉緊緊包圍的溫馨，一種完全不同形式與情境的家人感覺。

柳紀明望著離去的幾個人的朦朧背影，發現月亮已經上了樹梢。

「咦，他們要去哪裡？我們不跟著去？」柳紀明發現古阿萊等人隨後跟著走出院子，他慌張的問蘇奈。

「他們？去放尿，我跟著去幹什麼？」

「啊，是這樣啊。那我們也一起去尿吧。啊，不是，是我跟著去吧。」柳紀明也起了尿意，邀蘇奈一起，又立刻意識到她是女人，尷尬的自己走出去。

睡寢地點是住家主建築旁的一座平時休憩與做手工活的棚子。那是蓋有一座東西向屋頂式涼亭，南北面設有靠背的長座椅，兩個長椅之間還空出約兩公尺見方的小空間，屋主很貼心的早早點燃了一盞煤油燈。往西面走，那有一大塊釘有欄杆的木板床，可供六人左右午休用。北面的欄杆以矮牆取代，牆邊隱約還看得見排列著六、七個以竹編製成的枕頭。類似這樣形式的休憩空間，在西拉雅部落是常見的建築，古阿萊等人的家裡也有相似的設置，但顯然屋主經濟較寬裕，這休憩屋不但空間寬敞，木板也比較平整，令古阿萊心生羨慕。

「我們家裡也應該重新蓋一座這樣的休憩屋子。」蘇奈說。
「你們都睡這樣的地方？」柳紀明問。
「只有天氣熱的時候，另外白天沒有外出工作的時候，可以在這裡打發時間，睡個小覺，還有萬一有親友遠來，也可以睡這裡。」
「像我們現在這樣？」
「是啊，不過，冬天就比較冷了。如果要睡這樣的台子，要蓋被子。」
「我幾乎一整年都睡這種屋子。」西蒙插了話。
「是啊，沒有女人娶回家的男人，也只能睡這裡啊。」拔初說。
「咦？你笑我？難道你已經睡進屋子裡了？」
「我怎麼可能？不過，難道你不想？」
「這個……睡這個休憩屋比較涼快啦。」
「但是，你還是希望有人把你娶回家，不是嗎？」
「你閉嘴吧！難道你不想？」
拔初與西蒙持續交談中，眾人已經把背簍集中放到靠向西邊的欄杆，各自找到位置。這讓柳紀明感到不知所措，因為由東向西，已經躺下了拔初、西蒙、古阿萊，至於蘇奈，已經退到西面距離背簍一尺的位置。
「你不躺下，怎麼睡覺？」蘇奈問。

「我睡哪裡？」柳紀明問，但他的問題引起大家的笑聲。
「你們笑什麼？」柳紀明一臉錯愕。
「你還是外人，跟我們一起，也算是我們視之為親人的客人，所以按規矩，你可以睡蘇奈旁邊。」
「可是……」柳紀明想說男女授受不親，更何況一起躺著睡下，話到嘴邊又收回去了。
「哈哈，我知道你們的規矩。但這是不一樣的，不過你小心啊，蘇奈還沒有答應帶你回家以前，你要忍耐哈，連一根指頭都別碰啊，小心她會割掉你的……」
「拔初，你閉嘴。」蘇奈阻止拔初胡說八道嚇唬柳紀明，「你就睡這裡吧。我要聽一聽你會不會像野豬睡覺亂打鼾、翻滾。」
「這可以嗎？」柳紀明看不清古阿萊的表情，問著。
「就是這樣，你躺下吧，如果不放心，你可以靠向我一點。蘇奈不會吃掉你的。」古阿萊一動也不動的說。他的話引得大家笑了。
「你們那一套規矩與我們不同，讓你睡旁邊也不是允許你幹什麼，就只是一種友善。你是我們的好朋友，大家第一次有機會睡在一起，我們自然把你當成接近家人關係的朋友，表示你有資格成為蘇奈的候選人。我跟拔初都還沒有這個機會呢。你不躺下就失禮了。」西蒙說。
「是啊，阿明，蘇奈晚上應該不會放屁的，你安心的睡吧。至於，西蒙，你別亂說話啊，都是一個部落的，蘇奈自然已經把你當成可以考慮的男人，我們天天見面，好像也沒有必要睡一起啊。」拔初說。

「喂，你們兩個閉嘴。男人怎麼可以跟女人一樣的話多啊。」蘇奈側過身子向右，面朝著排列的背簍說話，她也不催著柳紀明。

柳紀明選擇蘇奈與古阿萊之間等距離的位置躺下，一方面不讓蘇奈太難堪，二方面他還是喜歡有足夠的空間翻身。他沒聽過部落的習慣，顧忌的也只是傳統上漢人對男女之間的避諱。想想，這種坦蕩作風，也或許是他們男女之間坦然開玩笑與維持距離的作用力吧。

細微的鼾聲很快的從拔初與西蒙的方向傳來，柳紀明還沒有睡意，睜著眼睛望向亭外的樹籬，那裡灑滿了銀白、柔和卻隱隱讓人感到刺眼的月光。他想起這已經升起拔高的月亮，才過中秋節沒幾天，應該已經縮減成半顆，那些跟隨著中秋的熱鬧也消逝了大半，而自己今天已經走了大半天來到一個從未來過的地方，與平時友好的番人夥伴，正睡在從未有過的經驗的屋外涼亭，沒有鋪席的硬板木床與他習慣的牆角、倉庫、草寮大不相同，他覺得有些不可思議與新奇。

大家和衣而睡，躺在一塊，沒多久各自的體味開始散放、糅雜，有些已經傳進柳紀明的鼻嗅。最先傳進他的嗅覺的自然是右邊的蘇奈。那是他從未體驗過的自然女體的味道，那與他過往的經驗完全不同，這引起柳紀明極大的興趣。

他清楚的記憶起他的姊姊們，長期習慣擦拭某種香氣的油膏，以至於身體也浸透了那種氣味，既不是香也不是不香，就是一股屬於她們的氣味兒，即使柳紀明也偷偷地挖來塗抹，也形成不了那樣的氣味兒。或許那就是大戶人家閨女的氣息吧？後來柳紀明是這麼稱呼那個味道。家中婢女、女傭也有各自的味道，年輕的女孩因為工作流汗，散發的帶有甜味的少女味兒，常常誘得孩童柳紀明藉故貼上去聞嗅，惹得婢女們咯吱亂笑，又沒事攬他入懷，那是與母親帶有乳香的氣息不同。而稍微年長的女傭，像是帶有某種醃製香氣的老豆腐，氣味明確濃郁，總在五尺外回香。至於傳說中的「香妃狐味」，柳紀明倒是沒有聞過，只在幾個羅漢腳喝酒聊女人的時候，感受過他們的厭惡與嘲諷。那一定是濃郁到令人無法立刻接受的狀態吧？柳紀明始終是這樣猜測與理解的。

他忍不住側過頭向著蘇奈，就著月光的折映，他睜著眼，想努力的辨識她的頸脈位置，然後狗兒般張開鼻口，召喚味道似的輕輕的嗅著。果然，他嗅出那帶有汗水的殊異香氣，恰似整夜浸潤在婢女乳香的嫩豆腐，他正思索著如何明確的形容那個體味，卻見到蘇奈正要翻身，嚇得柳紀明趕緊閉上眼擺正臉鼻朝上。

蘇奈翻了身側向柳紀明，氣息輕輕微微地，一陣一陣地吹襲上柳紀明的手臂上。柳紀明直覺蘇奈沒睡著，怕自己的調皮被識破，他也輕緩地向左側過身，半曲著身體面向古阿萊。正當他得意自己的機敏，古阿萊的氣息已經撲了上來，他忍不住深深地，不著痕跡地嗅著與興奮著。

那是他喜歡的味道。那是古阿萊搬運貨物上下船所奔流的汗液，夾雜著熱氣與麻布的味道，剛健與狂野，生機與不安分；這是柳紀明總愛緊緊跟隨著古阿萊做粗重活兒的牽引。他不需要睜開眼，也能隨著味道的流動，「看到」古阿萊強健的臂膀，厚實的胸膛與線條刻蝕似的臉、頸，更不消說那肌理分明的腿部線條，讓柳紀明癡迷與振奮，深怕一個恍惚，就消逝無蹤了。柳紀明忍不住，伸出了指頭，輕輕劃著、撫著床板，探索似的，每一分每一寸，向前又羞怯後退。柳紀明感覺自己臉上已經燥熱，呼吸有些起伏急躁，卻兀自感到溫暖甜蜜。

古阿萊身上襲來的氣味更加放肆了。它梭撫過柳紀明的前額又劃過鬢髮、耳臂、耳垂，柳紀明耳根子熱了。他忍不住輕啟雙唇，迎接那氣味指尖滑過上唇、下唇、嘴角，才驚覺口乾舌燥，一股觸撫感覺已經毫不猶豫的順著後頸往下，流向乳頭指向小腹，並在那兒猶豫與迴旋，時左時右，才覺得往下，又已經往上挑逗。他想伸手壓著阻止，卻又不知道如何下手。柳紀明實在忍不住了，他嚥了嚥口水，渾身燥熱的翻過身子朝上，霎時，一股熱氣往下半身衝擠，令他腫脹得快爆炸，他忍住不呻吟，卻驚覺那股燥熱彷若一股重量壓了上來，一陣一陣的頂著，衝擊著，他呼吸變得更急促，氣息更熱，下腹一股熱流像尿般的衝動想噴發而出。

一隻手忽然握住了柳紀明的右手，打斷了他幾乎叫出聲來的呻吟，將他拉回現實。

柳紀明立刻知道那是蘇奈伸來的手，他有一股被識破的窘迫感，他緊閉著眼，假裝自己依舊在熟睡的夢境中。他順勢翻身向右，面朝著蘇奈側身屈著身體，不著痕跡的將他硬直的男根夾著藏著，並將蘇奈的手推擠到膝蓋外，同時抽回自己的手收縮在膝蓋間。

迎著蘇奈不到一尺距離面對面呼來的氣息，柳紀明整個人清靜了下來，呼吸也回復平穩狀態。他除了抿了抿嘴，試著吞嚥什麼，佯裝沒發生任何事，讓身體維持著相同的姿勢，一動也不動。約莫一炷香的時間才忽然睜開眼，發覺蘇奈正看著他，月光折映中，蘇奈的眼神明亮又充滿了撫慰與諒解。柳紀明霎時了解，蘇奈以為柳紀明受了她的影響而產生了生理反應，所以主動側過身握住柳紀明的手。

柳紀明給了蘇奈一個微笑，又稍稍挪動枕頭靠向蘇奈一點點距離，然後閉上眼睛。此刻他需要蘇奈她那淡淡乳香的，帶有汗水的自然體味，讓他平靜下來，完全的平靜下來。

古阿萊等人依約定在日出時分，來到葉開鴻住宿的地方等待。出發前屋主請他們喝了樹豆湯與水煮地瓜。葉開鴻分配了一些食物與朋友贈送的物品要大家揹負，便立即出發。葉開鴻決定沿著曾文溪西岸，經過大內（註：今台南市大內區）轉回鹽水港。聽說那兒有一些新開業的糖廍，除了走訪陳頭家說的幾家之外，他還想看看有沒有其他的可能。

一行人走路隊形較昨日密集。柳紀明因為認知到葉開鴻的精明與務實，一改先前的迴避態度，主動的走上前與葉開鴻、古阿萊走在一起。倒是蘇奈安靜的走著，偶爾回頭回應拔初與西蒙的調侃，一路想著柳紀明昨夜的反應，以及短暫貼近同寢而眠的甜蜜，心想著，柳紀明真是奇怪的漢人。她不自覺的撫了撫頭上的花巾，一個念頭，她忽然扯了下來，放開頭髮放直，以花巾將直落的長髮箍起。由後望去，像是一束長髮上的一隻大型花蝴蝶，隨蘇奈的健走而規律的左右搖曳，將要飛出之際又被牽引盪向一側。她的心思，似是如此。她偶爾抬頭看著柳紀明的背影，一個楞頭青，總是直板板的左右搖晃，她忍不住笑了。每抬頭見一次，便笑一回。

糖郊

正午前，鹽水港口依舊持續忙碌著。幾艘將出港的貨船，已經陸續裝妥貨物，分行次離開，港區只剩下南岸昨夜抵達的三艘船還在與其他兩艘分別調貨、裝卸貨。搬運工多半已經離開，只有一些零星留在港邊幾棵樹下乘涼、打盹。

北岸，碼頭邊上屬於陳頭家的幾個倉庫，還留有十幾個搬運工，不少人蹲坐著抽菸。從南岸搬運完的古阿萊等人與柳紀明，也在休息完了之後，也轉來這裡等機會，看看有沒有需要他們的工作。為了不引起其他搬運工認為他們有搶工的企圖，他們刻意坐到倉庫稍微後方一些，既看得見葉開鴻的倉庫，也隨是可以被船家與岸邊上的工頭看見。

今天將有一批糖貨與一些竹編製品、醃製農產品從新化運載而來。因為比預期的時間稍微晚了一些，陳頭家坐在倉庫前焦急得已經抽掉三管菸，葉開鴻正陪著他。

「不會有問題吧？」

「他們之前來探過路，所以應該不會發生迷路走錯地方的問題，不過，這是第一次嘗試送到這裡，運載的車可能要費神一些。」葉開鴻說。

「這也難怪，我記得你說過，他們那裡就有可以運載的舟筏。」

「沒錯，一般都用舟筏送到指定的商號倉庫集中，再統一集中配送。這一次，我們要他們送到這裡，確實也為難他們。」

「那怎麼辦？」

「沒怎麼辦，先前已經這麼說定了，就試試看這麼做行不行？如果我們要僱請船隻到麻豆去裝載，我們能找到的數量以及成本會不划算，而且也可能會引起港口船運的關注引起糾紛。另外，我們目前所能蒐購的額外貨物是不能算在常態的貨量啊。由他們送到這裡應該比較好，他們順便買些東西回去，對其他郊行也算好事啊。」

「是啊，你說的有道理，大家也算彼此幫忙了。」陳頭家終於又露出他那缺了齒的小黑洞，笑了。

「說著說著，已經有人抵達了。」葉開鴻指著南門市集來的方向，四輛牛車滿載著，上面覆蓋著乾稻草，緩緩而來。

「這是一百包的米，上一季收成的米，這一季的稻米下個月就要收割了，所以我請茅港尾堡相識的米商幫我收購，但是一般的米商只願意清出一半的存貨，所以數量不算多。」

「咦？就要收割了，還要保留一半的量？不過，你真是厲害啊，這個也想到了。你怎麼處理這些米？鹽水港的米行有人開價了嘛？」

「哈哈，米是糧食，跟我們那些糖不一樣啊，下個月收割，還是要備著點，這個時候賣，價錢還可以要多一點，等收割完，舊米價錢便跟著跌了。對了，我這是送往台南府的，台南府城競爭比較大，容易叫價。這裡的米商數量算計得很清楚，所以，不需要留太多的儲量。」

「唉，可惜，這一回，他們要的糖量不多，我也不好多收購了。真是麻煩你了。」陳頭家說。

「頭家別想太多啊，做生意這種事，你比我清楚更多。我一方面也是想跟大內新社這一線的人建立關係，保持關係，一方面也是賭，看看會不會有其他做生意的機會。不過貨物都在，也不能說有多大的風險，只是資金壓著，確實有一點壓力罷了。請放心，我可以處理的。我招呼他們讓這些米進倉庫，你先坐坐休息。」

葉開鴻這一回，南下新化，又繞向大內，除了見見老朋友敘舊，也順便發現與開發了新的糖廍、蔗園據點，更注意到了一些像玉米這樣的大宗農產品。這些所見，雖然沒有立刻形成什麼想法去思考是不是要拓展商機，不過，他還是預購到了一百包的米以及三百五十包的紅糖。紅糖的數量超過陳頭家的預期，加上因為額外蒐購的加價與運費，令保守的陳頭家感到窘迫，僅願意蒐購最初委託的最大量一百五十包。對此，他對葉開鴻的坦誠與不保留感到感激，又對無法吸收過多的貨物感到愧疚。還好葉開鴻很豪邁的表示自己吸收處理，讓整件事不致太難堪。

三百五十包的紅糖與一百包的米，加上一些農產加工品，是無法全塞進王仔的船，所以葉開鴻打算就只運送陳頭家的委託，其餘的，先暫時鎖進倉庫。一方面讓事情單純一些，二方面進一步摸清市場其他的可能，可能有助於後續的交易機會。對此，葉開鴻希望柳紀明能跟著一起到台南府城，他需要培養一個精明的助手。

柳紀明的態度也挺有意思的。做生意當頭家他是熟悉的，但是來到台灣以後他只想學著那些羅漢腳，每天只賺取一點生活費，整日閒蕩發呆。去協助葉開鴻做生意，不是壞事，畢竟跟著去了新化一趟，他清楚的知道葉開鴻是個積極，也很有想法的生意人，當他的助手，也可以學到不同的生意面向。但是真要認真跟著葉開鴻，那麼他跟著古阿萊一起工作的樂趣也就沒了，更何況，他早就意識到古阿萊對他的意義，那是心理的一種夥伴、依偎的甜蜜與安心，遠遠超越了工作夥伴的關係。他寧願多花一點時間跟著古阿萊等人一起搬運、嬉笑聞著彼此的汗臭，甚至接受他們以聽不懂的西拉雅語的調侃。現在，他正與古阿萊等人坐在那兒，看著他們抽菸、開玩笑，等著聽候差遣。

「我問你一件事，阿明。」古阿萊長長的吐了一大口煙，忽然問。

「怎麼了，古阿萊，你那麼嚴肅。」

「我想了好幾天啊，也跟蘇奈商量了很久，她要我問你的意思。」

「這真的會這樣啊？」聽到蘇奈要問柳紀明的意思，拔初忽然插話。

「你看你的表情，看到鬼了？沒頭沒腦的問什麼話？」古阿萊皺著眉問。

「你說蘇奈要問柳紀明的意思，是怎麼了？她想要討柳紀明回家了嗎？」拔初很認真的問，卻嚇得柳紀明直擔心真有這回事，以至於他也瞪大眼看著古阿萊。

「哎呀，你在想什麼？」古阿萊忽然想笑。

「我是在替西蒙擔心啊，你看他這些天都不怎麼唱歌了，一定知道蘇奈有了其他的想法。真是可憐啊，這麼多年了，到頭來卻讓給了別人。」

「喂，你這個矮鬼拔初，怎麼說到我這裡了，什麼這麼多年了？難道你是昨天才認識蘇奈的？你亂說什麼話？還有，我是那種隨時都在唱歌的人嗎？是你心裡吃味吧？真是的，我們番仔寮的男人怎麼會你有這樣的。你乾脆直接向蘇奈表達吧，說你願意幫她耕田種甘蔗，將來老了也不用這麼辛苦到這裡扛運這些東西。」西蒙臉上沒什麼表情的說。

「你……哎呀，我為你著想，你怎麼說到種甘蔗去了？真是不知道感恩啊。」

拔初的反擊，又遭西蒙的回應，兩人你一言我一句，既不是吵架也不是鬥氣，兩人似是討論與他們不相干的事，各自說起道理了。

「是種甘蔗的事。」古阿萊這一說，拌嘴的兩人都閉嘴了。

「還真是種甘蔗啊？西蒙你怎麼知道？原來你跟蘇奈私底下談過這事？」拔初有種被蒙在鼓裡的不甘心。

「你閉嘴吧？我只是隨口說說我自己想的事情，我怎麼知道蘇奈怎麼想？又說了什麼？你安靜一點，聽古阿萊怎麼說？」西蒙表情有了不耐煩。

「你們記得上一次去新化，葉頭家有一段時間跟我走近交談嗎？」古阿萊說。

「不記得。」

「我也沒印象。」

「我想起來了，是中午吃過飯以後，再出發的時間。還有第二天的路上，葉頭家不時指著路上的甘蔗園向你解釋，我沒想到其他的事，難道葉頭家跟你說了要種甘蔗的事？」柳紀明說。

「怎麼？你也覺得我們應該種甘蔗？」古阿萊感覺柳紀明的話有這樣的意思。

「不是，我不是覺得你們應該種甘蔗。我只是想知道你怎麼考慮這件事。」

「所以，你也曾經想過這件事？」

「想過，在路上想過，然後就忘記了。這不重要啦。我問你，你們想種甘蔗嗎？」

「我們？」古阿萊似乎猶豫了，「葉頭家是個好人，但是……」

「怎麼了？」柳紀明覺得這裡頭有隱情。

「西蒙你比較說得清楚，你來說吧。」古阿萊說著，又慌張的想吸口菸，卻發覺菸斗的菸鍋已經燒完了。

「這故事有一點長，我就簡單說吧。」西蒙跟著古阿萊一起點起了菸，「很多年前，一個自稱是麻豆來的生意人，帶著幾個麻豆的番人來我們部落，勸我們種植一種叫黑麻的東西，說那個他收購價錢很高，我們不用出錢買種子，他可以提供，只要我們種植，不論種多少他都全部收購。他還幫我們算過，說黑麻產期只要四個月，按照當時他給的價錢算一算，如果我們把所有的土地都拿去種植，一次的收穫，足夠我們兩年半生活費。」

西蒙停了一下，抽了菸又吐了一口煙，繼續說：「我們全部落的人幾乎是被召到長老家的院子一起商量的。大家看著麻豆來的同胞穿戴都很鮮麗，招待我們的酒也很特別，我們也動心了。然後那個生意人還說，沒關係，大家好好考慮。如果願意的，他可以給願意種植的人，以戶為單位，借給大家一點錢過日子。」

「我記得這事。」拔初插話了，「當時大家想，有錢可以先領，而且只要先種四個月，即使把所有的土地拿去種，不種糧食也不會餓死，他們也是那樣說，所以第二次那商人再來的時候，我們幾乎每一家都跟他們定了契約種黑麻了。」

「那應該很好啊，還簽了契約表示他一定按照契約收購，你們也有保障啊。」

「這一簽才糟呢，後來整個都變了樣。剛開始那生意人派人教我們怎麼種黑麻，怎麼除草，甚至到了後面收割的時候，他們派了好幾輛牛車和麻袋，把麻袋分給我們自己收割裝進麻袋扛上牛車。」西蒙說。

「對啊，我記得我家割了六袋，而且還是小心割下豆莢的部分。那幾乎是我家所有的土地，包括房子牆角所有可以照得到太陽的地方都拿來種了黑麻。想想還真可惜，我家那幾棵讓我們這些小孩充滿期待的香蕉、芭樂都先砍了。」拔初說。

「六袋？那你家不就賺很多？」柳紀明忍不住說。

「是啊，如果真如他說的好價錢結算給錢，我們的確可以過一兩年的好日子。」西蒙說。

「他沒給錢？」

「這怎麼說呢，全部收割完了，他說讓他處理完，過兩天再來跟大家結算，看看還需要給各家多少錢。結果，就再也沒回來。我們覺得不對勁，也派了人到麻豆附近番社走走看看，看看能不能遇到他帶來翻譯的那幾個番人，也沒結果。最後，我們遇到了一個懂得漢字的羅漢腳，像你一樣。他幫我們看了契約，我們才知道上當了。」西蒙說。

「是啊，那一天晚上部落很多人把釀的酒，甚至剛釀的還沒出酒的，也拿來喝了，有不少人哭了大半夜。那四處不定時發出的哭聲、嘶吼聲，甚至還有幾家的老人，過沒幾天就過世了，我們相信那些都是氣死的。那真是恐怖啊，那些天，我連出門尿尿都不敢。」拔初看了一眼古阿萊說。

「等一下，西蒙還沒說完，到底怎麼上當了？」柳紀明被拔初的插話弄渾了。

「那個番契寫著他，吳某，與番仔寮的誰誰誰簽訂契約種植黑麻。由吳某出資五文錢，僱請番人地主誰誰誰種植、收割，吳某全權負責運送與銷售販賣。種植種粒由吳某提供，所需土地由地主誰誰誰提供。出資金額於簽訂契約時一次付清。」

「這個意思……就是……哎呀……」柳紀明太驚訝了，以致不知道怎麼接話。

「沒錯！這個番契，只是清楚的說明，他出資出種子僱請我們工作，我們土地白白供給他使用。」

「么壽啊。你們當初沒看清楚契約？問清楚怎麼回事？」柳紀明覺得太不可思議了。

「哈哈，阿明啊，西蒙剛剛不是說，我們被騙了好幾天以後，才好運的遇到一個懂漢字的羅漢腳嗎？我記得當時他說黑麻的價錢很好，現場就有人問怎麼個好法？他說，處理過的黑麻，半麻袋可以賣到十五文錢。大家一聽，都心動了。雖然不知道黑麻怎麼種，長什麼樣子，一塊田能種出多少麻籽，看在那個人直接發錢的氣勢，大家想都沒想，高高興興的都蓋了手印，每一戶人家都簽，誰知道後來不是這麼回事啊。現在想想，你們的人，好人不少，壞人也不少，會騙、會搶、耍無賴的，還多到隨時都會遇得到。厲害啊，連整個部落都騙了。」拔初的聲調轉換了兩三回，聽起來倒像是在讚美那個玩弄欺騙全部落的商人。

「這個……」柳紀明不知道怎麼接話了。

拔初說的一點也沒錯啊，由福建透過各種管道移民來台的漢人，好人不少，但是令人厭惡的惡形惡狀確實也多如牛毛。尤其是羅漢腳，拐、騙、蒙、混、賭、偷、詐、賴、搶等確實沒有少過。護庇宮裡牆壁上那些禁令碑文，台南府城那些隨處可見的告示石碑文，多少反映了這種事的嚴重性。只是把整個部落耍了，這手段也太高明，或者部落人太純樸太容易信任了。柳紀明心思轉回到古阿萊一開始的猶豫。他想，一定跟這一次的受騙有關，也許還有其他類似的遭遇沒說。

「更糟的事還在後面，大家拿土地去種黑麻，後來雖然又開始種植食物，那也是兩個月後庫存的食物都快吃完了，大家才警覺必須清除收割時落地的黑麻種子所發芽重新長起的黑麻，改種回原先那些芋頭、地瓜、玉米。偏偏那年鬧乾旱，農作物根本長不好，缺糧的結果，逼得我們一些大人都開始往外打工。整個生活型態都受了影響，就像現在，我們長大了，還不斷出來到處找工作。」西蒙說。
「後來找到人了嗎？」柳紀明試著轉換自己因吃驚而不知如何的窘境。
「真要找到人，那可要出人命了。」
「所以，這是你顧慮要不要種甘蔗的原因嗎？古阿萊。」
「這……就暫時是這個原因吧。」
「暫時？」柳紀明覺得其中還有什麼難言的事，但不知道該不該繼續問。
港口周邊坐著一群人忽然開始騷動了，原來南側駛來了一些牛車，往東面的道路也來了好幾輛牛車。葉開鴻已經在指示搬運工頭，隨後，又向古阿萊揮手召喚。
按照葉開鴻與陳頭家的商議，搬運工也分成兩個部分，一部分搬運紅糖一百包上船，其餘的，則搬進葉開鴻的倉庫，葉開鴻首先清點並指定最早來的牛車上的糖裝運上船。
「阿明兄，我想邀請你，一起跟著船到台南府城送貨，不知道你願不願意。」葉開鴻忽然向滿頭大汗的柳紀明提出要求。
「應該是可以的，葉頭家準備什麼時候出發？」
「要看船老大王仔什麼時候準備好，應該不會太晚，正午過後就可以出港。」
「好吧，我就在這裡附近跟古阿萊那幾個人一起休息，葉頭家準備好就招呼我一聲吧。」
「你不準備點什麼個人的東西？」
「我一個羅漢腳，腳一抬就可以出門，沒什麼東西可準備的，船上都有東西了，我應該餓不到吧。我只是陪著去，談事情的是葉頭家你啊。」

「哈哈，好，等你們搬完，我這裡收拾完，我直接在船上跟你碰頭吧。」

「可以。」

柳紀明沒多客套，回頭又去幾個牛車上找貨物搬，他得繼續搬運再累積一點錢。搬運麻袋包這種以件計酬的搬運偷懶不得，搬多少就是多少。柳紀明的工作態度是很積極的，絕不偷雞摸魚，但是，除非工頭特別指定，一般他不會每天上工。他上不上工是以口袋裡的錢夠不夠支撐五天不上工為考量，他總要預留了這五天因天氣或其他原因沒工作的生活費。一方面，他只想優雅的過日子，並不想攢很多錢；二方面，也是不想讓其他的羅漢腳對他有非份的想法。這種生活態度，確實也讓他省掉很多麻煩。但自上一次買了些東西送蘇奈，他忽然想起要多存一些錢備用。例如古阿萊種甘蔗的事，可能會需要一點資金，雖然誰都沒有跟他提過，柳紀明自己在私底下卻想過幾回，只等著古阿萊開口或不開口。這一段時間，一有機會他總是不自覺的想多做些額外工作。

柳紀明將他今天所能拿到的最後一包大米扛進倉庫，走出倉庫，注意到幾步遠的一棵樹下，拔初與西蒙正坐著抽菸，比手畫腳似乎爭論著什麼，而古阿萊站在他們後面，面向柳紀明靠著樹幹擦汗，眉頭依然輕鎖著。柳紀明朝他笑了笑，走了過去。

「你今天扛了不少啊。」古阿萊說，他的話引來拔初與西蒙半轉過上身看著柳紀明。

「還好，沒有很多，最近身體變得比較結實，多扛一點。」

「喂，阿明，剛才我們沒有講完的話，你要不要繼續說？我是說種甘蔗的事。」拔初忽然插話。

「我？我沒說什麼吧，古阿萊也沒說要種甘蔗啊。」柳紀明知道他們想聽他的意見，但他更想聽聽古阿萊的想法，畢竟這是他提的問題，而且一定也困擾了他許多時間。柳紀明覺得不忍。

「是蘇奈要問你。」拔初指正柳紀明。

「這個……怎麼推到蘇奈那裡去了？」柳紀明遲疑了一下，「我知道你們的顧慮，我也還沒問過葉頭家的想法。所以我無法回答你們關於種甘蔗的事。但如果你現在要我回答你們種甘蔗好不好，我一定會說好。畢竟，我們會老，不可能一直來幹這些搬重的工作，如果能有一個穩定的農作，穩定的收入，我們平常就可能輕鬆的種食物，在部落過日常的生活，也不要一直在村子外工作被人欺負。做農務是一個很好的選擇。」柳紀明很自然的重複使用「我們」這個字眼，讓古阿萊眉頭忽然舒展，嘴角輕微的揚起。

「我看得出來葉頭家是個很好的人，也很有事業心的人，他的事業可以做得很久，如果取得合作，對我們應該有很大的保障。不過，我要先跟你們說，這一切，還需要再好好的談。對了，古阿萊，葉頭家怎麼跟你說的？」柳紀明說。

「說了很多，我看我們找個時間，大家不工作時，喝點酒再好好的慢慢的說吧。我忽然想跟你喝酒了，阿明。」古阿萊說著，然後看著柳紀明笑了。

「喂，古阿萊，你偏心得也太超過了，我怎麼沒聽你跟我說我們該喝酒了。」拔初說。

「別亂說了，古阿萊找我們喝酒的次數還少啊。他只是跟阿明說，他想跟他喝酒了，平常對我們都直接說今晚到我們那裡喝酒。這個一樣嗎？你吃什麼味啊？」西蒙說。

「這聽起來好像有差別，這真的有差別嗎？」柳紀明問。

「古阿萊是說，要找個時間邀你一起喝酒，他想在不匆忙趕時間的情況下，好好的跟你聊一聊，我看你想想什麼時間比較好，古阿萊被這件事困擾很久了。」西蒙說。

「阿明，你是我們的好朋友，如果你願意，我希望邀請你到我家來，我們想聽聽你的意見啊。」古阿萊說。

「是這樣啊，好啊，我很高興被邀請，我會去的。」柳紀明就差一點沒有鼓掌叫好，「今天我答應葉頭家跟他一起到台南港送貨，回來時間可能很晚，說不定要過夜。所以，後天我可以，我看就後天好了。」

「好，我來接你。」古阿萊說。

「這樣好嗎？你來回兩趟路太遠了吧。我看我自己沿著路去你們番仔寮那邊的方向，應該可以找得到的。」

「沒有不好，又不是很遠。」

「也好，免得我走丟了，讓你們擔心。」柳紀明忽然想到可以一路陪古阿萊聊天，他也不堅持要自己走回去。

葉開鴻把倉庫的大門關上，「嘎」一聲，吸引大家回頭望去。只見葉開鴻正在上大鎖，工頭隨即吆喝著大家領工錢。古阿萊等人沒有多逗留，拿了工錢寒暄了一下就先行離開了。柳紀明則回到住宿的草寮前的溪邊沖洗身體，便又回到港口等候。

「喂，阿明，你要跟著葉總管出港嗎？」一個聲音朝他說話。

「啊，是船老大啊，是啊，葉頭家要我跟著一起去，是搭你的船嗎？我注意到那些糖是裝進你這艘船的。」

「是啊，很高興你又搭上我的船，你還記得怎麼操舵嗎？」

「操舵？我怎麼會記得，那是很久以前的事了。」

「哈哈，很久以前？那才一個多月以前的事。不過你說的也對，這之間，我都出船了幾回，說不久，也做了很多事，好像過了很久啊。對了，你不先上來一起喝個茶？」

「等一會兒好了。這裡涼快，剛才搬完這些貨，我休息一下。」

「也好，今天還有時間要擠在我這條小船，再聊，你先休息吧。」船老大王仔也沒堅持，自己說完，找了甲板有遮蔭的地方，抽起菸了。

柳紀明不上船，主要是不想這麼早就窩在船上與其他人閒聊，對他而言，那是苦不堪言的事，他寧可自己在港邊樹蔭下，或躺或坐想事情。但中午時間天氣實在太熱了，躺在有樹遮蔭的港邊土堤上，他伸展著四肢，蠕動著讓身體與地面凹凸間接合。他感覺到一股舒服，忍不住解開布釦敞開上衣裸胸，兩隻腳也沒閒著的相互擠脫鞋子，又小心的把鞋子壓在腳後跟下。這可是他與其他羅漢腳很不同的地方，他喜歡光著腳板透氣，卻沒有辦法光著腳板走長路與工作，他必須好好保護鞋子，免得被其他羅漢腳摸走。

昏昏欲睡中，他忽然想起一隻慵懶的流浪狗隨處找尋涼快之地躺臥的模樣，頓時喚回了一些精神。他仍閉著眼，卻忍不住嘴角彎翹向上，他笑了。

怪不得人們總是把他們這些四處閒晃，不斷伺機找生路又隨遇而安的羅漢腳當成流浪狗啊，他想。

若真是一條流浪狗，倒也自在。他心裡進一步肯定這想法。

只是辛苦了要煩惱吃食。他心裡想著，心情又忽然沉了，輕輕的。

她叫阿芬，是嗎？柳紀明想起中秋節在小巷子遇見的一對去扮演藝閣仙女，其中瘦削的高個女孩。她說了窮人被瞧不起，連藝閣扮仙這樣的機會都得讓給有錢人家的小孩。那種及早看透人生的喟嘆，她才幾歲，不是嗎？人與人攀比的現實與傷害，就已經深刻體驗了，未來還能遇到怎樣的冷眼或者排擠？還有，像古阿萊的部落，除了沒錢，也還算富裕，食宿無虞，一旦拿金錢衡量，他們還真的得墜入窮的底層，隨便幾文錢就被耍得團團轉，壞了日子，也對未來產生懷疑。

「當個流浪狗自在啊。」他說。

「當個羅漢腳自在啊。」他又說。

我真的可以一直這麼自在輕鬆？他心裡又忽然叮咚的顫著。他不是那個名叫阿芬的女孩，也不是古阿萊部落的人，他與在各個地方都能遇見的羅漢腳，有著完全不同的理由來到台南府。他可是泉州一個布商大戶的小兒子，他可是一個布莊的掌櫃，一個從來沒有嘗過挨餓受凍的滋味、一個從來也沒有煩惱明天日子怎麼過的大少爺啊。

我現在更好吧？他閃起了這個念頭。覺得自己除了體力付出較多，食宿雖然極為簡陋，卻從未挨餓過，精神卻是更自由與滿足，他甚至覺得，微笑著仰躺在這港口堤上，像個流浪狗隨地休寐，遠比在家裡由女傭搧著大扇侍寢來得更舒適暢快。

「阿明啊，上船了。」船老大喊著，柳紀明倏地坐起，看見葉開鴻已經上了船，循著船老大的目光，正看著柳紀明。

「來囉！」柳紀明幾乎是第一時間就跳了起來著裝，看著葉開鴻與船老大不可置信的眼神，柳紀明也不好意思的趕緊陪著笑臉，急忙忙的上了船。

船，是約在一炷香的時間之後開始移動，經過港口的幾個泊地，進入急水溪，又匯入八掌溪，經布袋嘴出海後，左轉南下台南府，花了將近兩個時辰才進入台南港的泊地。依照陳頭家給的大略位置，船移動向靠南岸的港堤但並未直接下錨。葉開鴻先下了船確認商家派來接頭的人員，再移動船隻到另一條寬度約略兩條船交會的小水道，這個過程又花上了一個時辰，搬運工人搬清了貨物，天已經暗了下來，外海遠處的上空只留有不甚亮華的天光，以至於當晚全體人員都留宿台南。

葉開鴻並沒有浪費留宿的時間，在收購商蔡頭家的介紹下，他認識了幾個商業規模較小的糖商、米商，有的商號已經加入了相對應的行郊，有的還在猶豫，原因沒有細說。另外，因為知道這些送來的糖是葉開鴻收購的，蔡頭家也沒藏私的透露這些糖，是幾間國人洋行委託福建幾個商號收購，價錢遠高於台南府城鄰近幾個糖郊的收購價，所以全部要送去福建。因為擔心府城糖郊業內的競爭，蔡頭家計畫選擇與鹽水的糖商合作，甚至想合併鹽水幾間小糖商，增加出貨量，他也希望葉開鴻能加入他的陣營，作為供應商替他再找找哪裡還有剩餘的紅糖儲存。至於其他交易細節與其他商行之間，特別是福建哪個商號？如何聯繫？蔡頭家沒有說，葉開鴻也沒有問，只答應再找找糖貨，順便確認下一批收購的價錢。

第二天，開船離開台南港前，先將船移到北岸靠泊。葉開鴻讓其他人自行上街，並約定午時前回到船上，自己則拜訪了平時往來的米商，探詢米價以及有無其他可能門路進一步合作。但對方正愁於第二季的稻米即將收割，而第一季超量收購的米卻還庫存了幾百包，庫存資金調度壓力大增。葉開鴻還沒開口問售米的可能，他反而請求葉開鴻協助分散壓力，或者為他找尋願意接手的買主。他的表情認真與焦慮，這讓原本想開口賣米的葉開鴻打消了念頭。但米商後來的一段話，讓葉開鴻眼睛一亮，米商說這些庫存的米並非不能賣，一般人也不見得有能力分辨出最新一期的米與過了一期的米之間的不同，只因為他經營的是比較高層的消費者，因為利潤穩定且比較高，自己也不願意改變經營方式，所以他堅持只賣最近一期的米。他不想解釋今年超量收購以及後來沒有賣完的原因，只想趕快找到人接手，賣到外埠，否則收割完新穀子後，這些庫存米過了十二月，此地同行的收購價格就要折去三分之一了。

米商說的事葉開鴻可以理解，但好奇米商的米與自己收購的米究竟有什麼不同。葉開鴻答應幫忙找到收購商並允諾儘快回覆，臨走前隨口向米商買了一斗米，回到船上，卻引起船員與柳紀明的好奇。葉開鴻只是笑著沒有多解釋。回鹽水港兩個多時辰的航行，葉開鴻除了向柳紀明好好的解釋，關於之前向古阿萊提起種甘蔗的想法之外，他還反覆咀嚼這一回送貨到府城所獲得的大量訊息。

船回到鹽水港已是申時。葉開鴻先回了家把隨身的包袱物品放下，並交代妻子翁蜜今晚晚餐煮他帶回來的米，隨即去了糖商陳頭家家裡覆命。陳頭家依約定早就等在家裡，大廳上還有其他兩位糖商黃、吳頭家，見到葉開鴻進入院子，他們都起身等在大廳。

「葉兄，辛苦了，裡面請。」

「陳頭家客氣了。哎呀，黃頭家、吳頭家你們也在啊。」

「聽陳頭家說你替他跑了一趟生意，他高興的要我們一起來迎接你呢。」

「啊？沒什麼大事吧？這個陣仗。」葉開鴻剛剛進院子還覺得困惑，為什麼大廳內有兩位頭家等著，那他該如何向陳頭家回覆，原來是陳頭家自己邀來的。會為了什麼事呢？他想。

「沒事，沒事，黃、吳兩位頭家都是與我一起開始糖業的經營，我們都想著有機會能多開創些利潤，所以，我把這次的買賣都跟他們說了，也剛好趁這個機會跟他們證明我說的不假，如果有機會請你幫忙，日後可作為參考。」陳頭家露著他那缺齒門牙，笑著說。

「是這樣啊。」葉開鴻笑著回答，但心裡幾乎在同一時間大聲咒罵。

委託買賣雙方的契約或約定，是委託與被委託人彼此依實際狀況叫價協商，其利潤分配也是依據貨品價值與實際買賣進行的難度來定價，雙方私人情誼的親疏有時也是決定價碼差距的因素，整體來說是很難一個標準訂價分配的。陳頭家不是第一次當頭家談生意，不可能不知道這個不成文的行規，他現在忽然來這一手，日後講價就多了一層束縛，著實令葉開鴻有一股被綁架、侵犯的憋屈感。

莫非他是不信任我的報價，要其他兩位頭家來見證？葉開鴻不敢想，卻直往那裡想，他微笑著極力掩飾心裡的怒意。

「葉兄別誤會了，陳頭家約我們來，是因為他覺得，這一次的利潤確實很可觀，怕我們不相信，他要藉著你的信譽來使我們相信，他希望我們跟他一起合作，看看能不能多一點機會，要不然光靠我們先前固定的來源，我們一年做不到幾筆大生意的。」黃頭家說話了。

兒戲！葉開鴻罵在心裡。心想，都是鹽水港糖郊的頭家了，居然還有這種小孩子找人保證的遊戲。但隨即，葉開鴻警覺事情不是這樣。畢竟，能成為一個商號的頭家而且持續在鹽水港區這樣商業往來興盛的港埠經營，沒有一個是笨蛋不懂人情世故的，沒有人在談生意時，會不帶一絲心機甚至一點點奸巧的。陳頭家的用意，應該是想要葉開鴻具體，且不保留的說出更多的訊息，說不定他們要組成一個糖郊裡的小集團。思及此，葉開鴻也幾乎在第一時間陪上笑臉：

「哎呀，幾位頭家太體貼細心了，別擔心我想偏了，你們都那麼照顧我，我那敢多想什麼。倒是你們的感情這麼好，令我羨慕啊。」

「是啊，黃頭家你不說，我還沒注意到這個。對了葉兄，我知道這樣很失禮，可是我沒別的意思，只是把他們找來，證明我說得沒錯，說不定可以說服他們一起增加規模，也想聽聽他們的想法，對生意有幫助。開鴻兄，你是我信任的做生意夥伴，很多地方還得靠你啊。」陳頭家還是一臉笑容的說，門牙的缺縫更黑、更具體。

這令葉開鴻頓時心驚，他也不再客套多話，先報告了實際賣出的金額，再提到紅糖是將送往大陸福建轉賣給洋行的，至於白米的事，葉開鴻則略過。另外蔡頭家要他帶話給陳頭家，希望陳頭家盡可能再多提供一點貨源。

一般來說，葉開鴻職同總管，商行委託處理已經議價完的糖貨收購與出貨，有一定的工作費與紅利，正常的工作費是採購或出貨的百分之零點三。若是全權議價採購、出貨，則按總利潤的百分之五作為紅利，運費另計。通常來說，葉開鴻親自議價，被收購與出貨的對方商號會提供他們實際收款利潤的百分之二至三作為回扣，葉開鴻在這個部分是婉拒的，而是直接將折扣在議價中。這讓委託的商號有更多的利潤，也讓被收購與出貨的對方商號更信任與尊敬葉開鴻。

對葉開鴻來說，他並沒有損失多少，因為買賣進行的整個過程中，他的確能在上下兩端之間獲得利潤，這是商業的默契。委託的商家們也不會去過問，他們算計的是實際能進帳的利潤。實際上，這些年委由葉開鴻全權講價的結果來看，產地被收購的糖廍沒有減低利潤，而收購的商號成本並沒有變高，利潤反而有所增加。這也是為什麼葉開鴻會被邀請到鹽水港來幫忙，又相繼吸引了幾個商號頭家的委託。這都是因為葉開鴻並不圖短期的「暴利」，而是希望能持續日後進行買賣交易的多贏策略，他重視信譽遠高於短暫的獲利。

對商人而言「十一」是個原則，也就是出貨價與採購價是以成本的一成（百分之十）為利潤，是一個正直商人的議價標準與門檻。這一回的情況較為特殊，因為收購商蔡頭家已經允諾給予原始收購價提高百分之十的彈性，送貨時再給包括運費總價百分之十的保證利潤。以這個基礎上下兩端作價，利潤自然比平時還要多。原始收購價是陳頭家出資，收購採貨、出價則是葉開鴻負責，這樣陳頭家即使以原收購價報價出貨，也還能獲得比平時多出百分之十的出貨利潤。而葉開鴻除了應得的工作費，他還有更多利潤空間可以回饋給提供糖貨的糖廍，並將成本省下的部分轉嫁給陳頭家成為利潤。

對此，陳頭家沒有絲毫懷疑。當葉開鴻展開銀票，他迅速結算並雙手遞上葉開鴻應得的報酬，眉開眼笑地咧嘴連連向葉開鴻道謝。不用細算，他也清楚的知道這遠比他預期賺得更多，只可惜一開始沒有多投資收購更多的糖貨。

「你說的洋行是怎麼回事？」吳頭家忽然問。

「是西洋番開的商行，我也不是很清楚，聽起來收購報價比一般同行多了很多。」

「看來，市場有機會變得更大了，不知道我們吃得到吃不到？對了，府城那裡的情況怎樣？」黃頭家問。

「這個消息應該還不是很流通，至少，蔡頭家還是很低調在進行，不希望張揚，避免同業競爭。」陳頭家說。

「我們應該跟糖郊李勝興大頭家商量看看，他有大船可以往來福建，或者我們幾個先找人去福建看看是怎麼回事。」

「我們有誰懂得西洋番的語言？如果沒有，還是要找當地的糖郊合作。如果談得好，我相信應該比讓府城的糖郊賺一筆來得划算。」

「是說，西洋番會不會到我們這裡，或者在府城開洋行？那種洋行究竟又長得什麼樣？如果真的來開店，我們能不能競爭得過？我們是應該找李頭家參詳啊。」

「我看，這些事，我們幾個人私底下先了解好了。一下子就讓其他人都知道了，我們會失去先機。」

頭家們持續交談著，葉開鴻也只能安靜的聽著，他們的話，他有些同意，有些則覺得過於武斷。但不論如何，他對這些頭家，就是打心底佩服。頭家果然就是頭家啊，提到賺錢做生意，鼻子、眼睛全都張了開來，嗅覺之猛，眼光之銳利，絕非一般人可想像。這倒說明了，沒有一個已經穩穩站住腳的頭家是笨蛋啊。葉開鴻心裡頭讚嘆著。他忽然想到他帶來的米。

「頭家們，失禮了，你們繼續聊，我得先回家去了，你們的談話讓我聽起來也感到振奮了。日後有什麼新的發展請頭家們多照顧，開鴻隨時聽各位吩咐。」葉開鴻說著並站了起來。

「哎呀，你看我們只顧著說話，都沒聽你的意見，真是失禮啊。你一定很有自己的想法，如果有什麼想法，記得我們幾個啊，我們支持你。」黃頭家首先站了起來，其他兩位也跟著站起來。

「不留下來一起吃個飯？我已經交代多做兩個菜，我們可以喝小酒聊天啊。」陳頭家說。

「謝謝你了陳頭家，這一餐先欠著，日後還要你多照顧呢。家裡人等我吃飯，我得讓家裡小孩看看我啊。黃頭家、吳頭家我先告辭了。」葉開鴻說著，便往廳外移動，三位頭家都起身送他至陳頭家院子口。

葉開鴻才走到一個街口，忽然又轉去米店買兩升新米回家。

鹽水港天色還亮著，夕陽也還沒完全落入海面，倒因為海平面有不少的積雲，陽光穿透罅隙向四周散射，形成瑞氣千條，霞光滿天的黃昏景色。街上還有許多人走動著，港口方向，還遠遠傳來那些羅漢腳彼此戲謔忽然爆笑的聲音。

葉開鴻想著這兩天關於糖、米貨的許多問題，邁著步子往回家的路走去，冷不防被一個聲音從後面叫喚：

「葉頭家！」

「咦？阿明先生，是你啊，怎麼了？你買了什麼？這麼重。」葉開鴻回頭看見柳紀明正吃力的扛著一個竹編的大簍子，臉都歪了一側。

「是我。」柳紀明把簍子放了下來。那是一般人家用來放置雜物的器皿，看起來簍子裡裝了不少東西。

「我跟古阿萊約了明天去他們番社，不好意思空手到人家家裡，下午回來以後去買了些伴手。東西不重，是因為這簍子大，不好使力。」柳紀明補充說。

「是這樣啊？你還真是重禮數啊。有需要我的地方嘛？」

「哪裡，剛好想到罷了。買了這些東西今晚我沒有地方放，我只能想到你，所以我試著走這條街回去，看看能不能在路上剛好遇到你，請你幫忙讓我先將這些東西鎖進你倉庫，明天我再來拿。」

「可以啊。我看這些東西就放我家吧，家裡隨時有人在，明早你過來拿即可。」

「這怎麼好意思，這麼麻煩你。對了，不是因為這些東西貴重，只是怕東西不見了，出門沒伴手。」

「不用客氣，舉手之勞罷了。就順便一起吃晚飯吧。」葉開鴻理解柳紀明對於那些居無定所的羅漢腳流浪漢的顧忌。一群光棍居住在一棟簡陋草寮，東西被偷是常態。

「這就不麻煩了，感謝你。」

「我也不勉強了，不過平常不用太客氣。」

「哈哈，謝謝葉頭家。」柳紀明扛起了竹簍，道了謝，跟著葉開鴻一起走到距離不到一百步的葉家門口。

「我看就到這裡吧，麻煩葉頭家了。」柳紀明說。

「不進來坐坐嗎？」

「不了不了，這樣太失禮了。」柳紀明語氣稍急，眼神還不時看看自己的妝束。

「那就不勉強了。東西我拿進去，不過你要答應我，哪一天你一定要來坐坐，而且要邀請你那些番社的朋友來坐坐。」葉開鴻了解柳紀明顧及衣著禮數不進家門的考量，也不便強求。

「一定，有機會我一定邀請他們一起來拜訪葉頭家的。」柳紀明聽出葉頭家想邀請古阿萊的意願，其中傳遞的，想請柳紀明傳達給古阿萊關於甘蔗的想法。他做了承諾，並鞠躬告辭。

葉開鴻望著柳紀明的離去背影，益發相信眼前這個跟羅漢腳一起工作，又極度享受閒散的男人，一定有著與他人極度不同的背景與經歷。

他太特別了。葉開鴻心裡說。

「你在跟誰說話呀？」葉開鴻的妻子翁蜜聽見院子圍牆外有交談聲，她確定是葉開鴻之後，開了門，沒見到另外一個人。「咦？你帶了什麼東西？這麼大的竹簍，你買來幹什麼啊？你又買了米？」翁蜜語氣驚訝的看著葉開鴻正在抬起的竹簍。

「喔，這竹簍是阿明先生寄放的，他怕帶回去住的地方，今晚就被人偷了去。他明天要去拜訪人，這是他準備的伴手。」

「羅漢腳也懂這些禮數？怪不得他讓我覺得他是不簡單的人，好像對布莊很了解。咦？這個包袱裡一定都是布料。」

「別猜了，失禮啦。你也覺得這個人不簡單？要不是因為這樣失禮，我還真想好好的問他的來歷。」

「進屋子吧，孩子們等著呢。」翁蜜才關了院子大門，兩個孩子已經衝出屋子，喊阿爸。

「哎呀，你們別跑那麼急，摔跤了怎麼辦？」翁蜜看著近五歲、三歲的兒子，危危顫顫的跑著，還真擔心他們摔一跤。

「來，阿爸抱抱。喔，你們都長大一點點了，有幫阿母照顧弟弟嗎？」

「有！」兩個小孩說完掙扎著脫離葉開鴻的擁抱。

「我們吃飯吧。對了，你怎麼又買了一袋米？這有兩升吧？」翁蜜問。

「你煮了我帶回來的米嗎？」

「煮了，米的香氣很清芳。應該很貴吧。」

「我們原來吃的米呢？」

「我買便宜的米，就那個味道吧，你是知道的，有一點倉庫味，煮熟了都還有麻袋的味道。」

「這聽起來很不一樣啊。妳聞聞這一袋米的味道。」

「這個，比我們家吃的好一點，比你現在囤在倉庫的味道差一點。我不知道你想幹什麼，我們先吃飯吧，孩子等著。」

「也是，我先收好阿明先生的東西。」

吃過飯，葉開鴻去了倉庫，舀了一杓最近收進的白米回家，請翁蜜再聞聞。

「這個，跟你從府城帶回來的差不多，應該說更新鮮。怎麼了？你要賣米了？怎麼忽然注意到這個？」

「本來，我想把倉庫的糖貨送出去的時候，順便把米賣了。但是府城我認識的米商，說他的米沒有賣完，還剩下一大堆，還說，如果不趁時在年底前賣出去，價錢會被同行以很低的價錢收購。那個頭家沒有多作解釋，但我警覺到這米是有分時期的。」

「稻米收割兩次我是知道，但是吃米吃了這麼多年，只知道以前在新化的米很好吃，來了這裡米變難吃了，什麼原因就不知道了。難道跟你說的時期有關。」

「不知道，可是，我帶回來的新米好吃，我們平常買的便宜米比較不好吃。我從街上帶回來比較貴的米還比府城的米不香。而從茅港尾堡收購送來的米，卻比府城的米還香。等等，你去挖一碗平常我們吃的米，還有一碗府城的米，我在街上買的米也拿一碗來。」

「你是要卜米卦啦。」翁蜜摸不清葉開鴻要幹什麼，起身時開玩笑葉開鴻要作收驚儀式的一種米卦。

翁蜜往裡走，兩個小孩走了過來，葉開鴻趕忙拉了個矮桌、矮凳，又點了個煤油燈放桌上。

「阿爸，你在做什麼？」大兒子問。

「我在看米，看看這些米哪裡不一樣。這可都是我們吃的米啊。」

「喔，將來我們也要賣米，要做大頭家。」大兒子葉瑞西說。

「哈哈，好，將來你長大，想賣什麼就賣什麼。」葉開鴻說。說話間，翁蜜已經將幾碗米擺上了桌子，說明不同米的碗之後，抱著小兒子坐了下來。

「你看，倉庫的米跟台南的米看起來一樣，比較透明，我們吃的米有一部分已經變白了，還有一些微薄的白粉；我在街上買的米看起來像是把府城的米和我們吃的米摻在一起。」

「這什麼意思，你要賣米了？」翁蜜楞了，摸不著邊。

「不是，我是說，正常情況下，米是依照新舊程度來定價的。無論新舊米或者亂喊價，都能賣得出去。你看，我在台南買的米換算下來，一升的價錢還是比鹽水港米商賣的米便宜，卻更新更好吃。」

「么壽喔，你是說，這裡的米商亂喊價不老實？」

「不是，也算是。」

「是是，還是不是，你這樣回答我。」

「我是說，這裡的米價始終就定在這個價錢，也不能說是不老實，不過新舊米摻在一起，以新米的價錢販售就不老實了。雖然都是米，每個地方的商品價錢是不一樣的，這跟競爭以及人口有關係。我們賣糖也是這樣啊。」

「唉唷，你說那麼複雜，你倒說說看，你幹什麼去買這些米來研究？」

「我只是想弄清楚，這些米有什麼不一樣，為什麼米商頭家會驚慌？同樣是米，怎麼忽然就有不同的價錢。」

「你喔，吃米不知米價啦。」

「哈哈，但是我可以順便賣米啊。」

「你幫忙賣糖還不夠，還要賣米？」翁蜜不敢相信自己耳朵聽到的事，忽然瞠起了眼睛。兩個小孩卻聚精會神聽著說話，他們看看翁蜜，又看看葉開鴻。

「你們聽得懂我說的嗎？」葉開鴻覺得有趣，笑著問了兩個小孩。老大楞了好長時間，點點頭又忽然搖搖頭，老二也跟著老大點頭搖頭。連煤油燈燈芯火苗也忽然搖搖晃晃。

「我只是個替人跑腿的，賺點零錢養家確實還不錯，但是啊，我們現在就有兩個兒子，你肚子裡還有一個小孩，我總要在他們長大之前，趁我還年輕跑得動打下基礎啊。糖業，很有前景，我們也不能忽視其他的產業，要像大頭家李勝興那樣，可以跨足不同行業。我現在幾乎就可以跟這裡的小商號比實力，但是我應該再尋求更大的機會，將來我要建立我自己的商號，跟這些孩子一起經營。」葉開鴻說的認真，翁蜜卻眼眶紅了。

「只是辛苦你了，我一個婦人，也幫不上什麼忙。」

「說這個幹什麼？夫妻兩人，不就是一起想這些有的沒的？替我好好照顧小孩，就是最大的幫忙了。阿西也五歲了，也該幫他找個先生教他識字了。」葉開鴻說著，「你們要不要開始讀書識字了呢？」他問小孩。

這一回，大兒子點點頭說著「我要讀書識字」，二兒子也立刻學著點點頭說。

葉開鴻又繼續說著稍早幾個頭家關於糖的討論，也順便說說柳紀明的三兩事，與計畫請古阿萊等人種甘蔗的事。屋內梁柱響起壁虎的嘓叫聲，而屋外剛好經過了一組由郊行僱請的保安巡守隊。

番仔寮

柳紀明下了船直接回了他住宿的草寮。草寮只有三個沒出工的人，他們抽著菸，喝著小酒，輕聲交談。見到柳紀明回來，都揮了揮手打招呼，沒多說話。這個草寮住的，都是認真工作沒有特別不良嗜好的單身漢子，很難用一般社會對「羅漢腳」的印象去看待他們。同住一個草寮，工作常與柳紀明、古阿萊等人有所交集，大致都相熟柳紀明的工作與日常，所以，不會有人纏著交談。柳紀明正喜歡這種人際關係的距離。他拍了拍床鋪，取了一條布巾，然後走向草寮前的河道，找一塊稍有遮蔭的水邊脫了衣服下水浸浴。他的舉動引起其他人的注意，接著，他們也跟了上來，脫了衣服下水。

「我怎麼都沒想到，白天也可以下水泡澡。」

「只有你吧。」另一個人說，但聲音都平和，沒有喝酒人那種情不自禁的大聲嗓。

柳紀明只笑著朝他們點點頭，安靜的洗完，擦了身回到草寮躺回床鋪睡覺。此時的草寮算是安靜，除了有一點距離外的港口作業區的人聲叫喝，以及這附近茅草叢一些他從來也不知道名稱的鳥禽聲，不時的傳來；而在幾棵苦苓樹下搭起的茅草屋，也還不算熱，柳紀明很快的睡著了，他不記得自己做了夢，還是一直清醒著在腦海浮掠熟悉與不熟悉的畫面，便醒了。剛剛喝酒的三人，已經從溪邊回來，繼續喝著酒聊天。他翻身離開睡鋪，拍了拍床，便微笑著朝著他們點頭離開。他想上街買些東西當成明天拜訪古阿萊的伴手。

他先去了那家布莊，裁了幾尺灰黑色棉布與兩尺帶有紅色細碎花案的花布，以一塊藍色布巾包了起來。除了指名他要的布料，他一路微笑著迴避了布莊頭家想與他多聊的攀談。出了布莊，轉去賣菸草的店買了三包菸草，他想到應該買一些白米及一罈米酒。他聽說這裡有一間專門釀造米酒的酒莊，他問了路，繞過兩條巷子，走進一條長有幾棵構樹的小巷。那兒有一間門口與屋簷堆有竹編器皿的住家，這住家旁有一排豎著不少陶製罐罈的短牆，淡淡的酒香從屋內飄了出來。柳紀明問了問價錢，打了一罈約十斤的招牌米酒。出了酒莊，考量還要買米，為了方便，他順手買了一個長方形上寬下窄，一般裝芋頭地瓜等根莖類的簍子。隨後他繞去米店，挑了兩斗的新米，包裹後，連同布料，都放進簍子裡。他才注意到，這簍子還真不好使力，抱著不能持久，扛著又嫌簍子高。更讓他傷腦筋的，這些東西今晚放哪兒？搬回草寮，那些「室友」應該不會伸手摸了去，但是問起來要解釋半天，也很困擾。萬一半夜習慣走動閒晃的人，趁他熟睡抽個一兩件，或者整件搬走，那不更糟？

找葉頭家幫忙，他有倉庫。他心裡陡升起這個想法，忽然開心起來了。

時間還早，連太陽都還沒下落到西邊人家的屋頂線，柳紀明猜測葉開鴻一定是到陳頭家家坐，晚餐前才會回到他家裡。算一算，這個時間不會太長，但也足夠讓他閒晃到不知如何繼續。一個羅漢腳，抱著簍子走在街道，自然吸引了不少人好奇的眼光，他索性走進一條小巷子，按著葉開鴻住家的方向時左時右的鑽著前行。巷子內人家多半關著院子大門，沒有院子的小戶人家敞著門坐在門前，見著柳紀明扛物的樣子，除了好奇看生人，沒有太多的防備眼光，只當柳紀明是替主人出門購物的僕役。

後來鑽進一條巷子，柳紀明忽然覺得眼熟。這是一條土礫石鋪成的巷子，蜿蜒連結著好幾戶人家，這些房子有磚造、紅瓦疊造的，也有土牆瓦頂的，大小不一。但相似的是，每戶人家有著一塊園子，周邊除了種植一兩棵樹，每家都各自種些不同種類的蔬菜。柳紀明記得當時他是反方向走過來，而遇見一對女孩，那對女孩後來走進他現在所站位置右側約二十步左右的一戶人家，那兒有斑白木色的木門。

「她叫阿芬，一個漂亮的女孩。」柳紀明脫口說著。

「你是在叫誰啊？」

一個聲音忽然傳自他身後，柳紀明猛回頭，看見一個婦人，一個年紀並不算太大，頂多二十出頭的女子，原該是瓜子臉的，但雙頰豐厚，也成熟了許多。

「喔，我想起了中秋的時候，在這裡遇見一對去扮演藝閣的女孩，很漂亮的兩個女孩。」柳紀明說。他的話卻引來那婦人輕皺眉頭注視著他，若有所思，不語。

「怎麼了？我只是剛好經過這裡想起這件事。」柳紀明忽然意識到對方可能有不好的想法。

「原來是你，那一天那個跟她說話的羅漢腳。」那婦人說著，又看看柳紀明肩扛著物品。

「是啊，我記得她叫阿芬，是嗎？我聽見院子裡有人這麼喊著她的。」

「那你現在是想幹什麼？帶來這些東西？」那婦人的聲音變得充滿警戒。

「我？」

「是啊，帶著這些禮物是來提親，還是想偷偷勾引她嗎？她才幾歲啊？就算要找人嫁，也要好好挑個好人家，你一個頭無頂腳無地的羅漢腳想都別想，我們家沒有田產可以養你。」那婦女變了臉怒氣沖沖的越過柳紀明往前走，忽然回頭，「你可別亂來喔，我們是好人家的女人。」

「我……你誤會了，我真的只是剛好路過。」

「剛好？」那女人停住了腳步，又回頭走了幾步靠向柳紀明，「為什麼這路上沒有剛好冒出個金子？就你剛好路過？騙小孩啊？你們羅漢腳就是不老實，想成親想瘋了。」

「我想起來了。你是那個女孩的姊姊，也是那個扮藝閣女孩的媽媽，怪不得那女孩這麼漂亮，原來她媽媽就這麼漂亮。」柳紀明不理會那婦人的怒氣，微笑著說。

「你……油腔滑調的，不正經！」那婦女口氣忿忿，注意到柳紀明長相俊美，她忽然臉紅，而責罵聲像漏了氣似的。「我警告你喔，你別亂來，要不然我大聲喊救命，你沒完沒了。哼！」

「我……我不是壞人。」柳紀明跟著往前走，朝著她的背影說著。

「阿姊啊，你在跟誰說話啊。」一個女孩忽然探出頭來問。

柳紀明認出那女孩就是上一次遇見的高個子女孩，他忍不住揮揮左手打招呼，那女孩看了他一眼。

「是一個不正經的羅漢腳，你要小心啊，最近附近的這些羅漢腳經常出沒，絕不是好事，門關上。」

柳紀明已經走到那尚未闔上的院子大門，忍不住朝裡看，那高個子女孩認出他來，情不自禁的紅著臉微笑。那婦人也正巧回過頭想確認大門關上，她早就臊紅的臉，眼神也沒了剛剛的警戒。從來沒有被年輕俊美的男人讚美，她似乎在剛剛就已經完全不知所措，除了臉熱心跳。

大門闔上瞬間，三人的目光像光束在三稜鏡上短暫的交集。

「我不是壞人，我只是剛好經過這裡。」柳紀明隔著大門板輕聲喊著，心裡忽然輕鬆起來了。

「你們姊妹好漂亮啊！」他又說。

院子內沒有聲音回響，但柳紀明似乎聽到兩個姊妹的竊笑聲，或者他聽到了自己促狹那對姊妹的不老實聲音。

柳紀明沒有繼續逗留，眼看夕陽將落入海面，他趕緊往葉開鴻家裡走去，適巧，就在葉開鴻家門第二個路口遇見，把東西託給了他。然後按往例，他到港區附近幾個似乎專做這些工人生意的小攤販，張羅吃的，再轉往護庇宮。天氣濕暖的傍晚，蚊子多，他喜歡到宮裡聞些熏香，廟口廣場每晚都點有幾把較大的火炬作為照明。有些居民飯後會到這裡閒聊，運氣好，還可以聽到有走唱人路過，或有居民興頭一來說故事的。但多半的時候，他只靜靜的坐在門前廊第二根柱子前的台階，看著人們活動，直到大約戌時才沿著港堤回到住宿的草寮。

鹽水保安巡邏組規定，所有常住或臨時留宿的搬運工人，不允許入夜後在港邊倉庫後方的住宿區閒蕩。柳紀明自然不會踰越或嘗試探險，像白天那樣遇見兩姊妹還能開心離去的狀況根本不可能發生。入夜後，也許才一個驚叫，他就會莫名的被一群住戶的男人打死，即使逃離，也很難不被那些保安巡邏組拘捕，用刑或驅離。他來到鹽水港聽過幾回這種事，但從來沒有看熱鬧圍觀，他也不喜歡這種暴力衝突的畫面，總是避著。

「阿明，今天回來得早啊。」回到草寮，一個同夥向他打招呼。

「嗯。」柳紀明點了頭應著。

草寮外約六尺，燒著一塘不大的篝火，一方面是燻煙驅蚊，一方面提供有限度的照明，柳紀明注意到草寮的同夥幾乎都回來了，有人已經躺著，有三人抽著菸閒聊，有幾個喝著小酒，有人就只是坐著安靜的想事情。

「沒有人找你麻煩嘛？」有人問。

「嗯？」

「今天阿水遇到短鬍子那幾個人攔路嗆聲，要阿水轉告我們不要太得意，說工作都給我們搶去了，平平是賺吃的，要互相一點。」
「這太沒道理了，他們自己好吃懶做，搞壞了名聲，怪我們搶工作，羅漢腳就是羅漢腳，真是令人討厭。」一個人說。
「這種人啊，有時要狠狠的嗆回去，伊祖媽的，要打起來，還不知道輸贏呢。」那個被稱為阿水的說。
「哈，你已經氣了這麼久，還在氣啊？跟他們那種人生氣甚至打起來只會賠本的。」
「我沒遇到他們。」柳紀明簡單的說。他知道他們說的那個短鬍子，中秋遊行那天曾經攔過他，他也知道有一群這樣的人，逐漸被商家工頭們厭惡，而不找他們工作，因此他們閒蕩與人爭吵也不是什麼意外的事了。柳紀明慶幸還有一批像這些住在草寮的同夥，當別人將他們視之為近乎流氓的羅漢腳時，還能自我安慰的心裡辯稱：我不是。
「沒事就好，大家沒事就好。大家出門在外，注意安全，別惹事上身了。」這個草寮裡年紀最大的人說。
柳紀明沒繼續加入他們的談話，他脫了鞋，兩腳交互的搓揉之後，躺上了睡鋪，他想好好睡個覺，等著古阿萊明早來接他。想到這裡，心裡一陣暖意。他絲毫不排斥這樣的感覺，畢竟古阿萊在他心裡是一個可靠的人，而且是一個讓他樂於每天上工與忘記疲累的人。
柳紀明醒來的時間大約在午夜前，他被相隔兩尺的隔壁睡鋪傳來的急促呼吸聲喚醒，那是鼻腔與不時張口換氣，瀕臨呻吟的聲音。他輕輕的側過身面向茅草編紮的牆，張著眼，腦海浮現起那帶有極細微呻吟聲的畫面。

隔壁睡鋪的兩個人是「夫妻」關係的事，草寮的人都知道，沒有人抱著鄙視、排斥的態度。不用睜著眼看，柳紀明也能想像得出他們正相互伸手進入彼此的褲襠，為對方捋管的激情狀態，要不了多久，直到雙方都射精後相擁入眠，那種黏暱親密所輻射的幸福感覺，總像是夜裡的水氣，因為過於濃郁而凝掛結露在草寮屋簷或牆面枝露的葉梢與斷梗上，被昭告與欽羨。他第一次親眼見到這情形，是在府城的某一天傍晚，一座倉庫後邊的牆角，他被兩人投入的失魂所驚嚇，以至於某夜被隔壁睡鋪「吵醒」，他便充滿理解的佯裝睡夢中翻身，很自然的側過身，不讓他們感到尷尬，也怕自己被他們噴發的腥臭與黏稠與伴隨的糾纏、投入、脫神狀態嚇著。

這樣的「夫妻」或伴侶關係，在府城，柳紀明知道的就不只一對。柳紀明也相信，鹽水港，除了這個草寮，別的地方一定還有這樣的「夫妻」關係。大家都是單身出門，生理一定都有需求，心理都需要被慰撫。這樣的伴侶，這樣的關係，在這個圈子裡待久了，沒有人會大驚小怪的。柳紀明是個俊俏也看起來乾乾淨淨的人，自然經常會有人試著向他暗示過，不論眼神或動作。但柳紀明很難動心，是他眼界高，也是因為在意的是心靈交會，而不是生理的接觸。

我沒有生理需求嗎？柳紀明忽然浮起這個念頭，但隨即完全否認。那一夜在新化，睡在古阿萊的身旁，他近乎射精的臨界狀態，讓他相信，他不是沒有生理需求，只是沒有遇到適當的人。他渴望被疼惜與照顧，就像古阿萊給他的感覺。

古阿萊是這樣的人！他很肯定。但他與古阿萊會發展出近似夫妻的伴侶關係嗎？他又忽然沒有勇氣想像。

隔壁睡鋪持續的細微呻吟聲襲來，柳紀明不自覺伸出手指，細細的，緩緩的，貼著古阿萊為他裁剪與鋪展的「床套」向前、向外伸探，身體忽然一陣燥熱。

他醒來了兩回，隔壁的兩人似乎也一度離開睡鋪。他睡了再醒，終於等到一片翳白光華在河道上鋪展，而草寮四周還黑著，暗著，只有草寮前幾棵雜樹稍高葉梢上的露珠，不安分的點點白亮著，像竊賊一樣的窺視著柳紀明，他發覺自己從未如此期待見到古阿萊。想著想著，竟兀自害羞起來，又側過身向著茅草牆，閉起眼微笑著一動也不動的，讓自己鼻孔更貼近床板。不一會兒，那熟悉的香氣又開始一絲一絲的升起、飄移，急切、渴望的鑽進他的鼻嗅、頸背、腹胸，柳紀明甚至覺得那些香氣已經無禮張狂的鑽進自己的褲襠。他仍一動也不動，而後逐漸進入寤寐狀態，太虛著又清醒著感覺草寮的同夥，一個個的起床整理。窸窸窣窣的聲音一如平日，沒人多交談，即便有也是輕聲細語，而後一個個離開上工。

直到所有人都離開，柳紀明才心甘情願知足的睜開眼。草寮內已經亮白，他伸手撥了撥草牆，一道光射了進來，太陽的上緣正從遠處的山頭冒出。他起了身，穿上鞋走出草寮，先去溪邊洗個臉，然後沿著溪床走上港口邊堤，再折往市場吃了一碗滷肉飯，付了錢，他才發覺褲腰袋裡只剩下幾個零錢。

離開攤位，柳紀明聽到熟悉的聲音叫喚，他尋著聲音望去，發覺是古阿萊在一個賣水煮玉米的攤前。

「古阿萊！怎麼是你。」柳紀明趨前說。

「沒什麼事，我早一點過來，回頭路上太陽也不會太熱。你呢？怎麼那麼早？對了，我想買這個給你吃，你要吃幾根。」

「我吃過了，你買自己的。早上沒事，我也起得早，所以先來找吃的。」

「這樣啊，我出門就先吃了，如果你不吃，那我就不買了。」

「別買，省下來，以後買別的。」

「好，那我們走吧。」古阿萊倒也乾脆，隨即朝著自己來的方向離去。

「等一下。」柳紀明被古阿萊的動作逗笑了。「你跟我回去拿個東西。」

「你還有東西要拿？好，走吧！」古阿萊才說著便轉過身向著港口的方向走去。

「這裡，我們往這裡。」柳紀明幾乎是笑著說，他沒說出：哪有人這樣的說走就走。

「我們要去葉頭家的家。」路上，柳紀明解釋著，「昨天我買了一些東西，我睡的草寮沒有地方放，所以先放那裡。」

葉開鴻的家門是開著的，而他自己也早就從倉庫轉回來站在門口伸展。見著古阿萊與柳紀明前來，他趕緊將柳紀明的竹簍搬了出來。

打過招呼，接過簍子，古阿萊望著簍子發楞，隨即他向葉開鴻要了根麻繩，穿過簍子前面的肩部，再穿繞過後底部。他取下頸子掛著的擦汗用布巾，再估量了一下柳紀明的上身長度，把繩子兩端與布巾接綁起來，然後把整個竹簍提了上來，掛到柳紀明身上去。

「哎呀，這不就像是蘇奈的背簍了？」柳紀明驚訝的發現。

「是啊，這竹簍抱也不是，扛也不是，這樣使用最好。」古阿萊說。

葉開鴻也覺得有趣，看著柳紀明與古阿萊，卻欲語還休，倒是古阿萊非常主動的說：「葉頭家，你跟我說的事我們很認真的想了很久，所以，我們想請阿明到我們那裡，好好的再跟我們解釋清楚，那些細節怎麼進行。我們番人並不太懂這些啊。」

「這樣啊，哈哈，那就太好了。既然是這樣子，我也就不客氣了，你們等著。」葉開鴻進了屋子，又再出來提了一罐陶封的十斤酒罈，「本來就想請阿明先生帶去，怕增加他的壓力，好像我有什麼特別目的，既然你都說了，我也就不客氣的請你們喝酒。我的建議，請好好考慮，我需要你們的幫忙。」

「葉頭家客氣了。這怎麼好意思呢？」古阿萊變得忸怩不自在。

「別客氣，這是我謝謝你們陪我到新化一趟路。我做成了生意，請你們喝酒啊。」葉開鴻說完，直接把酒罐塞進柳紀明的背簍。

「古阿萊，不要客氣了，既然葉頭家都說了，我們就接受這個酒吧。這個與葉頭家說的事沒有關係。」柳紀明擔心古阿萊想岔了。

「對對，古阿萊，這個酒與我說的事，沒有關係。只是單純想謝謝你們。」
「既然這樣，我們不接受也就太失禮了，謝謝葉頭家啊，我們先走了。」古阿萊說完直接轉身離開。柳紀明趕忙向葉開鴻陪笑臉，告別。
兩人一前一後，很快的走出了鹽水港鎮，兩人顯然都很開心，但沿路交談無多，古阿萊專注著走路，柳紀明跟在古阿萊的後頭，望著背影，很開心又胡亂想著事情，不時無聲地傻笑。這一條往西的牛車道路，連通到海邊的幾個小村落，其中包括古阿萊的番仔寮部落。沿路除了接近鹽水港的一大塊區域，種植一大片甘蔗，在接近村落附近有些水稻與玉米等田地，大多區域是野草蔓蔓的荒野地。甚至到了後段道路，兩側高聳的五節芒與蘆葦也一段段一區區的叢長著，遮蔽了一大半的視野，走在其間，一下開闊一下又如綠色崖壁兩側逼來。這讓柳紀明覺得新奇又有些害怕。
這可都是可以藏匿匪徒等待搶劫的地方啊，還好沒有堅持自己單獨走來。柳紀明心裡不時湧起著這個念頭。他看著古阿萊安靜又堅定的走著，又覺得心安和不好意思。
「我們這裡要左切進去了。」古阿萊停在一條寬度只夠兩人並走的小徑，小徑兩側沒有太多的長草，很明顯的被修整過。
「這條牛車路往下還有村落嗎？」柳紀明指著剛剛走來的路延伸的方向問。
「有，往海邊有不少的小村落。距離我們部落稍微遠一點，他們的農作田都不大，好像剛好只夠自己一家人吃，就像我們那樣。他們好像不是我們去新化看到的那樣，是靠著農作物營生的。」古阿萊說，又指著小徑的遠處，「走吧，路不遠了，他們應該都在等你了。」

循著古阿萊手指的方向，不遠處，有不少建築錯立，周圍有一大片生長著低矮植物的區域。

「我們部落周邊都是我們的耕地，這一條路兩側也是。」古阿萊說。

「你們都有習慣修路嗎？」

「修路？喔，我們不修路的，這些路都是走出來的，你看不到太多長草掩蓋道路上，是因為我們習慣隨手拔刀修砍。」

柳紀明忽然覺得這短短的半個多月，他跟著葉開鴻，跟著古阿萊，總算也見識到傳說中台灣的廣袤田疇，見識到港口以外的荒野。

「走吧！」古阿萊說著，隨即開口唱起歌來了。

「古阿萊。」

「怎麼了？」古阿萊停止了唱歌。

「我問你，你一直沒結婚嗎？」

「哈，你怎麼問我這個？跟女人組一個家庭一起生活很不容易的。」古阿萊沒有用「結婚」的字眼。

「怎麼？有特別的規定嗎？不結婚，也就不能一起過生活，像夫妻那樣，是嗎？」

「這個，不好解釋，你們的言語我說得沒有那麼好，我講不清楚啦。你問我這個，是怎麼了？你想結婚嗎？我可以問問蘇奈的意思。」

「不是，不是那樣。」柳紀明聽到蘇奈的名字整個人都清醒了。

「你別不好意思，我看得出來蘇奈很喜歡你，我從來沒看過她喜歡一個男人像喜歡你一樣，我跟她說，她一定會很高興。」

「不是，不是這樣的，我只是想到你還沒結婚，不是我想結婚。」柳紀明還真怕古阿萊開口問蘇奈這事。

「哈哈，不說，不說。你看蘇奈已經等在那裡了。」

蘇奈果然等在小徑進入部落的入口，頭髮綁著柳紀明送她的花巾，而拔初正從一旁的瞭望台走下梯來，看見柳紀明高聲的喊著：

「哇，阿明，你來了，我們等你很久了，我們猜想你應該會很晚才來，還好古阿萊想得周到，早早把你拉來了。」因為高興，拔初聲調拉高了。

「其實，我也很早就準備來了。」柳紀明也不知道怎麼接話。見到蘇奈站在一旁微笑無語的看著他，他趕忙打招呼：「蘇奈，妳好美啊。比上一次見到的妳，更美了。」

「真的嗎？你真的覺得我很美嗎？你說得我好高興啊。」蘇奈笑得燦爛。

「咦？阿明你怎麼揹這個？」拔初發現新奇的事，聲音更大更高亮了。

「竹簍啊。」

「這是女人揹的啦，蘇奈，阿明給妳帶了一個新的背簍。」拔初幾乎是喊著的，深怕有人聽不見。

「是嗎？我要裝東西，需要一個簍子，我見了這個喜歡，就買了，你看，古阿萊還替我穿了繩子，背起來舒服多了。」柳紀明不知道拔初說的有什麼意義，解釋著。

「先到我家吧，我們站這裡，別人還以為發生什麼事了。」古阿萊說。

柳紀明才注意到，入口鄰近的幾戶人家有人已經站到院子外了，有人正探出頭來好奇發生什麼事。其中有些看著柳紀明的眼神並不是很友善，柳紀明想起古阿萊先前說的種植黑麻事件，他稍稍收斂自己，表情保持平和跟在古阿萊後面安靜的走著，但拔初似乎還興奮著，一直說個不停。

古阿萊的家並不遠，只在這個部落入口兩戶人家的下一家。柳紀明注意到這兩戶人家都是竹子拍扁了編牆面，並以剖竹夾著兩三層厚茅草作為屋頂，房子邊還另外建有看似穀倉的建築，也同時有休憩用的亭屋。柳紀明聞到一股燒烤毛髮的焦味，他往前瞻望，看見一家的院子升起了一團煙。

「這是我家。」蘇奈從柳紀明身後發話。

「真的啊，有人燒東西嗎？」

「是西蒙，今天早上他去看了他的捕鼠夾，收獲了幾隻大田鼠，說要給你下酒用的，正在燒毛呢。可惜我養的雞仔還太小，不能拿來招待你，下一次你來的時候應該夠大了。」蘇奈微笑著說。

「蘇奈，妳怎麼變得那麼溫柔？」

「溫柔？那是什麼？」

「就是……那怎麼解釋，就像是手輕輕撫著臉頰那樣讓人舒服。嗯，應該是這樣解釋吧。」

「哎呀，你再亂說。」蘇奈微笑著，帶著嬌氣斜著眼瞪了柳紀明一眼。

「阿明你來了！」西蒙只抬頭看了柳紀明一眼喊著。

「是啊，聽說你收獲不少。這聞起來好香啊。」

「你知道嗎？阿明，大概知道你要來了，這些田鼠都自動跑來了。」

「有這種事？」

「有啊，不自動跑來，那些田鼠也知道，將來都要跑進西蒙的肚子了。你想想，西蒙的腸子平常塞了那麼多東西，一定很臭，那多委屈那些田鼠啊。」拔初說。他的話引起大家的大笑。

「喂，你這個臭嘴巴的拔初，胡亂說什麼。」

「好了，你們兩個，就不會好好的歡迎人家喔。」蘇奈說。

「咦？蘇奈，我看妳真的生病了，一見到阿明，妳連罵人都沒有力氣了。那叫什麼？溫柔，對不對？阿明，你要常常出現啊，我也很喜歡聽蘇奈很溫柔的聲音。」拔初把「溫柔」的音拉得長長的，聽起來像是在說「文～酒～」。

「閉嘴！連這個你也偷聽。」蘇奈霎時臉紅了，「阿明你把東西放那邊吧，今晚你們睡那裡。」蘇奈指著屋子旁一座高腳的休憩亭屋。

「好，耶？你們也有這個。」

「有啊，上次不是跟你說了，只是沒有他們那家的大。」

「太好了。不過，這些東西就不用放那裡了。這是要給你的。」柳紀明放下背簍。

「這是什麼。」

「這是布匹，我買了些灰黑色的棉布料，你可以幫自己或者古阿萊做一件衣服，布料很夠，妳可以多做一件給妳喜歡的人。這個花布料給妳自己用。這兩包米是新米，給古阿萊嘗嘗。還有這個米酒是給大家喝的，另外這一罈是葉頭家請大家喝的。另外這三包菸草，就給男人一人一包啊。」

「哎呀，你給我這麼多，我……我怎麼感謝你啊。」蘇奈語氣興奮著。

「你買太多了，阿明。」已經坐著抽菸的古阿萊也覺得不好意思，他估算這些東西大概用去了這一段時間柳紀明的所有工資，他是既感激又過意不去。

「哇，是耶，這看起來像是來提親的。看一看，這兩罈酒大概要二十斤，我們喝到早上都喝不完吧。」拔初說，「這是什麼酒啊？沒見過。」

「拔初，你在說什麼……」聽到提親的字眼，蘇奈霎時臉紅心跳，羞得氣堵住了說不下去。

「這是大麴酒，福建來的，很烈，你們一定要嘗一嘗。」柳紀明沒有注意到蘇奈的表情，他回答。

「很烈？那是什麼？」

「很辣的意思。不厲害的人沒有辦法喝這個酒。」柳紀明說。

「我是很厲害的，這個就一定很適合我。」

「說到喝酒，拔初就興奮了。對了，阿明，這個簍子，你要帶回去嗎？」蘇奈很快的調整自己，輕聲的問。

「不帶回去啊，我只是順手買了裝東西，也不知道這個能幹什麼，看起來跟妳的背簍很像，但又不完全像，送給妳好嗎？」

「好啊！」蘇奈忽然像個小女生。

「唉唷，生病了，很嚴重了。」

「拔初，你閉嘴。」

「我們休息一下，帶阿明到部落周圍走走吧。下午再好好的喝兩杯。」古阿萊想起還有正事，發話結束嬉鬧。

「對，先等我把這個處理一下，我們一起帶柳紀明走走吧。」西蒙說。

「也對，你們坐坐，我給你們倒水喝。」蘇奈收拾了東西進屋子。

番子寮只有二十幾戶，家屋形式大致相同，有些人的院子大些，空地多些，有些家保留了一些樹，有的只有樹籬，有人多蓋了穀倉。而區隔戶與戶的範圍，大致就是以被走出的小徑為界線，蜿蜒迤邐的繞過這家走過那戶，沒有明顯的界線，連犬隻也不容易區別是誰家的，一群一群，一個小組一個小組的廝混嬉戲。部落偏東的地方有一個大的空地，空地旁設有一座公廨，古阿萊解釋，那是部落公廨，祭祀部落祖先的地方。空地是作為活動的廣場，夜祭或者大型活動都在這裡舉行。除了這個大型空地，部落裡還有幾個以幾棵樹為核心的小空地，設有一些可作為座椅的石頭及小木桌，看起來是幾戶人家休憩聊天的地方。

柳紀明覺得這個部落好安靜，即使繞一大圈，除了幾個老人、小孩和嬉戲的狗，就只有部落入口那兒多了一些人，喝點小酒閒聊，古阿萊解釋多數的部落人都下了田，要年底了，有些農作物要收成，以及補種。也有的人嫌在家沒事又熱，寧願到田裡東摸西摸的打發時間，在那吹風乘涼或捕捉點野味。

「那是我們的地。」出了部落，古阿萊站在一塊番薯田，指著番薯田東面一大塊荒埔，「蘇奈只在這裡種了地瓜，其他的也沒能力多種什麼。西蒙家的地接連我們向南向東，也是一大塊地荒著。當時我們年紀還算小，每天跟著大人在那裡砍草、犁地種黑麻。」

「後來，誰也沒有興趣去開墾，那裡又重新長滿了野草雜樹，甚至還有不少的黑麻長在那裡，吸引不少的鳥類、田鼠、野兔什麼的。兩家的田成了我的獵場呢。」西蒙說。

「說也奇怪，他們家兩塊地的野生動物繁殖得很快。我們家的地，也長成那樣，也荒廢很長的時間，我就沒有看到有那麼多東西。」拔初說。

「哈哈，是你懶惰吧，今天早上那幾隻田鼠，就是你家的那塊地捕獲的，可惜的是沒有捕到野兔，看起來那裡應該有兩三個兔子家庭。」

「真的？那你一定不是第一次去，你早該跟我說啊。」

「好，那天我們一起，你不要偷懶哈。」

「我們到那裡坐坐吧。」古阿萊指著地瓜田北側較高的小土坡說，那兒有三棵苦苓樹，形成的樹蔭。

小土坡不高但視野很好，還很明顯的感受到風吹拂，那其實就是一個人高的礫石堆。柳紀明猜測那是整理田地時，依著三棵苦苓樹集中堆置所形成的。

「當年我們種黑麻，很認真的把一些石頭堆在這裡，那裡還有兩三堆。沒想到卻成了我們休息乘涼的空間。」古阿萊指著剛才的荒埔說。

「阿明，我問你。」蘇奈才坐定，忽然很認真的說。

「怎麼了？你表情很認真啊。」

「我是說，哎呀，你注意我表情幹什麼？」蘇奈說著仍維持著一臉認真，「我要問你，我們是不是該答應葉頭家的邀請，試著種植甘蔗。」

「喔，妳一認真，我就緊張了。」

「你正經一點，趁你們開始喝酒以前，我們把這些事先弄清楚，這可是困擾了古阿萊很久的事啊。他一個大男人，不像我們女人，有問題就問，我看他快憋死了。」

「是這樣啊？」聽到古阿萊想問事，柳紀明頓時心疼，認真了，他嚴肅了一下臉部表情，說：「首先，我要說，雖然我已經知道種甘蔗、買賣的過程，就像你們已經知道的那樣，但我不知道怎麼種甘蔗，也不知道將來怎麼進行整個農作，這太超出我的經驗了。但，我是這樣想的，如果葉頭家的建議已經讓你們困擾了這麼久，可見你們也思考過對你們的可能影響。所以，不妨就答應吧。」

「喂，阿明啊，你說得太認真，說得我聽不懂。能不能簡單的說啊。」蘇奈忽然蹙著眉頭說。

「我是說就答應吧，他是個好人，就像我前幾天說的那樣，他不是一個會騙你們番人的生意人。」

「可是，他忽然對我們好，難道不是為了取得我們的信任？讓我們為他種甘蔗？」蘇奈說。

「他對我們一直很好，信任、尊重，工錢也給得很足。」古阿萊說。

「而且，在中秋節以前，他根本還沒有這個念頭，要你們種甘蔗。」柳紀明補充說。

「你們怎麼像說好了一樣，一起幫他說話。」蘇奈挑起了眼眉說著。

「還真是那樣呢，在那個之前，我們只是他特別中意的工人，很照顧我們，經常給工作。」西蒙說。

「我在想，在決定去新化的中秋節以前，他們頭家之間一定有過什麼特別的談話，讓葉頭家忽然有想讓你們幫著種甘蔗的想法。這一次我跟著去府城，我感覺到葉頭家有更大的計畫。你們種甘蔗對他是有幫助的。」柳紀明說。

「拔初，他們都說了，你不也說一說你的葉頭家。」

「很好，他人很好。至於其他什麼想法，我沒有。你們說好了就好啊。」拔初說。

「葉頭家沒有一直追著問這件事，我覺得是要我們認真考慮，也說明他沒有騙我們的意思。」古阿萊說，「所以，我才一直困擾著，我同蘇奈提了這事，她沒有反對，只是不知道怎麼進行這件事。」

「如果是那樣，應該就很好辦了，剛開始的第一年請葉頭家教你們怎麼種，後續怎麼照顧，收成以後再交給他來處理，你們收錢就可以了。比較要注意的是，成本怎麼算，價錢利潤這些怎麼清結。我想，你們需要親自與他再談一談。」柳紀明說。

「這才是我們不懂，也是最害怕受騙的部分。如果真如你說的那樣，你會陪我們去見葉頭家嗎？」蘇奈很認真的看著柳紀明問。

「如果那樣，我一定陪你們與他談談，這部分非常重要。」

「等一下，你們說了這麼多，阿明，你可不可以好好的跟我說，種甘蔗到底有什麼好處？」拔初忽然認真起來了，看著柳紀明問。

「嗯，我記得我好像說過對這件事的看法。我是說，我們都會老，不可能一直像現在這樣，打零工做搬運的粗重工作。跟葉頭家種甘蔗，會有穩定的收入，不必擔心要跟人家搶工作。這不是單純收入的問題，這可能根本改變你們的生活型態。我在想，能有一個穩定的農作，穩定的收入，在部落過日常的生活，輕鬆的種食物，不要一直在外面被人欺負，應該是一件很好的事。」

「可是種植這些東西都沒有風險嗎？」蘇奈問。

「任何事都有風險，就算是他們那些大頭家也有蝕本或者徹底失敗的可能。只是比起可以得到的利潤，還有維持穩定的生活與工作狀態，這些風險就不算什麼。更何況，如果跟著葉頭家，有些風險他早就排除了，就算真的發生了什麼，他承擔的會更重啊。你們記得嗎？我們去新化，這麼多人大面積的種甘蔗、種稻米，他們辛苦歸辛苦，可總是沒有人會放棄機會啊。甚至那個我們住宿的番人家，我想他也應該是固定跟著一個好的雇主，生活才會變得這麼好。所以，我認為你們可以試試。我跟葉頭家談了幾次話，我確定他正在穩定的建立他的商號，他有眼光，做生意也很有想法，你們可以很放心的跟著他。就算不種甘蔗，應該也還有其他可以讓你們的土地產生收益的事。」

柳紀明提到新化之旅，蘇奈忽然想到身體被看到的事，很正經的說：「阿明，你這麼說，我其實也不完全聽得懂，那不是我們可以立刻理解的事。不過，因為你，我想，我們放心得多了。你跟葉頭家談的事情多，你也懂得多。現在，我想知道，你會跟我們一起嗎？還是……你會幫葉頭家一起幫我們？」

「會啊，我會跟你們一起啊，我剛說了，我要陪你們。葉頭家有幾次跟我談過，將來想找我跟著他幫忙，我思考過，這是比較適合的。所以，我會受僱於葉頭家，有能力也一定幫你們，但我心裡想的，最好還是跟你們一起工作、種田啊。」

「謝謝你，你一定要幫我們，你是古阿萊唯一信任的人。我又想，如果，你是頭家就好了。」蘇奈忽然柔聲。

「唉唷，又生病了。」拔初忍不住了。

「閉嘴！」

聽到蘇奈說「頭家」兩個字，柳紀明心裡「叮咚」響了幾回，想到他在泉州的布莊。他補充說：「如果這些事情順利，將來蘇奈結婚，或者你們幾個各自結婚成家，這也算是家庭事業，就像我們看到的那些種田人家那樣，一直傳給子孫，慢慢累積財富。所以，請一定要把握這個機會試試。」

「如果這樣，我也應該試著說服我的家人一起來種甘蔗。我想了很久，這是一個機會，我們不可能一直幹粗活，也不可能每一次都能遇到一個好人幫助，雖然種田一定也辛苦，那總是自己的事，我有機會變成一個有賺錢的種田人啊。」西蒙說。

「你都賺到了錢，那不就可惜了那些野味。」拔初說。

「你又沒頭沒腦的說這個，我要有錢了，我找人到鹽水港買那些好吃的肉回來配酒喝，誰還要天天處理那些野肉啊？再說，我偶爾想吃野味的時候，你的田裡一定很多，我去放陷阱就有啦。」

「咦？打主意打到我頭上來了。好好，你們去種吧，先別找我啊，我光想到這個、那個的，頭就痛了。」拔初說。

「好了吧，我們暫時這樣說定吧，阿明你幫我問問葉頭家，什麼時候可以跟他見面，或者請他來看一看這裡的田地怎麼規劃吧。這些天，種甘蔗的事，想起來、講起來都頭痛，今天不說了。我們回去吧，好好的喝一喝阿明帶來的酒，好好感謝阿明願意來我們這裡跟我們一起。」古阿萊的眉頭全舒開，話語也少見的輕鬆了。

「對，談這個太傷神了，我們回去，好好的跟阿明一起喝酒。」拔初幾乎是鼓起掌來附和古阿萊，兩手不自主的亂舞。

蘇奈卻一整個感到甜蜜雀躍，她聽到了柳紀明說的「蘇奈結婚」的話語，就一直陷在那裡。

柳紀明醒來時，四周一片漆黑，感覺口舌、喉頭乾涸，他想嚥口水滋潤，卻覺得乾澀得猶如枯竭的、乾裂的湖底，儘管喉結已經上下了幾回，喉頭彷若被苦苓樹粗裂的樹皮摩擦，帶有拉扯的痛感。他不知道發生了什麼事，整個腦袋被過度搖晃而掏空似的暈眩、耳鳴，令他聽不見聲音。他掙扎的左右擺頭想弄清楚自己身在何方，朦朧中看見右側一個手臂距離，有一個陶碗裝著水，碗旁有一塊辨識不清楚的東西。他想起身取過那陶碗喝水，卻怎麼也起不了身，他驚覺自己體內已經空虛，根本使不上力。他側過身，使勁的自己撐起來，卻驚動了也是臥睡在他右側，貼近欄杆的一個人，那人起了身用力的扶起柳紀明，又取過陶碗讓柳紀明喝了大口水，再以碗旁的一塊濕布為柳紀明擦臉、頸。柳紀明終於有了比較清晰的意識，他注意到那個人是蘇奈，他想說謝謝，卻發不出聲音來，他急了，四肢卻使不上力，他怔怔的望著蘇奈，蘇奈讓他重新躺下，然後把床板上的一個小盆帶走。空間忽然大了，柳紀明想確認剛剛是怎麼回事，幾道濃濁的鼾聲，已經襲上耳裡，很快的，柳紀明又昏沉沉的失去意識。

再一次醒來，柳紀明是被自己的幾近噴出的尿意喚醒。天似乎已經有了一些亮光，周圍響起了吱喳的鳥聲，那是一群在破曉的第一時間搶著鳴叫的麻雀。他掙扎的爬起來離開睡鋪，往前方一叢斷裂的樹籬走去，放了長長的一泡尿，頓時覺得舒服。忽然，一陣自體內升起的空虛、暈眩，令他作嘔，他踉蹌的爬回睡鋪，看見旁邊一個碗陶裝著水，他伸過手兩三口飲盡，便又重新躺回臥鋪。那空虛暈眩令他冷汗直流，手還不止的微微顫抖。他閉著眼，努力深呼吸了幾回，逐漸感覺舒服。

這裡是哪裡？我怎麼會在這裡？柳紀明心裡想著，卻完全沒有印象、記憶或概念。

他嘸了嘸口水，記起了，剛剛上廁所爬回來的情形，確認這是一個休憩亭屋。又隱約想起他半夜喝了水，而且是在別人的攙扶下喝的水。

對了，這是古阿萊的家，我睡在他家的亭屋，半夜是蘇奈扶著我喝水的，可是發生了什麼事？我怎麼一點記憶也沒有？柳紀明因為記起了一些事而感到興奮，心裡直嚷嚷，又忽然感到恐懼。

恐懼感讓柳紀明清醒了許多，聽覺似乎也瞬間靈敏了，他辨識出幾道他左側發來的，頻率不同的鼾聲。他慌忙的睜開眼想看清楚周邊的狀況，天色有明顯的亮光，他注意到左側躺著的是古阿萊，他壯碩的胸膛正配合著鼾聲起伏著，西蒙與拔初似乎在古阿萊的左側。柳紀明的視線無法越過古阿萊的身體進行確認，但已經讓他整個人心安以及輕鬆不少，他側過身子輕輕挪動身體移向古阿萊，近到不碰著他的身體，又可以完全嗅到他的氣息，感受到古阿萊的體溫的位置。身體的不適感已經退去了，柳紀明閉上了眼睛想好好的再睡一會兒。越想睡，越不安分，意識是那樣，身體也是那樣。

他記起了昨天從田野回來，幾個人很快的準備了一些下酒菜，包括西蒙處理過的田鼠肉。為了先喝葉開鴻準備的酒，還是先喝柳紀明從鹽水港酒莊買來的米酒，古阿萊等三個男人還討論爭執不下。最後，蘇奈霸氣的直接打開了葉開鴻的大麴酒，那香氣直接封住了所有人的爭吵，為那酒香驚嘆不已。柳紀明記得自己搶過蘇奈手上的罈子為大家倒酒時，才喝了不到三分之一，但古阿萊等人便開始出現了醉意，說話音量變大，競相唱歌。柳紀明更是醉得直搖晃握不住酒罈，要不是蘇奈不放手的幫他一起倒酒，那一罈酒恐怕要摔地灌螞蟻了。也就是那個時候，部落的鄰居住家不少人各自帶酒來加入。古阿萊實在是開心，他摟著柳紀明的肩頭，為大家介紹，又不斷敬他喝酒，唱歌時還不斷拉著柳紀明起身擺動身體跳舞。古阿萊始終沒有離開柳紀明，而蘇奈除了張羅食物，招呼鄰居，她幾乎就坐在柳紀明身旁陪著唱歌，偶爾跳舞，她堅持自己今晚要一個人清醒，照顧客人柳紀明。後來大家還是繼續唱歌喝酒，一直到入夜，有些人逐漸離開，柳紀明便完全不記得後來的事了，更不記得什麼時候結束，怎麼到了睡鋪。

他摟著我的肩，一直摟著我。柳紀明心頭忽然一陣甜，心裡自語。

他昨晚的氣味應該也跟現在一樣吧？柳紀明想著，又不著痕跡的，長長的吸了口氣。古阿萊那渾身帶有汗水、酒氣的體味，濃稠的、飽脹的進入他的身體，他感到一陣窒息與快感，一股熱氣從小腹擴散，柳紀明覺得腳底熱了，襠部熱了，臉頰燥熱，胸口也熱了，喉頭更乾涸了。他緊閉著眼，忍不住想伸手去觸撫古阿萊的臉頰、胸膛，哪怕是他的一根小毫毛。他正不自覺的移動手指，古阿萊鼾聲忽然停止了，再過去一些，西蒙與拔初的鼾聲也停止了。柳紀明羞得一動也不動，連眼睛也不敢睜開，張著耳朵，聽著他們重重的呼吸喚氣，又輕囁囁的起身離開睡鋪，各自忙自己的事。好一會兒，柳紀明維持著睡姿一動也不動，猜想四周都沒人了，忽然感覺渾身又癱軟著，只有手指還情不自禁的，慢慢的一進一退，一寸一分的娑撫滑動。

他似乎又睡著了。

再醒來時，他覺得手腳有些麻木，正想翻身動一動，一股他似曾相識的乳香襲了過來，他忍不住向前伸一伸鼻口，那味道就幾乎已經貼上了鼻頭，忽然說話了：

他的鼻口。

「醒了嗎?我給你倒了水。」

柳紀明驚訝的睜開眼，看見蘇奈正紅著臉，趴著望著他，說話呼出的溫濕氣息已經吹向他的鼻口。

「唉呀，真不好意思，只剩下我一個人還在睡呀。」柳紀明趕緊扳過臉仰身坐起，他想起剛剛自己向前伸出鼻口，差一點吻上了正好奇趴著看他的蘇奈。

「你先喝個水吧，那裡有盆水給你洗臉。我煮了粥給你吃，你等等過來吃吧。」蘇奈直起了身體，跪坐在那兒，說完給了柳紀明一個微笑，便下了睡鋪離開亭屋。

陽光已經射進古阿萊家的院子，柳紀明掙扎地起身，坐在亭屋的木板床邊上，讓兩腿懸著。此時，院子口，陸續走進了古阿萊、拔初、西蒙三人，他們似乎剛從野外回來。

「天，真的很亮了。」柳紀明喃喃的說著，忽然覺得不好意思。

洋行的訊息

清晨的鹽水港依舊繁忙如常，港面上，已經有兩艘船緩慢移動，準備離港，另外還有三艘正在裝載，一群搬運工人進進出出。

葉開鴻離開自己的倉庫，並沒有往回家的路上走去，反而轉往港口。昨天下午，府城來了一位專職交換貨物、買賣訊息的掮客。他與葉開鴻有部分相似的工作，就是遊走港埠與產地，訪價與媒合一些買賣。葉開鴻不方便昨夜拜訪，但託了向來照顧他的謝頭家帶話，想趁今天他乘船離開前，在他休憩下榻的地方見個面。那是護庇宮南邊，港口北邊靠向出口的一家小客棧。但他撲了個空，據說一大早陳頭家就來接他出門了。這讓葉開鴻感到不安。

他倉庫裡還有一百包米、二百包紅糖的事情，在過去幾天，忽然變成幾個頭家之間的話題。在糖貨出口大宗的六、七月才過沒多久，距離一年期採收的甘蔗還有三四個月的現在，葉開鴻能輕易調到三百五十包紅糖的這種能力，引起部分糖商的戒心與好奇。這個收購數量，甚至已經超出個別商號在大出貨時期的收購量。糖郊各商號頭家議論的重點在於，葉開鴻不是正式開立門市的商號，更不是糖郊的成員，他獨立運作形成糖郊以外的另一個商行形式，這樣的市場競爭者，糖郊是否應該抵制予以規範？另一個議論的重點是，葉開鴻這幾年為幾個頭家採購議價，甚至處理販售事宜，基於情誼實不應採取抵制的措施，建議由各商號視需要向葉開鴻收購，再依行規出資請葉開鴻協助出貨，這樣大家雨露均霑，不傷和氣。這個訊息輾轉由最初邀請他來鹽水港的謝頭家得知，他愛惜葉開鴻，請他別放心上，但叮嚀要小心事態的發展。

葉開鴻盱衡全局，倒是沒太大的不滿，只是心裡疑惑最初委託收購是為了出口福建某個洋行的這件事，反而沒有任何消息走漏。葉開鴻認為這件事被擴大，應該是陳頭家，以及跟著見證收款而知道訊息的黃、吳兩個頭家所為，他們選擇釋放葉開鴻囤貨的訊息，卻封鎖洋行的訊息。

葉開鴻想見府城來的掮客，原先也只是想了解市場一般的狀況，沒想到陳頭家卻先把人帶走了。這種情況讓葉開鴻很不是滋味，儘管他實際不會有所損失，但直覺糖郊內部有一些事情正在形成，令他感覺不安，他必須把各方的訊息弄清楚，也要清楚掌握自己在這些形成的事件中所存在的位置。他放棄等待那掮客，直接轉回家吃早餐。

「你不是要見人？」翁蜜見葉開鴻眉頭輕鎖，趕緊倒了杯水，「你喝個水，我把櫥子裡留著的早餐端上來。」

「那個人被陳頭家找去了，可惜啊。」

「這陳頭家是怎麼回事啊？」翁蜜擺上了米飯、小菜和一壺熱茶。

「這說起來奇怪，我就覺得整件事跟陳頭家有關係，他需要貨，當時就直接把那些糖要下來就好了，還要我先買了下來？就算是這樣，他私底下跟我說了，我全部轉給他也說得過去。這樣把消息放出去，說我厲害，可以調這麼多貨，別人還以為我比他們那些頭家還厲害。連大頭家李勝興都派了總管過來了解。」

「呵，你本來就比他們厲害啊。」翁蜜笑著說，發現大兒子已經下床走了過來。

「還早呢。我要變成他們那樣各個會算計，我還真是差得遠呢。阿西啊，來，你過來一起吃飯。」葉開鴻喚著兒子。

「現在怎麼辦？」

「我得找陳頭家把事情弄清楚。不儘快處理倉庫的米、糖，一旦拖過了時間，價錢就要直落下來了。他要的話，我也儘快盤給他，幫他處理。」葉開鴻說完扒了一口飯，又給兒子餵上一口。

「是說，他們做生意這麼久，不會只為了這一兩百包的米、糖大驚小怪吧。」

「這就是我覺得不安的地方，好像針對我而來。可是，我又看不出有什麼損失。知道我厲害，以後額外找我調貨的人就多了，這又好像幫我做宣傳，只可惜了。」

「可惜什麼？」

「本來想自己試著找到府城方面收購的商號，建立直接的管道，這下子，如果陳頭家直接收購，這機會又要往後慢慢找了。」

葉開鴻非常清楚他與各商號頭家的差距。這些商號有著幾乎固定的銷售對象，就算臨時出貨，商郊內各商號也會相互詢問、支援吸收那些貨物。過去他為這些頭家收購與出貨、叫價、販售，基本上都是在各頭家的管道下執行的，葉開鴻只是代為執行，不管價錢談得好不好，貨物基本上都會完全收購，但離開這個系統，等於是把貨物直接拿到街上拍賣，若不想原貨退回，出價權就落在對方，很難穩定維持利潤。如果葉開鴻要運用這些系統，他必須是一個正式的商號，說不定也會被要求加入糖郊，否則他還是會面臨單打獨鬥的狀態。這也是葉開鴻對於傳聞的那些頭家的議論，根本不會採取任何抗拒態度的原因。這一回，糖沒有問題，府城的蔡頭家可以收單，大米則得再找管道了，但問題也不大。總的來說，葉開鴻不會虧損。

「當頭家的，沒有人是傻瓜啊。」葉開鴻說。

「你可別受這個影響啊。」翁蜜憂心的說。

「不會，我只是想知道怎麼回事。將來我們要有自己的商號，我不好好弄清楚怎麼可以。」葉開鴻語氣很清朗肯定。

「開鴻兄！」屋外有人叫門。

「嗯？是陳頭家？我去看看。」葉開鴻放下碗筷，出門把客人迎了進來。

來人正是陳頭家，正帶著那位從府城來的掮客，他並不知道葉開鴻約了要見人，而掮客知道有人約，因為沒有具體的約定時間與不認識葉開鴻，所以選擇跟著陳頭家去吃了早餐。

陳頭家帶他來介紹認識，並不知道前面這一段。

商談進行了半個時辰，客人離去時，葉開鴻忽然覺得陳頭家的那個缺牙，黑得實在可愛。他前後整理了一下剛剛商談的內容，理解到更大的商機忽然鋪展在前，因而感到振奮。

原來揹客是黃頭家生意上的熟客，長年在幾個不同的港埠商號遊訪米、糖等貨物。近來因為廈門地區收購得很急，使得他跑得也更勤，目前已經有兩個港口的商號談妥了出貨事宜。適巧，黃頭家的邀約，他來到鹽水港，昨天便與陳、吳、黃三位頭家談了一個下午。頭家們判斷福建幾個港口的商號米、糖價錢有拉高的現象，估計與洋行有關。揹客決定收購目前他們囤有的貨物，並約定日後鹽水港區關於出貨給洋行的事由他們主導，這一來不影響原先糖郊的運作，二來能更直接與從事洋行交易的商號對接，形成某種形式的壟斷。目前，黃、吳頭家手頭都有些貨，如果加上葉開鴻手上的米、糖，剛好可以湊上兩條船，由鹽水港直接發船到福建廈門指定的商號卸貨交易，不用再轉到其他港口集中裝運。葉開鴻私下比較了一下，發覺揹客昨天給黃頭家開的價錢比先前蔡頭家還要高。他們約了今天中午到黃頭家家裡，簽約開銀票，並預付三成作為訂金。三位頭家一致希望葉開鴻能親自壓船跑一趟，所以，陳頭家帶著揹客來的用意，一方面是談這筆生意讓葉開鴻了解，二方面是給雙方認識，日後，能更直接的合作。

另外，陳頭家散布葉開鴻收購貨物的能力，確實是希望能更多吸引那些規模不大的糖廍，增加整體的收購量。某個程度也是將葉開鴻推在前面，掩護三位頭家避免困擾。葉開鴻完全理解與接受這個做法，但對陳頭家過意不去，於是，當下以原先給陳頭家的收購價，將二百包的糖讓給陳頭家。另外，捐客也大方的直接收購一百包大米，要葉開鴻轉運往泉州一個米商。

「算一算，不算工作費，光是他們回給我的利潤，可能比我自己找收購商號還要多很多。陳頭家還主動回一點利潤給我。看來這些頭家們，對生意的敏銳度與洞察力，真不是我們一般人能理解的。洋行這個詞，才剛剛出現在我們耳裡，別的港埠商號卻早已經開展行動了。唉，不知道我有沒有這個本事，將來獨當一面時，能充分掌握這些商機啊。」葉開鴻送走了客人，心裡一陣感慨的說。

「別想這麼多，你不是一直想要成為一個大商人嗎？我們不經歷這些，就永遠不知道這些大頭家的本事。」翁蜜說。

「聽起來，商號之間的競爭，確實精細巧妙，沒有八方神通，就永遠只是跑腿的。我必須好好學習這些啊。」葉開鴻說著，又不自覺看了安靜在一旁的大兒子葉瑞西，「我們該給阿西找個先生教他識字了。」

「你已經說了幾次，如果有機會就趕緊給他找個先生吧。」翁蜜說著。

「對了，妳肚子裡的還好吧？真是辛苦妳，還要照顧其他兩個小孩。」

「說這個幹什麼？我一個女人，我沒能力幫你跑生意，能幫你把孩子養好、照顧好是應該的，我還要感謝你不嫌棄呢。況且，我已經很好命啦，不用在外面風吹日曬做苦工，跟少奶奶一樣。」

「哈哈，好，少奶奶。」葉開鴻被翁蜜逗笑了，「看來這一趟出海，是在妳生產前的最後一次了，我也趁這個機會，再找一些建材回來，等妳生產完，我們也該找師父開始蓋新厝了。」

「阿爸，要起新厝喔。」葉瑞西問。

「是啊，等你阿母生了，我們家人口變多了，你們長大了，我們這房子就不夠住啊。我們慢慢蓋一間大房子，大家一起住。你是大哥，以後，你要幫阿爸好好照顧家人。」

「是，阿爸，我是大哥，我會幫忙照顧我們家。」葉瑞西說，而翁蜜卻已經紅著眼眶噙著淚，微笑的看著這一對父子。

「對了。」翁蜜忽然想起一件事，「昨天上午去市場，我看見阿青仔的女兒阿芬跟那個年輕的羅漢腳說話，他們好像很熟呢。」

「阿青仔？哪一個阿青仔？」

「就往布莊街上第四個巷子，那一條彎彎的巷子第二家的青仔，那個去年幫我們修倉庫的木工啊。」

「喔，我快不記得了？怎麼了嗎？」

「前一段時間，我聽說他在找人探聽看看哪一家有適合的人，他的妻子很早就過世了，現在，他想替他小女兒阿芬找對象。我忽然想起這事。」

「妳說的年輕羅漢腳是指阿明嗎？」

「啊，對，你看我真是失禮，忘了他的名字。」

「你的意思是，把阿明介紹給青仔，讓他娶他的女兒阿芬或者入贅？」

「有沒有可能？我看他是個很特別的人，他跟青仔的女兒看起來認識，應該是不錯的吧？」

「不知道啊，阿明是個很有想法的人，我觀察了很久，甚至邀請他將來到我們的商號來幫忙。只不過，要一個正常的人家接受羅漢腳，需要很大的勇氣啊。這青仔能不能接受呢？」

「你是男人，如果你有女兒待嫁，你會不會考慮一個不錯的羅漢腳？」翁蜜反問。

「以我對阿明的觀察，我會同意，但是青仔不知道這些啊。你忽然關心這個，難道妳想做媒？」

「我只是想想，我應該沒有那個能力吧，我還要生產，看顧這些小孩。但如果阿明先生有機會成家，應該也是很好的事啊，一輩子單身總不是辦法。」

「也許是那樣吧。對了，上一次他去了番仔寮，帶回古阿萊贈送的野味、竹筍，我還沒好好謝謝他，說好了找時間好好談一談關於古阿萊種甘蔗的事，也忙得沒進一步見面。我看中午去了黃頭家那裡，下午有時間，我去找他好了。他真是福星，連番仔寮種甘蔗這件事，他都能帶來好消息。」

「如果可以，探探口風，願不願意找這裡的人家結婚吧。」

「妳還真想當媒人啊？」

「我沒這麼說吧？」翁蜜也不確定自己究竟是什麼意思了。

「哈哈，其實，應該幫他找個對象的。想當初我自己一個人渡海而來，也是人家口裡的羅漢腳，幸虧妳的父母願意把妳嫁給我，說不定，我也一個人就一輩子孤老。」

「是，我們要這樣想才對，見到好的男人，就要想辦法介紹好人家的女孩，讓他們一起過日子。」

「哈哈，就是說嘛，妳還是很想當媒人啊。好，下午我去找他們。」葉開鴻說著，但心裡想著，此刻，阿明究竟是在哪兒？

柳紀明哪兒也沒去。

昨天上工，稍微拚命了些，他從來沒有這麼累過，結果收工後到溪裡泡個澡，回到睡鋪便瞬間失去知覺。直到半夜他似乎聽見了哭聲，起身撒尿時又沒有了聲音。回到睡鋪後，直到清晨才悠然醒來。他嗅著床板的香氣，一直等到草寮的同夥窸窸窣窣的起身整理裝具上工，確定沒有其他人的時候，才睜開眼睛起身。才坐起來，忽然嚇了一跳。原來隔壁床的同夥阿才坐在睡鋪發楞著。

「你沒上工？」

「沒！」阿才說著，又忽然把頭埋進兩腿間。

柳紀明沒有多問，直接到溪裡洗了再轉回草寮，那人還坐著呆望前方。

「怎麼了？」柳紀明坐回了臥鋪，本能的問。瞬間又後悔自己多嘴。

「他兩天沒回來睡了。」阿才語氣很平靜，那是一種大傷之後的聲調。

「發生什麼事了？」

「我們吵了架，我罵他風流不負責，是個騙子，只會花我的錢。」阿才說著，冷聲調，也沒看柳紀明一眼。「你應該知道，我跟他是夫妻關係，我知道你一定知道這種關係。」他忽然輕聲的哭了。

「我只愛他這麼一個人，我不圖他什麼，我所有的一切都圍著他繞，他居然要跟我分手。他愛上了別人。他說我們這樣沒有前途，不如就分手別再有關係。我以為他要跟一個女人結婚。可是，他還是喜歡上一個男人。這是不對的。那樣子，他們難道有前途嗎？他離開我，去跟我一樣是男人的人在一起有前途嗎？」阿才的聲音沒有變大、提高，像是自言自語，「感情的事確實不能勉強，可是我就是愛他。那不是有沒有未來，不是我們能幹什麼，就只是單純的愛他，有他陪著工作，陪著說話，日子那些煩躁的、苦悶的都不再是問題。現在，他跟了別人，這讓我沒有了工作念頭，我也不知道，我留在這裡有什麼意思了。絕望啊。」

柳紀明只是聽，他知道那種喜歡上，或者愛上一個人的感覺，那是一種想著就快樂，見到人就開心，聞到氣息就興奮的狀態，是一種任何時間你想為對方做任何事的感覺。但是，他不知道被遺棄或對方有了另一個人是什麼樣，那種「不知道」讓柳紀明忽然感到害怕。

阿才依舊叨叨絮絮，時而哭泣，柳紀明也只是陪著，坐著，聽著，直到一股沉重壓在心頭，令他透不過氣，便站了起來。

「但願我能幫你什麼，但是這種事，我無能為力啊。我出去透個氣，或許事情也沒那麼糟，也許他忽然清醒，想起你的好，又轉了回來找你。」柳紀明說完，便朝著港口的方向離去。

「不會的，他不可能再回頭找我了。我太清楚他了。」

阿才朝著柳紀明的背後大聲的說，但他的話語，風一樣的，帶有涼意的從後面吹來，令柳紀明直打哆嗦，他重重的呼了口氣。

「古阿萊不會這樣對我的。」才說完柳紀明忽然苦笑，自己從未告白明講，古阿萊或許也根本不知道自己對他有多愛慕。

「愛一個人，不是因為喜歡而愛上嗎？不是買賣，不是交易，不是嗎？」柳紀明自言自語，心情又更沉重了。

「喂，阿明啊！」港口卸貨碼頭一條船上有人叫喚。

「是工頭啊。什麼事？」

「今天不上工啊？你上來一起搬吧。我們這裡速度慢了。」

「好啊。」本想拒絕，他本想往前看看古阿萊他們有沒有上工，但不知怎的竟然應允。

柳紀明無語、專注的搬運習慣，碼頭上的這些人大多知曉；在他人認知裡，柳紀明近乎本能的取貨、搬運、走動的選擇，往往也是狹小空間工作最流暢的動線。所以他的加入，搬運的流程忽然變得順暢，搬運工人自然會受影響與牽引，不用工頭一直提醒。很快結束一條船的搬卸。這也是搬運工頭忽然叫喚他上船的原因。柳紀明領了十七包搬運的工錢，便又往昨天搬運的港口西岸走去。想到古阿萊他們應該在那裡，他心情開朗了起來。

古阿萊並沒有在某一條船上工作，事實上，剛才那一條船是最後一波卸貨的幾艘船之一。因為搬運進度緩慢，落後了其他船隻，以至於所有人都休息、吃中餐了，他們還沒有結束。柳紀明只得再繞繞、看看。他買了草粿，邊走邊吃，忽然又不想再亂晃，索性又走回草寮。

草寮已經有四個人回來，有人已經躺下，有人正收拾著什麼。原先哭哭啼啼的阿才不在睡鋪上。柳紀明不想多交談，他脫了鞋子，把鞋子塞在床與草編牆之間，然後赤著腳到溪邊泡澡。天氣熱，這幾乎就是他工作回來的第一件事。

或許他們今天沒有來？不可能啊？柳紀明心裡嘀咕著。

雖然說來不來不會事前約定，但從番仔寮回來，才上工兩天，港口的工作量這時也不是絕對多，但像剛剛那樣的零星搬運工作是不會少的，古阿萊等人是港區多數工頭喜歡的工人，不會找不到工作。柳紀明心想他們不可能不來，不好意思的反而應該是自己，像上次忽然跟著出海，而這一回說好了關於種甘蔗的事，他也還沒去請教葉開鴻更細節的事。他想下午近傍晚的時候再去請教，非得讓葉開鴻有個完整的回覆，他好回覆古阿萊。

柳紀明起了身擦過身子後，穿上衣服赤著腳往溪的上游走去。沒別的目的，就只是單純不想回草寮與人見面甚至交談，等過了中午時間大家上工了再回去睡午覺。果然到了未時（約下午兩點多），回到草寮，那裡已經沒人，他躺回去睡覺，但阿才的事情讓他又無法入眠。沒多久，被古阿萊的聲音喚醒：

「阿明，怎麼只有你一個人？你身體不舒服嗎？」

「是啊，一個人這樣睡真好啊，聽說你昨天搬很多，工頭嚇一跳說你發神經。你會不會累到生病了。」拔初說。

「你別亂說啊，你剛剛不是還看到他上船去搬運？」

「沒有生病，只是背部很痠，你們都不會累啊？」柳紀明回答著坐了起來，卻看見葉開鴻正在打量他們的草寮，「啊，葉頭家也來了？你們怎麼會一起來？發生什麼事？」

「沒什麼大事。上一次你帶回他們三個的伴手，我們很喜歡，還沒親口跟你們說謝謝。剛好又有些事找你商量，我就到港邊附近找，果然遇見古阿萊他們三個人。沒見到你，拔初猜想你應該在這裡。」葉開鴻說。

「拔初，你這麼能猜啊。」

「不是我能猜，我們早上沒看到你，就問你們草寮人，有人說你還在睡覺，可是，我們剛好搬完一艘船，就看到你上了一條船，我們想等你忙完再一起吃中餐，工頭又找我們去談事情，再出來的時候你又不見了。下午上工，問了你們的人，他們又說你在草寮這裡。古阿萊說我們今天早一點收工，先過來看看你，再回部落，就遇到葉頭家要找我們說話。所以，一起來了。你真的很能睡呢，你一定生病了。」

「沒啦，別亂說啊。我們坐那裡吧。」柳紀明指著草寮前那幾棵樹下的幾塊木頭說。

「阿明先生，真可以嗎？我看你氣色很好，但是有一點心事，我來跟你說事情，應該沒問題吧？」葉開鴻說，語氣上刻意想讓柳紀明輕鬆些。

「哈，沒問題的。這不是葉頭家輕易會來的地方，既然來了，就一定是大事，你說吧。」阿明的語氣與表情輕鬆卻認真，這讓古阿萊三人感到驚訝，他們直覺這是一個頭家說正事的姿態。

「我剛剛跟他們三人談了一下，怎麼合作種甘蔗的事，我想還是讓你聽聽，說不定我哪個環節不周延，也怕他們不理解我的意思，心生懷疑。」葉開鴻看了一眼古阿萊說。

「葉頭家客氣了。」

「我打算明年過完年，就讓他們種甘蔗。這是第一年，整地期間，我會僱請人帶著牛來犁田，古阿萊他們這邊負責後面的清理。種植甘蔗時，種苗我會準備好，並且聘請人來教他們怎麼栽植。後續，甘蔗成長階段，我也會找人教他們如何整理甘蔗。但是整地、種植、後續的照養、收割，所需的工作人員由古阿萊他們自己負責招募。這些人力包括犁田與教導種植的老師，及工人包括古阿萊他們自己的工錢，以及送糖廍的費用，費用全部算在成本裡面，由我先支付。將來從販售中直接扣除，利潤的部分，我與古阿萊對分。我們等於是合作關係，他們出地，我出資。萬一甘蔗沒有種出來，或者長不好連成本也收不回，就算我投資失敗。第二年以後，這些成本由他們自己負責，種甘蔗的利潤也是他們獨享，我以比市場多一點的收購價保證全數收購。」葉開鴻說。

「阿明，葉頭家這樣講我有一點聽不懂，你簡單說一下，可以嗎？對不起啊，葉頭家，不是不禮貌。」西蒙說。

「這是一定要的。不用客氣。」葉開鴻說。

「葉頭家的意思，就是第一年，他出錢處理種植所有需要的開銷，你們出地。收成時賣了甘蔗，把前面出的錢還給他，利潤你們一人一半。第二年以後，你們自己來種，他保證給比市場好的價錢全部收購下來，利潤全部歸你。」柳紀明說。

「這聽起來很踏實也很讓人期待啊。」古阿萊說。

「的確是，初期投資的風險以及門檻，葉頭家都自己擔了。不過，葉頭家，真有那個可能，甘蔗完全長不出來？」柳紀明補充說。

「我找了專門的人來教，種不成功的機率不大，應該說根本沒有。但是照顧不好，或者土地暫時適應不來，造成收穫量不如預期，也是有的，但是很少這樣。我們這附近的土地種什麼有什麼，所以不用擔心。在這個之前，我必須找時間去你們的田量一量，看一看，算算其中詳細需要多少人工以及預估產量，到時我也會請阿明先生跟我一起去。可以嗎？阿明先生。」葉開鴻補充說。

「如果這些都初步談成了，我當然要跟著去啊，說不定，古阿萊可以僱請我去種田，我就可以少扛一點船貨啊。」阿明說，他的話引起拔初的大笑。

「是說……我們三個人各有自己的一塊地，如果跟葉頭家合作可以嗎？我也想種甘蔗了。你也想種吧？拔初。」西蒙問。

「你把我拉進來？好像也是可以，由我們僱請工人，我好像也就變成頭家了，這很好啊。可是要種田喔，很頭痛啊。」拔初說。

「如果是那樣，我會建議個別合作。你們分開來，各自跟我簽約合作。這樣子，不會因為土地大小將來利潤分配的時候有糾紛，而且自主性高，萬一誰將來不想種了，或者有新的人願意拿土地來合作，責任清楚，不會牽拖其他的人。至於第一年栽種以及找人犁田、教種，你們幾塊田可以同時進行。」葉開鴻解釋著。

「這樣的話，我想請葉頭家來一趟我們部落，看看我們的地，我想，我這裡就允諾跟你合作吧。」古阿萊近乎做成結論的說。

「我也是！」西蒙說。

「這樣很好，不過呢，我還是希望到了你們部落實際勘查土地，再來簽合約，這樣子成本比較好估算，也比較誠意。」葉開鴻說。

「就先這麼說定吧。我很期待啊，葉頭家。」古阿萊說。

「你們都種了，我也算一份吧，哎呀，真要頭痛了。」拔初說。

「哈哈，等你當頭家發錢的時候，你再慢慢頭痛吧。」西蒙說。

「還有一件事。」葉開鴻開心事情順利，「我說阿明先生，我近日要出貨到廈門、泉州，如果你的時間允許，想邀你一起出港。」

「啊？你什麼時候要出港？」

「就這兩天吧，等我們回來再去古阿萊的部落。」

「這太突然了，你讓我考慮考慮。」

「還有，我正打算在倉庫隔出一間閣樓，出入口連接在外的獨立空間。我剛剛看了看你這個草寮，雖然覺得很有趣，對你也可能不是那麼方便，我想，你不妨搬去那個閣樓，你就可以有個單獨空間，你這些番仔寮的好朋友若工作晚了，也可以睡在那裡，不用睡在庫房裡。」

「啊？」柳紀明一時反應不過來，這的確符合他的想法，但是，自己居然已經在葉開鴻的計畫中，卻讓他稍稍不自在，「葉頭家都打算好了，這很吸引人啊，我何德何能，我需要好好想一想。」

「阿明先生，我需要幫手，而你是個適合的人手。你放心，這裡沒有勉強的意思，那個房間在你跟我合作期間，你全權擁有，我也不收你房租。況且，你也不是白住啊，一來你可以幫忙看顧庫房，二來別人會注意到，我是一個會照顧僱請的人的頭家，這可是很大的宣傳啊。」

「哈哈，葉頭家愛說笑。」柳紀明聽得出葉開鴻不讓他有壓力。

「就這樣吧，你不急著現在跟我回覆。明天下午開始裝船，你們幾個如果有空就來吧，我們得先準備妥當啊。」葉開鴻說，「很開心跟你們說話！我先離開了。」他笑著又說。

柳紀明也不好多說什麼，跟著古阿萊送葉開鴻離去，然後又接著送古阿萊三人到港口外往部落番仔寮的路上，再自己慢慢的晃回來，在港口邊堤一棵樹下，脫下鞋子躺下。

他把剛剛的事再回想一下，覺得葉開鴻在布局自己的事業的確是下足了心，柳紀明也認為葉開鴻應該也會在其他地方有這樣的舉動，也許是跟原來的種植戶協議加大種植面積，也許培養新的種植戶，但柳紀明深信他給古阿萊的條件應該是最優渥的，幾乎不讓古阿萊承擔風險。想儘管想，柳紀明還是無法完全理解，葉開鴻企圖從原料、製產、輸送、銷售建立自己系統的整個布局，畢竟隔行如隔山，而柳紀明自己就只是個現成的掌櫃，守成有餘，開創不足，這又如何跟葉開鴻比較。柳紀明自知不足，也越來越佩服葉開鴻。

「不妨答應他吧，跟著去一趟福建。」他自語。

可是……他忽然想起，一趟路要十幾天，十幾天不見古阿萊，沒事思念一個人，又將是一件可怕的事。他想起被拋棄的阿才，心情又稍微沉了些。

柳紀明很晚才回到草寮，草寮的氣氛有些詭異，平時會坐著閒聊的，都安靜抽著菸不語，沒人睡覺，沒人交談。後來發現阿才整夜沒有回來睡。

第二天中午，阿才的屍體被發現在急水溪匯入八掌溪交會口南岸的蘆葦叢。

柳紀明答應了泉州之行與遷出草寮的建議。

倉庫的閣樓

卸完最後一批貨物，領完了工錢，古阿萊三人喝了碗貨主準備的清水，便移到靠近葉開鴻倉庫的港口邊堤，找了棵樹坐下來休息。這十幾天以來，只要到港口等待工作的時間，他們都習慣性到這裡等候差遣。另外一個原因是，葉開鴻的倉庫這十幾天一直進行著「改裝」。一個師傅選用了非常厚實的木板，加工後拼接，在倉庫的上半部隔出了一個有門的閣樓空間，並向外延伸一半加上屋頂，做成像亭屋一樣的空間，沿著倉庫的牆面設有一樓梯供上下。這是葉開鴻說的，希望柳紀明搬遷進去住的地方。雖然古阿萊沒有近距離的觀看，只要來到這裡休息，他就會認真的觀察，他感興趣的是那師傅種類繁多的工具，還有他處理木材的工序與工法。

「看起來還不錯啊。我們在部落也可以找棵大樹蓋這樣的屋子，或者乘涼的平台。」西蒙說。

「怕的是喝醉了摔下來那就慘了。」拔初說。

「你還真會想啊，都想到那裡去了。你想得也對，你經常喝到醉酒，很危險。」

「什麼經常醉酒？一年也就那麼幾回，你跟古阿萊不也一樣？我說得有錯嗎？喝酒是一回事，把命喝掉就不對了。」拔初說得認真。

「算你說得有理。不過呢，我要想想看怎麼蓋這樣的屋子，我家那幾棵樹可以蓋這個，想休息，怕被打擾的時候睡在那，有朋友來就睡那裡。」

「啊？你還有其他朋友可以去你家睡？」

「有啊，你跟你家人吵架的時候，你可以來睡啊，就不用躲到你田裡那些茅草叢裡睡覺啊。」

「你說什麼？你怎麼知道我睡在茅草叢裡。」拔初說。

「我怎麼知道？我好幾次一大清早差一點從你身上踩過。我還真想不明白，你沒事幹嘛睡那邊，後來我發覺只要你家人，特別是你母親大聲責備你的時候，你就會失蹤，就會躲在那裡睡覺。」

「好啊，西蒙，原來你一直監視我？」

「我監視你幹什麼？你是我的好兄弟啊，這種事，你母親不可能洩漏一點點風聲，我又不好意思把話說破，直接邀請你到我家來睡。現在好了，既然都說開了，下一次，你就來我家的亭屋，跟我一起睡。」

「下一次？你還真希望我下一次啊？是說，我母親那脾氣，那嗓門，想不下一次也不可能了。」

「阿明也該回來了吧？」古阿萊一直看著那閣樓，忽然說。

「也許這幾天吧？他一定是個懂很多事的人，要不然葉頭家不會那麼重視他的。」西蒙似乎故意岔開與拔初的話題，回答著。

「這些天我想了想，葉頭家確實給我們很大的保證，種田的事，他沒有騙我們，阿明比我們更清楚這個狀況。」

「是啊，就等他們回來，儘快請葉頭家去看看田地，我們也好做規劃啊。我的家人決定跟我一起做了。」

「我啊，可能就我一個人先做了，我的母親說那是騙人的，還怪我沒有腦袋，說上一次的事我年紀小，我沒有記起教訓。」拔初說。

「說起這個，我應該是最反對的，我的父母當初最鼓勵以及推動，那一次他們先後氣死。但是，我還是覺得可以試一試。畢竟，我們一直在外面工作，人心也多少懂得了一些。」

「是啊，古阿萊，我完全支持你，跟你一起幹。你想想，我們三個人傻傻的到這個港口找工作都四年了，到現在全部落也只有我們三個人願意出來工作，我們不能因為怕了就一直關在那裡。我們的確不如他們這些人奸巧，我們也不懂他們那些心眼，也許真的吃虧、被欺負了，但是，我們總是能賺些生活費，我們總算也摸清楚這些人的脾氣。這一次是機會，我覺得不把握，下一次不知道要什麼時候了，我們很快就會老了。」

「喂，你們兩個不要老是把話說得讓人頭痛好嗎？說點開心的吧。」拔初因為覺得什麼事都沒搞定，心煩，稍稍抗議著。

「你不用擔心，你一個人也不是不能幹啊，反正你的耕地不是很大，牛犁過以後，應該不用太多人手，扣掉工錢，你還會有剩很多錢的。更何況，你的母親只是嘴巴硬，她一定會幫你的。你不是很想當頭家嗎？別放棄啊。」西蒙說。

「我說西蒙啊，你一認真說事情，我就頭痛，你還是隨便開我玩笑好了。」

遠處，八掌溪的方向，有船將要轉入急水溪的河道進入港口。古阿萊只看了一眼，又把視線望向閣樓。他注意到，這十幾天一直在那裡工作的師父，還在修飾門口接樓梯的那一塊空間的邊欄。

「那是一個可以編織、做手工、聊天，像亭屋一樣的空間。」古阿萊說。

「有船進來了，說不定是葉頭家的船，我們要不要過去看看？」西蒙說。

「別打破慣習了，我們等第二艘船以後再做，先讓給其他人吧，讓那些比較少工作的人多做一點，多領一點錢。今天應該會有不少船進來，我們慢慢做，每艘船都搬一點。」古阿萊說。

他說的習慣，是這一、兩年才調整出來的。最初時，他們幾乎一有船進港，就去排工作，因為身體強健搬得多又快，誰當工頭都喜歡用，因此不會沒有工作。一天下來，就算工頭故意少算他們的工錢，他們還是賺最多的。這情形引起幾個工作量低，又喜歡指指點點的羅漢腳吃味。不斷有人警告他們，甚至有些以老大自居的羅漢腳，帶人來圍著他們恫嚇。直到有一天古阿萊開始佩長刀來上工，這種情形才減少，那個經常帶頭恫嚇的人，也怕發生意外而離開鹽水港。古阿萊後來調整了工作習慣，除了第一艘裝卸載的船之外，其他第二艘以後的船，他們都選擇在搬運一半了以後出現。一般來說，不管哪一個工頭，都喜歡用他們，除了他們力氣大、專注不廢話，又不太精算工錢，工頭有了上下其手的空間，自然而然形成隨到隨時都可以招呼他們加入工作。其他搬運工也知道古阿萊的禮讓，也不致多有意見。

「阿明應該會在今天進來吧，這幾天大船進來得多。真不知道去那麼遠的地方，坐那麼長時間的船是什麼情形啊。」拔初說。

「你不說，我還沒想到呢，最近是漲潮期吧，我注意到大船進來大部分都會在河水大漲的時候。」西蒙說。

「這個你也懂？」

「其實我不懂，我聽說過，可是我不知道為什麼會有河水大漲的時間。」

「是海潮吧？我也聽說過，也不知道那是什麼啊。古阿萊你懂嗎？」

「我怎麼會懂？不過，你說坐船的事，我很好奇。」

三人看著船進來靠停，一個工頭上了船協調了一段時間後開始搬運，他們便慢慢朝著那船移動，果然，一如既往，工頭看見他們便遠遠的招手要他們過去。

他們是在中午過後，在搬運卸載第三艘船時，看見葉開鴻和船長在船頭交談，而船緩緩駛過他們所在的卸貨船旁邊，向著靠近葉開鴻倉庫的泊地移動。直到古阿萊等人領完工錢轉向倉庫時，葉開鴻那艘船才完全停靠向邊堤固定船身。葉開鴻首先發現他們，向他們揮手。

已經有一些休息夠了的工人移了過去等候排班，得知葉開鴻的船沒有貨物，只有半個船的壓艙石和一些用途的石材，又紛紛打退堂鼓離開。儘管搬運壓艙石也計酬，且酬勞比一般的糖、米麻袋包更高，多數人還是不願意搬運那些石頭，除了沉重，還有因為石材形狀的邊刃、稜角，不好使勁容易受傷。留下來的只剩下柳紀明草寮裡的阿水三個人，加上古阿萊三個人。

船艙裡，柳紀明與船長王仔，一起清點過物資，船長忍不住讚美了柳紀明。

「好，這些都核實，分毫不差。阿明你根本就是一個總管，每一件都分得清楚。我很高興跟你一起出海。」

「船老大太客氣了，這一趟跑得真遠，沒有你帶船，還真不知道南北怎麼走了。下一次，你換了大船，記得要邀我們一起出海，我準備邀請我在番仔寮的朋友，一起去送貨補貨，你要教我們怎麼樣才不會給你添麻煩。」一條船相處了十幾天，柳紀明已經沒有第一次出海的陌生與刻意隔離。因為葉開鴻刻意讓他處理一些關於貨物分配、記帳與確認接頭商號等事，他某個程度確實像船長說的他是總管。

「我不是客氣啊，葉頭家跟我合作很多次，我們一起出海也不是第一次，我老實說，這是我第一次跟他喝最多茶，坐著聊天最多次的一趟路。他說的沒錯，你是個好幫手。」

「這就不敢當了，這也是當時你忽然問我要不要上船，才有機會遇見葉頭家。我是運氣好，能這樣經歷一下也是很難得的。經歷一次就好。」柳紀明的表情稍稍平淡了。

「哈哈，我確實很有眼光啊。我知道你很聰明，也很不一樣。不過，聽起來，你沒有打算一直這樣下去啊。」

「也不是那樣說的，不管是葉頭家，還是船老大你，都不是簡單的人物，那不是只有聰明就可以成就的，這些過程的付出、承擔與專業，不是一般人能做到的。就算我有一點小聰明，基本上也還是個羅漢腳，對於想要在這裡這個行業成為一個人物，我還沒有任何想法呢。羅漢腳也不錯啊，腳趾頭想去哪裡就去哪裡，一個人吃飽、睡好就好。」

「哈哈，阿明啊，你還真有趣，一個人確實不錯，但是這不是可以選擇的事，尤其是有人必須依靠，或者非你不可的時候，就算努力逃避，還是得面對，而最後不得不回頭扛這些責任。」

「船老大的意思是，不管有沒有能力，一定得去扛誰的責任？真的有那種不能不在的人？我是說，因為別人需要依靠，而只有他才可以幫忙，所以不管願不願意，他都要承諾，都要去擔當？」柳紀明心裡莫名的沉了一下。

「不是不是，我剛剛的意思是，有些時候那樣的人被託付了什麼，多半是別人知道你的能力與人品，所以寄予厚望，除非你狠下心來，完全不回應，否則回過頭你還是會回來面對的。這也是這一類被看重被寄託的人，比起一般人更有壓力，因為你不可能完全絕情到不去回應。你要是自私、不顧情義的人，別人也不可能寄望你什麼。」船長王仔語氣緩了下來，撇過頭，目光穿透船艙的透氣口向遠方望去，瞳孔反射了窗型的光白，眼睛敷上了一層水氣。

「看來，船老大有著深刻的體驗啊。」柳紀明感受到了船長王仔的情緒變化。

「哈哈，你看我，怎麼忽然就這樣說話了，一定是你刺激了我。這樣子，你了解了嗎？不是因為你要我怎樣，而是你的存在，有時就引導了一些事發生。假如你不是這樣的人，或者佯裝這個世界與你無關，也許一切都不會發生。不過，你的確觸動了我的一些情緒啊。不說了，有空，事情比較少的時候，我船上有酒，我們一起喝酒，或喝茶聊一聊。」

「聽起來船老大確實有來歷啊。我們……該把船讓出來給他們卸貨了。」

柳紀明與船長核對完了貨料帳單，突來的對話之後，他抱了一個約一尺長，以灰黑棉布包裹的布包，從艙內走出。見到留下來的都是熟識，柳紀明高興的連連打招呼，話都說不出來。同草寮的阿水埋怨柳紀明出門沒說清楚，害大家胡亂猜測，還說他的睡鋪還好好的，可以一回去就倒頭睡一整天。古阿萊三人是熱情打招呼，拍拍他的肩，他趕緊讓出走道，下船了在港邊堤，咧著嘴看著他們。十幾天不見，他很想拉著他們說說話，或者一起喝酒，讓古阿萊拉著他一起唱歌跳舞，或者就摟著他的肩唱歌。

唉，出門太久了，下一次應該拉著他們一起上船。柳紀明心裡嚷著。

倉庫已經打開，葉開鴻踩上了新建的邊牆樓梯，正與木工師父青仔交談，不時的往卸貨的船隻這裡望著。柳紀明隨著古阿萊搬運石板接近倉庫時，他注意到了那邊牆的樓梯，他倏地想起葉開鴻要為他搭建一間住宿閣樓的事。葉開鴻已經開口叫喚他。

「阿明，跟你介紹一下，他是青仔師傅，我請他來改建這個庫房。等這裡忙完了，你幫我看看哪裡還需要修改。師傅，這位是阿明先生，我目前的助手，這裡有任何的問題，你直接跟他反映就好。」葉開鴻說。

「是。」青仔點頭示意，表情和善，但眼神專注銳利，他看了一眼柳紀明，點頭示意：「請多多指教。」

「師傅太客氣了，這些功夫我不懂，如果沒有周到，還請多見諒呢。」

「這樣子，我得去跟三位頭家覆命，阿明你先跟我進庫房，後面的事你留著慢慢幫我處理。」葉開鴻說。在航行期間，他已經應阿明的請求，不在名字後面加上先生的敬稱。

柳紀明是清楚庫房大致的擺設，但不是很清楚那些石材該怎麼區分、擺放，葉開鴻要他進倉庫也是這個原因，他逐一掀開蓋覆在不同石材的麻袋與稻稈，說明石材不同的屬性以及圖案的區分，除了這些，葉開鴻要柳紀明自己決定如何擺設。

「你看，這是我說的，讓你住的小閣樓。」葉開鴻指著東面牆的上邊，一個看起來從外面塞進長約八呎，寬六呎的木造房間。周邊都封死了，看起來與倉庫內部隔絕。

「啊，這怎麼好意思，還真是謝謝葉頭家。」柳紀明不知道說什麼，只覺得驚訝，這件事才說著，出了門十幾天，回來都成了現實。

「你不要客氣，日後要請你幫忙的地方很多，你住在這裡，我也安心，找人也方便。有空你跟師傅談談看哪裡需要加強，你覺得可以住進來，就隨時住進來。對了，我跟你算一下他們的工錢，你照米、糖的標準，按件給錢，每件多加一半的錢，超過四尺就加一倍。另外剩下的就是你的工資酬勞。其他出海的酬勞，明後天再跟王仔一起，我跟你們算。」葉開鴻清楚交代細項的分配與說明，並從掛袋上取出文錢，算給柳紀明。

「葉頭家真是照顧我，我就不多說謝謝了，日後有事多吩咐。另外，這是給夫人的禮物。不好意思，要請你幫我轉送了。」柳紀明很欣賞葉開鴻不拖泥帶水的清帳態度，他恭敬的把布包遞給他。

「這怎麼好意思。這是什麼？」葉開鴻見布包以灰黑棉布包成長方匣，他捏了捏，是個半軟殼的包裝，覺得好奇。

「喔，這是一些布料，我記得夫人提起過她喜歡一些布，但是沒時間去看看，這次我們去了泉州，想起了，我順便就買了。」

「是這樣啊？怪不得你失蹤了兩天一夜。」

「哈哈，哪裡是失蹤啊，我可是問了船長行程，又剛好你不在，說去找幫忙蓋大厝的師傅，所以我請他傳話向你告假，我到處閒蕩去了。」

「這也算是我們各自找事了，算一算，我也差不多用了兩天的時間到處問，到處看。好了，我得走了，哪天有空，你再跟我說說你遇到了什麼有趣的。這禮物我代替我查某人收下了，謝謝你啊。」葉開鴻說完便離開。

柳紀明接收了庫房，他忍不住找了不妨礙搬運的位置，痴痴等著古阿萊等人搬運進倉。

這庫房並不小，最初是葉開鴻向劉頭家承租的。因為劉頭家在港口靠進出港的附近購得了兩座較大的倉庫，索性將船的停泊位置改到那裡，這倉庫便閒置了，以致屋頂以及牆角牆面出現一些毀損。剛開始，葉開鴻找了些師傅修補，後來為了能夠庫存更多的貨物需要改建，前年的時候葉開鴻提出購買意願，劉頭家慷慨地含庫房建築、前後土地，以半賣半送的價格讓出，而且還勸葉開鴻保留現金，以五年的時間無息分期償還。葉開鴻便找了一些師傅，以木造結構將庫房上層增建升高，使得倉內空間變得從容，堆置物品也更多。

所有的石材都進入了庫房，柳紀明也依照葉開鴻指示，當場發放工資。因為比預期的工資多了很多，與柳紀明同草寮的同夥大為吃驚，紛紛讚揚柳紀明有工頭的架勢，臨走還不忘了提醒晚上回草寮睡覺。

「阿明，你真的有工頭的樣子呢。」拔初說。

「哈哈，我只是按照葉頭家的指示發工錢而已，他是好人，你們看，他還給我工錢呢，說是當工頭應該得到的工錢。好像還不少呢。」

「很久沒有看到你，要不是還要回家，真想陪你喝一點酒，好好講很多話。」古阿萊說。

「是啊，葉頭家也說過兩天去你們那裡呢。這樣子吧，時間還早，今天你們也別去工作了，在這裡休息等我吧，我去買一點吃的，我們就在這裡吃東西說話。」

「這樣好嗎？又要你花錢請我們吃東西。這樣不好，今天做了很多工，我們三個人各出三文錢好了。」西蒙說。

「不要吧，這是你們的辛苦錢。」

「喔，難道你的不是辛苦錢？」

「我是說，我就一個人……嗯，也好，大家一起出錢一起吃，好像也不錯。」阿明想到偶爾讓他們出錢比較不會尷尬，所以也不堅持，收了錢，把倉庫上了鎖，便往市場走。

西蒙與拔初才取出菸斗，古阿萊就已經起身往樓梯走。

「你們抽菸休息，我上去看看。」

「他還真是對那個有興趣啊？」拔初說。

「好啊，多看看，說不定他真的回家就蓋一間。」

「他應該不需要吧。他家的亭屋就已經夠寬敞了。」

「古阿萊興趣的是他們的工法，他們蓋屋子，使用木頭的方式跟我們不一樣，古阿萊興趣的是那個。」西蒙說。

「你不感興趣啊？你不是要蓋一間那樣的。」

「我？我哪裡是做這種事的人，我的手沒有那麼巧，打打獵，放一放陷阱還可以。」

「那之前，你是在開我的玩笑？說什麼要蓋一間讓我躲避我媽的時候用。」

「唉，你還當真啊。我家就有亭屋，你就到我家來睡就好啦。或者，乾脆我們請古阿萊幫你在田地蓋一間亭屋，工作的時候可以用來休息，你被罵的時候可以跑到那裡睡。」

「我蓋一間，我媽用指頭想也知道我去那裡睡覺。」

「那總比你睡在草叢裡好啊，半夜來了蟾蜍、蛇什麼的總不好，下雨總不好。」

「也對，反正，我們真要是開了田種了甘蔗，我們每家都蓋一間亭屋，這些問題也就解決了。」拔初說。

「是說，拔初你人好，又孝敬你母親，換了別人應該不會那樣。」

「應該說，沒有人像我母親那樣，我們部落哪個人對長輩不尊敬？」

兩個人聊著，而古阿萊卻認真的參觀木工師傅青仔的手藝，並且一樣樣的請教那些工具哪裡可以買得到、怎麼使用。原本已經在收拾準備收工的師傅，被這麼一個粗壯的古阿萊問問題，也覺得新鮮。索性就盤著腿，在收工具的同時，一個一個的說明，直到柳紀明回來，他才禮貌的告辭。臨走前又多看了柳紀明一眼。

柳紀明買了些麵食、半隻鹽水鴨，和一小碟炒辣椒，一小瓶酒剛好夠四個人喝兩杯助興的量，店家還很貼心的讓阿明用菜盒提了回來。四個人聚會，用去了將近一個時辰，柳紀明很捨不得，但不希望他們太晚回去。臨走，他交給古阿萊一個小包，要送給蘇奈。裡面裝有一個髮簪和一片彎弧的木片，可合著作為髮夾使用。那是黑檀材質製作，木片內側刻有細齒，外側則雕刻有一朵漆上暗紅色的花朵。

柳紀明回到草寮，天還沒有全黑，草寮的同夥都收了工回來，有人看起來洗過澡，有人圍著篝火，大家交談著，也似乎都在等著柳紀明回來。十幾天沒回來，忽然間又升格為工頭，大家等著向他道恭喜。特別是阿水，興奮的說著，稱讚著柳紀明發放工錢不剋扣，交代事情又乾淨俐落，他甚至建議同夥們，要爭取柳紀明當工頭的班。這讓柳紀明不知如何應對，只得哈哈傻笑。他拍了拍十幾天沒睡的睡鋪，又朝鋪與草牆邊的接鄰處拍打，然後拿了一直疊在床頭的一套衣服，到溪床上洗澡。

溪流有些涼意，天氣將要入冬了吧，柳紀明心裡想著。他光著身子在溪水裡，並搓揉著從船上一路穿回來的衣服，忽然想起阿才，那個深愛著自己同夥，最後選擇跳河的「人妻」阿才。柳紀明甚至相信，阿才應該就是從這個地方，故意流出去，然後放任自己溺水也不掙扎地一心求死。最後順著溪流擱淺在急水溪匯入口南岸的蘆葦叢。柳紀明忽然感到難過，又為他感到慶幸，畢竟，這也是一種解脫吧。生時，不知道有沒有結果，不如就只心念著當下，有一天算一天。

這樣的感情，難道不能終身相守嗎？柳紀明想著想著，忽然把頭埋進溪水裡。

另外一頭，幾條街外的巷子裡，一間屋子，點著了兩盞煤油燈，一對父女隔著餐桌對坐吃著晚餐。那父親正是木工師傅青仔，從葉開鴻的倉庫回來，心情忽然變得複雜。以致眉頭深鎖。

十幾天前，葉家頭家娘找了青仔談關於製作閣樓的生意。兩天後，提及這是給一個羅漢腳住宿的簡易房間，又順便打聽他給女兒找婚配的事。他不好意思啟齒，也終於說了。說都將近半年，就是沒有合適的，甚至根本也沒人來主動談。他懷疑是因為家裡窮的關係還是怎樣。可是，窮歸窮，他一個木工師傅，基本上生活還不是問題，他也不準備在聘禮上有什麼要求，只盼望把孩子好好的嫁出去。他也期待有人入贅，但又不敢太奢望，畢竟他們窮，家裡也沒田產可以吸引人。

翁蜜也是好心，她提起自己想介紹柳紀明給青仔做女婿的事，說他是單身來到鹽水港的泉州人，乾淨與聰明，目前跟著葉開鴻學習做事業。不過呢，翁蜜自己也還沒跟柳紀明提過這事，只是先提了讓青仔思量，等哪天時機成熟了，再給雙方做正式介紹彼此認識。這事，青仔放在心上，但又有所顧忌。當年他妻子過世時，他允諾給女兒找個好人家，現在真要讓她跟一個無立錐之地的單身漢，能過得上什麼好日子？青仔每天上工時就想這件事，就煩心。今天見柳紀明，那一身羅漢腳的裝扮，卻絲毫掩不住他相貌堂堂，眼神安定清明，讓青仔意想不到又稍稍覺得驚豔。他想到這是葉頭家夫人介紹的，肯定不差，可是這麼好的人怎麼會單身淪落到鹽水港來？府城不是更好？他在泉州發生了什麼事？有需要冒著危險跟著船橫渡凶險的黑水溝？會不會是犯上什麼案子讓官府通緝？或者欠下巨債來這裡躲避？光想想，他就覺得渾身不對勁，認為這個柳紀明，絕不單純，絕不是他這樣一個木工師傅可以交陪的。更讓他提不上心的是，就算前面那些都是他自己多慮，這柳紀明怎麼看也不是幹粗活的，如果他一直跟著葉頭家做事業，還好些，如果沒有，他拿什麼養活家人啊？青仔一想事，就胡亂連結，又不停的把相同的思慮重新組合讓自己煩惱。

「阿芬啊，我問妳，我想給妳找親事，妳想找怎樣的人？」青仔忽然停下筷子問。

「阿爸，你別問我這個啦。我只是一個小孩子，你怎麼會問我這個呢？」

「妳不小囉，都十四歲的人囉，這個年紀有人已經生孩子囉。我心裡急啊，沒有阿母可以幫妳，我要是沒有能力把妳嫁出去，將來死了不好見妳阿母啊。」青仔語調倒是平靜，卻帶有些感慨與愧疚。

「怎麼說著說著就說到死了去，是我自己不要嫁，不是沒有能力。而且你別急著把我嫁出去，你出門工作，家裡總要有人整理、弄吃的。阿母不在了，誰來做這些，你老了誰來照顧你？我就留在家，不嫁了。」

「女人家怎麼能不嫁？」

「嫁了又怎樣，會過得好嗎？」

「過得好不好，跟嫁不嫁沒關係，過得好是運氣。我擔心的是，妳不嫁，將來誰照顧妳？妳不嫁，多少人又會指著鼻子罵我自私留妳在家，只為了有人照顧我。」

「唉，你怎麼這麼說？我喜歡誰就能嫁給誰嗎？我喜歡嫁給什麼樣的人，就會有什麼樣的人出現娶我啊？」阿芬有點生氣了，她索性連碗筷都放下來了。

左側柱子上的煤油燈往下投射，她抬頭問父親，臉部向光的側影顯得立體與巧緻，看在青仔眼裡又再深深感到慚愧，這麼美的女兒，卻沒有人來提親，做父親的他卻無可奈何。

「妳長得這麼漂亮，要不是我們家窮，早就一堆媒人來說親了。」

「別這樣想啦。我才幾歲，你就這麼討厭我要我早早出嫁？我們吃飯吧，這問題別再提了，每天問，也不會有結果。」

「我只是問問嘛，特別是今天，不知怎麼的，就是很想問問妳想嫁給什麼樣的人。既然妳剛剛說了喜歡誰、想嫁誰，那我問妳，妳心裡有想到要嫁給什麼樣的人嗎？」

「唉唷，我那有說我喜歡誰、想嫁誰。你還真不死心，我要是跟你說，我想嫁給羅漢腳，你不會打斷我的腿吧？」阿芬本來無心的隨口說，說完忽然想起在巷子口遇見兩次，又在市場講過兩句話的柳紀明，心頭突然顫了一下，臉倏地燥熱著。

「這……」青仔沒注意到阿芬的表情，但她提到羅漢腳，使得他立刻想到今天在庫房看見的柳紀明，他那清麗有神的目光，以及這之前自己一連串的胡思亂想。一時不知如何回話。

「妳說的也許有道理，如果真有羅漢腳上門，我還真不知道該怎麼辦呢。唉，我們吃飯吧。」青仔無力的說著，腦海浮起葉頭家娘那熱切的臉孔。他輕輕嘆了口氣。

相較於青仔的淡淡愁緒，與父女間經常圈繞相同話題的無奈，葉開鴻家的晚餐氣氛，相對的歡笑與令人興奮得多。十數天不在家，有些事進展得讓人驚奇，譬如那倉庫上方的閣樓。讓葉開鴻連連稱讚翁蜜的明快決定。

「你只是稱讚我決定的明快，你還沒跟我說你的意見呢。」翁蜜似乎需要丈夫多一點鼓勵，難得撒嬌。

「哈哈，我不懂這個。不過看起來很特別啊。我從來沒有見過這種屋子，從倉庫看，它是從牆壁長出的，懸空的一個屋子，從外頭看，就只是一個休息的平台。妳還真能設計啊。」

「青仔也是這麼說。他沒有做過這種東西，還好有兩面牆的牆角可以提供支撐，他做起來不難。我的想法是做一個亭屋。這個倉庫左後側兩棵大樹可以遮蔭，住著的人可以有個工作、休息乘涼的地方。有個封閉的房間遮風避雨，放私人的東西也比較安全、私密。我在想啊，阿明哪天不住了，我可以在你們忙的時，帶孩子過來這裡休息、玩樂。」

「這個設計的確很好啊。不過帶孩子上去危險，妳說說就好，別太認真。」葉開鴻想起柳紀明睡的草寮，那種簡單以茅草編成牆與屋頂，「什麼時候完成可以搬進去住呢？我今天看了一下，好像大致完成了，我交代青仔說，阿明覺得可以就直接讓他搬進去。」

「是差不多了，但是青仔可是木工師傅，他說要修飾一些小邊角。」

「哈哈，果然是老師傅，收尾絕不馬虎。」葉開鴻笑著說，他最欣賞這種工作態度。

「我還跟青仔提了關於介紹阿明給他的事。」

「啊？妳還真的想做成這個媒人啊？」

「哎呀，這是好事嘛。不過，我沒有要他馬上下決心。」翁蜜調整了一下姿勢，把抱著的二兒子，提了提。

「我來。」葉開鴻接過小孩，「怪不得，昨天他看見阿明的時候，表情變了一下，我還奇怪他們是不是相識，原來你跟他說了這件事。」

「青仔的確很掙扎啊，我曾聽說他們已經是好幾代定居鹽水港的人家了，不希望羅漢腳跟他們家有瓜葛。」

「阿明是個單身漢，也算羅漢腳了，那怎麼辦？」

「所以，我沒有要他馬上下決心，就是希望他見過柳紀明，好好了解這樣一個不錯的男人，對他家阿芬一定是好事。」

「這件事，我該向阿明說嗎？」

「我忽然覺得要先說，但不急著說，你看時機點一下吧。」

「怎麼會忽然覺得要先說？妳想到什麼？」

「你回來的時候不是給了我一個布包，說是阿明給我的禮物？我剛剛忽然想到，這麼注意禮數的人，會記得送禮的人會是什麼樣的出身？你想想，我們認識的人，先不說那些種田幹粗活的鄉親，就連那些已經是大頭家的人，除非有特別目的的拜訪，才會特別帶禮物，誰會像阿明那樣。」

「是很少。他那布包裡的東西妳看了？」葉開鴻問。他腦海搜尋了一下，不管禮物大小貴重，會把送禮當成日常習慣，確實是很少，甚至說是沒有。他好奇柳紀明送了什麼。

「看了。」翁蜜擦了擦二兒子嘴上的飯粒，回答說：「那裡面主要是一匹三尺寬的灰藍色棉布，可以給你做一套衣服，那種棉布很密，很柔順，我沒見過。還有幾塊不同花色的絲質頭巾，不管是紅、黃、紫、藍，那些顏色都不會太亮，我好喜歡啊。還有一匹比較厚的大張茶色的棉布，上面好像有幾朵用比較深的茶色畫的花朵。」

「聽起來很貴重啊，這個我完全不懂了。」

「貴重我是不知道，但是很精緻，這不是花很多錢的意思，我想有錢的大頭家也不會用這些，反正我很喜歡啊。他怎麼這麼懂這些？」

「泉州是大商埠，大概都用這些吧。他們連蓋房子都精緻的。」葉開鴻想起他去尋訪可以來台蓋房子的師父時，他在街頭參觀過很多間有裝飾的大宅。

「還有一個我忘了說，他是用一個大約一尺半的軟蓆包著這些布的。那個蓆子不知道是用什麼草的莖編織的，摸起來涼涼的，我好奇的攤平把手按上去，好久都不會發熱。我想這給你墊枕頭應該很舒服。」

「妳想得很周到啊。妳這麼說我還真是同意他是一個會送禮，也懂得送什麼禮的人。當總管應該最好。」

「還有，他說話斯文平靜，不是粗人。他不大聲說話對不對？」翁蜜說完，又不確定柳紀明是否真是這樣的人，畢竟沒有多接觸。

「嗯？怎麼說到這邊了。他是斯文人沒錯，可是，這跟要不要先跟他說要介紹親事給他有什麼關係？」

「我自己想的啦，這樣的人一定有跟我們不一樣的出身跟教養，很難講他不是個重視這些的人，我們貿然的說，會不會讓他覺得冒犯？」

「嗯。」葉開鴻點點頭，他覺得翁蜜說的有道理，但又覺得她想太多了，畢竟這裡是鹽水港，充斥著幹粗活的農人、工人、羅漢腳，也是個充滿機會處處可以找生機拚搏的小商埠，可不是泉州那樣又是金又是銀的精緻商業大港。況且，就算阿明出身好、教養好，他來這裡早已經是個流浪漢、羅漢腳、搬運工。

「我的意思是，你找個時間找個機會說，我不好直接開口。」

「不，說媒的事，哪能要我一個男人開口。我製造個機會吧，妳來開口比較適合。」

「好啊。我們這麼熱心別人的婚姻，哪一天，我們的孩子長大了，不知道會不會遇到這個狀況。」翁蜜看著大兒子葉瑞西說著。

「不會！將來，我的生意一定做成功，我們開了自己的商號，應該很多人家願意來提親的。」

「沒錯！我們一定要好好的開立自己的商號，你帶著兒子們一起打天下，拚事業。」

「我們光顧著說話，飯菜都還沒吃幾口呢。」葉開鴻心情好，不知不覺已經吃了第三碗，他還以為才扒了第一碗飯。

古阿萊的木工活兒

半夜醒來，柳紀明覺得自己一定生病了。

從溪床回到草寮，就覺得一股寒意從身體內往上竄，晾掛完衣服，他走到草寮前的火塘烤火，除了表皮，身體的寒意久久不退，他甚至還有些恍惚。同夥阿水走了過來，拿了一杯酒給他，並坐了下來說謝謝他今天這麼慷慨的結算工錢，並希望日後多照顧，畢竟出門在外。阿水一直說話著，柳紀明除了點頭，也適時的陪著笑。他想起傍晚他與古阿萊等三人在倉庫前喝了一點酒，體內酒精還在燃燒，他便下水泡澡，還將整個頭埋進水裡。流動的溪水畢竟不是澡盆，即便七、八月正中午，泡不了多久便要喊冷。意識到這個，柳紀明很主動的向阿水敬酒，沒多交談。等喝完杯中酒，他還了酒杯道謝，回到睡鋪，他在床頭的衣服包裡，拿出了另一套甚少換穿的衣服蓋著睡覺，那上面還有床板長時期散發的樟木味道薰染。他春天才來的，從來沒有蓋過被子睡覺，他的舉動，引起其他人關注，以至於草寮都安靜著。

我怎麼這麼不小心，讓自己受了風寒？他自責著。稍稍感到發燒、暈眩與輕微頭脹，令他即使躺著閉著眼睛也還覺得不舒服。草寮內只剩七人，與柳紀明隔兩尺的阿才與他的男人的睡鋪已經空了出來，使得柳紀明猶如一個被隔離的人一樣，遠遠的獨自一個人睡覺。

他恍恍惚惚，睡了，醒了。在起身解手躺回睡鋪時，他看見阿才背著坐在只剩下炭火的火塘。阿才似乎把頭埋進雙腿膝蓋間，又一直在哭泣，那規律的抽搐，令炭火的微光透過阿才的身影，映進柳紀明的眼裡時，柳紀明甚至以為，從阿才的身體裡正不斷的迸出火花。他想起身去安慰阿才，卻怎麼也起不了身，他發覺自己處在癱軟與虛浮的狀態。似乎是躺著，卻微微的飄移：以為背部貼著臥床，卻感覺像是有幾個人拉著那麻袋鋪成的床單的四角把他抬離地面。柳紀明沒有驚慌，伴隨著耳鳴聲，他聽見阿才斷斷續續的嗚咽著，抽搐著，反覆的說著他不是不甘心，不是怨恨他的男人移情別戀，他只是怨懟自己，沒有讓他的男人安心的待在他身旁。他既不期待最後有個結果，也不敢想日後如何。他在意的是每天醒來，能看見身旁的男人還在酣睡、說夢話，他願意為他早起備食。可是這一切沒有了，他的男人不見了，不再享受彼此的身體，並在交換體液之後，還能暖暖的、溫柔的相擁著彼此的汗味與溫度。他好孤單，好冷啊。

柳紀明一陣傷感，身體似乎又覺得冷寒。他側過身扯了扯蓋著的衣服，蜷曲身體讓頭、臉側貼著床板，忽然有股想哭的衝動。他閉著眼，眼淚卻擠出了眼角，一顆又一顆。好一陣子，他嗅著了那深邃的樟木香味，手指便不自覺的慢慢伸了出去，向前兩指退後一指的慢慢畫小圈圈梭撫著，他想起古阿萊強壯，並且不斷散發著酒氣、汗味的身體。

你走吧，你走去你想去的地方吧，阿才。那裡一定有比你的男人更好的人，一定有真正愛你的男人願意等著你，時時陪著你，聽你說話，聽你發牢騷。你不需留戀這裡，更不需要怨懟自己，你好好的。沒有人應該永遠被好好的愛著的，也沒有人應該毫無理由的被拋棄的，緣分，都是緣分。

柳紀明想著，念著，醒來，睡去，恍惚又沉沉。

再醒來時，太陽已經升得老高，草寮裡溫度也升高了。柳紀明除了一點頭疼，身體沒有不適。草寮一如往常，大家早早就離開，各自找排班，找工作，這是一群勤奮的羅漢腳的草寮。他收拾了臥鋪，溪床洗過臉便沿著慣常走的溪床、邊堤，到了港口。港口不是很忙碌，只有兩艘不大的船在裝貨，昨天回來的船都停泊著，有些人在工作，有些人坐在邊堤抽菸、閒聊、等待工作召喚。

他覺得肚子有點餓，卻不想經過港區，所以往北而去，經過葉開鴻的倉庫附近，看到古阿萊，爬上了樓梯與木工師傅討論什麼。柳紀明覺得好奇，他想找點東西吃，順便繞去武廟上個香，回頭再好好問清楚，發生了什麼有趣的事。

船上工作的古阿萊只參與搬運了大約半條船的工作量，便跟西蒙說了，自己要去倉庫這邊找木工師傅。西蒙沒多問，拔初覺得奇怪，也沒多理會，任古阿萊自己到倉庫來。

古阿萊逕自走上樓梯，驚動了木工師傅青仔，他瞠著眼不知道古阿萊想幹什麼。

「失禮，我冒冒失失的上來，是想多看看你的手藝。這些天我在下面看著你，一直提不起勇氣上來，我怕這兩天你工作結束了，便離開這裡，我不知道哪裡可以問到關於木工的事。」古阿來盡量說得客氣，這已經是他說漢語所能展現的最長限度了。

「喔，是這樣啊。你要問什麼事呢？」木工師傅青仔稍稍放下心，他沒遇過有人好奇木工來問事，他尤其沒有遇過、聽過像古阿萊這樣粗壯的番人會問這類的事。他甚為好奇。

「不瞞你說，其實我一有空就會上來看你的工作。我不太懂，這些木板木條怎麼可以修得這麼平整，還有這些木條的邊邊線條也可以這麼平滑均勻。另外，這些木頭之間怎麼可以接得這麼緊，不用綁，好像本來就是長在一起的。」古阿萊有些字說不出來，所以說得很慢，讓青仔也跟著放下警戒心，覺得與古阿萊投契。

「你為什麼會問這個？你有做木工嗎？」

「我很喜歡木頭，像蓋房子還有做雕刻裝飾，通常我就是一把刀砍砍修修。我知道你們做木工的技術，可是我不知道用什麼工具，也不知道哪裡可以買，更不知道誰會願意教我這些。我好想找個師傅來教，能拜師最好。」

「喔，是這樣啊。不過，木工拜師有許多規矩，如果不是靠這個吃飯，學點技術就可以了。」聽到有人對木工感興趣，青仔忽然有一股莫名的感動，對古阿萊產生了莫大的好感，

「來，我向你說明用法，你聽聽看有沒有幫助。」

青仔把工具都聚攏在一起，然後依照已經做好的成品比對適合的工具。比如木板、木片，他就取出四個大小不一的刨刀，再取一塊未施工的木板，示範性的刨幾下。木條接榫的部分，

他取出鋸子、木槌、幾個不同刀口的鑿子，做了公、母的榫接。這讓古阿萊感到不可思議而目瞪口呆。

「你可以用我的工具試試。」青仔說。

「這真的可以嗎？我聽說工具是非常個人的東西，就像我們的武器那樣。」古阿萊說。

「沒關係，我拿最粗的讓你試試。」青仔說完，取了最大的刨刀，以及一塊未處理的木板片，放在工作台。示範刨了一刀之後交給古阿萊。

「好，我試試。」古阿萊沒多推辭，取了刀，推了幾次就上手了，木板被刨得平整乾淨，他皺著眉咧著嘴，既興奮又不可置信的幾乎喊了起來。

青仔也感到驚訝，直覺古阿萊有這樣的天分，他把木板片反了過來，示範如何反方向的拉刨，「來，你試試反手的拉刨法。」

有了剛剛用刀的經驗，古阿萊很快掌握要領，刨平了木板片，他看了看，又順手把細邊那些粗糙的板面刨平。這讓青仔稱讚，一般而言，他是會換小面的刨刀來處理的。

青仔接著把剛剛示範接榫的兩個木條交給古阿萊，請他在另一頭鑿出接榫的槽與嘴。

這一來一往，古阿萊被木工工具產生的效率與精細所震撼而久久不語，青仔卻對古阿萊的天賦感到驚豔而大加讚賞。之後他們環繞在工具、工法、基礎技術之間做一種形式的交流，這所謂的交流，多半是古阿萊找問題問，青仔回答。本來就不善交際的古阿萊對上少語的青仔，他們之間所形成的對話，差不多就是清晨的水氣凝結成露水的速度，足夠讓一隻青蛙盤腿聆聽等候到雙腿麻痹。所幸，青仔只是在做收尾工作，工程沒有急迫感，而這樣的對話讓他們兩個都感到十分的自在。

「請問師傅，這些工具我要到哪裡買得到？」

「你不是專門的木工，不需要買齊所有的工具，只要有一些基本的工具就可以了，那些可以在街上的打鐵店訂做。你有需要嗎？」青仔說。

「既然知道了一些方法，我想我應該買一些你說的基本的工具，有機會可以多練習，我也可以自己動手修理家裡的門窗什麼的。」

「對對，能自己動手就盡量自己動手，木工是個迷人的工作。」

「迷人？」古阿萊一時沒能理解這個詞。

「我也不會解釋啊，就是那種你會不自覺被吸引，甚至忘了時間忘了煩惱，做好做不好都覺得歡喜。這個意思大概就是那樣。」

「哈，我懂了，謝謝說明。還有，我去訂做就可以了嗎？」

「喔，這不行，這個東西你講不清楚，打鐵師傅也不會知道你講的東西。這樣吧，你現在沒事吧，我帶你去。」

「真的？那太好了，沒有什麼比這個更……迷人的了，我可以去。」古阿萊想起剛剛青仔說的「迷人」，就用上了，感覺自己也文雅了。

「好，你等等，我收一下。」青仔選擇了大刨刀和中型刨刀、鑿子大中小，另外幾把包括有斜角的雕刻刀，裝進袋子裡，他準備帶著這些到打鐵店讓師傅描樣子。其餘的他暫時收進新蓋的房間。

「先這樣，其他的，看需要再慢慢加。」青仔語氣歡喜的說。

青仔的人生單純，沒有遇見過對木工有興趣與天賦的人，而古阿萊意外的遇見願意教他入門技術的木工師傅，彼此感到開懷。兩個快樂的男人，下了樓梯，上街去了。卻讓去了武廟上香又填飽肚子的柳紀明回到倉庫，撲了個空，沒見到人。

「人呢？」柳紀明才上了幾個台階，便知道上面沒人，他仍然好奇的爬上去。門鎖著，門前的平台有一大半被周圍三棵大樹枝葉遮蔭著。平台的地板厚實有間隔，欄杆用手臂粗的木條圍籬著，柳紀明伸手推了推，頓時產生安全感。他撥開樹蔭下的地板上面一個接榫半成品的木頭，又將一個刨修平整的木板片搭在上面，稍稍調整方向後當成枕頭，他躺了下去。才深深吸吐了一口氣，新刨的木板片香氣頓時讓他感到順氣，昨夜著涼後還存留的鬱氣全都消失了。

「我真要搬進這裡了呀？」他瞠著眼望向那鎖著的門板，想著又覺得自己好笑。

這一切過程變化太快，快到來不及消化所有的感覺與情緒。有個遮風避雨又完全隱私的空間，確實符合他的需要，但也意味著從此會有很多時候他得花一點精神跟著葉開鴻跑行程，當初只想學著羅漢腳，做一些粗工，然後很優游的閒晃，後來遇到古阿萊等人，讓他工作稍微勤奮了些，卻擁有更多的樂趣。現在，若真的受僱於葉開鴻，這一切又顯得沒意思了。思及此，他忽然不想要住這裡。可是繼續住草寮也漸漸不可行。阿才那一縷幽魂會不會三天兩頭找他說話訴苦？那些同夥把他當成了一個工頭，那種同是流浪漢或者羅漢腳、搬運工的氣息，昨晚就已經改變了，這並不是好事，柳紀明並不喜歡那種感覺。

若搬去古阿萊家裡呢？柳紀明想了想，心裡又稍稍排斥。他喜歡古阿萊，情感上，他甚至已經認定他是他最重要的伴侶，但現在住進古阿萊家，蘇奈還有其他鄰居將是他生活裡的種種干擾。

「跟我住在這裡，在這裡成立一個家好了。」他忽然蹦出了一句，自己也嚇一跳。

成立一個家好啊，可是這裡並不能作為生活的空間，只能是臨時住宿區，只能是他這種單身漢的藏匿處，隨心情與世隔絕。他坐了起來，想到港口區找古阿萊等人。樓梯口響起了人聲，柳紀明透過木板的縫隙看到葉開鴻走了上來。

「葉頭家怎麼來了？」

「你忘了這是我的庫房啊。」

「哈，是啊，我怎麼弄錯身分了。」

「也不是那樣的。我是想來看看青仔的工程，順便問問什麼時候可以讓你搬進來住。」

「喔，稍微早一點我還看到他們，我從武廟轉來，他們就不在了，門也鎖著。」

「他們？你說的他們，還有誰？」

「古阿萊，我看見他上了樓梯跟師傅說話。」

「這就有趣了，古阿萊對木工有興趣啊？還是想幫你看看這個住屋好不好？」

「不知道呢，我還擔心他們離開了，或者去吃飯了。」

「應該還沒離開，也還沒去吃中餐，我剛剛還看到其他兩個人在那邊的邊堤樹下抽菸。來吧，坐吧，一起抽個菸，喔，我忘了你不抽菸。」葉開鴻說完便選擇樓梯階坐了下來。「你看過這個房間嗎？」

「沒有，我是第一次爬上來。從倉庫裡面往上看，看起來很特別呢。」柳紀明也選擇了下兩階的樓梯，坐了下來說。

「希望你喜歡也住得高興。」葉開鴻撇過頭來，滿臉笑容的對柳紀明說，「我查某人要我向你說謝謝，你送她的那些布她非常喜歡，一直稱讚個不停。你一定花了很多錢。」

「沒有，我也沒那麼多錢可以花呀。這些布料算是很好的，但不是最好的，連第二好都不算。在府城的價錢確實很高，在鹽水這裡我是還沒有看到有相似等級的。比較起來，在泉州拿的價錢，就差不多是這裡一般的布，所以，請夫人不要放在心上，能喜歡最好。」

「還是要謝謝你。我查某人說，阿明兄對布料很專業，莫非你經手過這一行？」

「這……」柳紀明眼神不自在的往樓梯下投送，「這話從哪裡說起呢？我實在不想跟誰說這些。這裡沒其他人，我就對你說了吧。我是泉州柳家布莊的小兒子，我自己就經營其中的一家布莊。所以，我對布料買賣、裁縫熟悉。」

「原來你是一個真正的頭家。那……」葉開鴻本能的想問為什麼會來這裡，但顧忌柳紀明也許有隱情，他急收住嘴。

「我也只是個現成的，生意還算不錯的布莊頭家，我家世代經營布莊生意，父親給了我一個也有歲月的布莊經營，所以，也不算是真正的頭家，比起葉頭家要拓展生意的衝勁，我實在不算什麼。至於為什麼會渡海來府城，來這裡學著當羅漢腳，這個原因很單純，請容許我保留，也請相信沒有任何跟罪犯有關的事，我只是一時興起就跟人上了船來到大員。」柳紀明說。

「一時興起？你來多久了？」

「大約一年半吧。」

「一年半的時間，你跟著一群羅漢腳過生活，又跟著我們去了兩趟福建，甚至泉州，然後你仍然留在這裡沒走？阿明兄，我很難理解了，你似乎很喜歡這裡啊。」葉開鴻幾乎噴岔了煙，他太驚訝了，驚訝柳紀明一時興起的舉動，居然可以待上個一年半，仍然歡喜的住在這裡。

「哈哈，這說起來也很有意思。我來大員以前，我身上的衣服褲子，從來沒有脫過一絲線，沒有褪色褪過一半；從來沒有打過赤腳上街，甚至連院子也沒有光著腳踩過；沒自己找過飯菜吃，沒睡過硬板床，我甚至從沒想像過泡在野溪裡洗澡的滋味。」柳紀明興奮的說著，嚥了口水繼續說：

「在那裡，除了談生意，我幾乎沒有與其他士農工商的人說話談私事的經驗。家裡的僕人，店裡的夥計，有時連正眼都不敢與我對眼。我像個嬌貴的公子，沒餓過、渴過，甚至沒有流過半個身體的汗水。」他說著，而葉開鴻專注著聽有時陪著笑。

「來了大員，在府城，在這裡，我遇到了我前半輩子沒見過的事，我才覺得這就是生命，生命本來就應該是包括這些，讓別人嘶吼威脅，讓身體勞動流汗，交結好朋友一起開玩笑一起煩惱。天熱了泡到野溪裡，累了病了就好好大睡不上工。」柳紀明說得更興奮了，「不騙你，我居然喜歡睡地板，不睡床，沒事還喜歡像流浪狗躺在港口邊堤，發呆作夢打瞌睡。甚至幾天不換衣服，讓衣服吸附的汗水發酵，像個居無定所的流浪漢那樣。連到野外拉屎，我都覺得是件舒服得不得了的事。」

「哈哈，阿明先生，你實在有趣啊。你說的這些都是我們日常的事，也是我們努力工作想擺脫的窮困處境，沒想到卻都是你最享受的地方；而你那些在我們看來遙不可及的生活經歷，你卻毫不猶豫的放棄。這真是件奇特的事啊。」

「最近，我一直想著這件事，我究竟是徹底喜歡這樣的生活，還是因為新鮮感？我發覺我並不是真的那麼習慣這樣的生活方式，畢竟我不是這樣生活過來的；我也不見得是厭惡了我原來的生活環境，只是我在這裡發現更多的樂趣，特別是精神、心理的放鬆與隨性。現在想想，也或許原來的生活也有相似的精神生活吧，只是我沒用心的過日子。」

「阿明先生，難得聽你一連串說這麼多話，真是有意思啊。問個失禮的問題，你不會想家嗎？你不打算回去嗎？」

「也不能算是真想家，就是會想起，就像記憶，就是會想起，那是我的家，我熟悉的一切都在那裡。至於回去這件事，時機還沒到，也許日後吧。說起來好笑，這兩次答應跟著回去，多少也是想回去看看。第一次我只是遠遠的看著我的母親與大姊帶著婢女上市集，她們看起來都還好；我也去了我父親最大的布莊，遠遠的看著他與幾個布郊頭家談事情，也沒什麼變。看不出來他們對我的消失，有什麼損失或感覺。這一次，我乾脆直接去了我自己的店買布。店裡頭的兩個店員居然沒認出我來，由父親派來管店的二帳房還嫌惡我一身打扮，只在結帳時看到我挑的布，對我多看了一眼，點點頭。我想他們一定認不出我來，我已經結實得太多了，曬得也黑，身上的酸臭任誰也不可能相信，那是我。我是一個從小就喜歡香氣的人，他們太熟悉過去的我，也完全陌生現在的我。」

「真是難以想像啊。你果然是個很有故事的人。而且居然還是貨真價實的布莊頭家。難以想像啊，為了有自己的商號，我一直努力著，有時候想好好的在家裡躺著什麼事也不做，一想到生意，整個人就精神來了，連生病都不知道什麼味道。」葉開鴻清了清菸斗，呼出了最後一口煙說，頗為感慨。

「可是，我敬佩你啊，葉頭家。這幾次與你一起跑地方，談生意，我知道你是個能夠成功的人。你有眼光，講誠信，身段軟、勤奮做、不貪、講求多贏，這都是成就一個成功頭家的條件，可以延續事業很久。我在布莊只有十年掌櫃的經驗，但看了不少同行還有其他郊商的頭家做事的風格。我可以這麼肯定的說。」

「哎呀，這可是我第一次聽到糖郊以外有人這麼肯定我，誇讚我，真是想不到啊，你讓我變得更有信心，也加強了我的決心。真是謝謝你啊，柳頭家。」

「柳頭家？客氣什麼？我說了我的故事，但是請葉頭家還是要時時記得，我是羅漢腳柳紀明，目前跟著你學習做生意，逢人面前，別叫我先生，也別說漏嘴叫我什麼柳頭家。我喜歡現在這種被邊緣，被漠視，被一點點歧視的感覺啊。」

「哈哈，好的，阿明，你說了故事，我得到了鼓勵，你放心，我不是三姑六婆的嘴啐。趁你還沒有動心想回去之前，我想我們還是要一起幹些事，不，應該說，要拜託你協助我幹點事，我認為你是知道我的企圖的。」葉開鴻滿心歡喜，他沒想到自己居然會遇到柳紀明這樣的人與故事。

「我知道，你必須盡早建立自己的供貨與銷售系統，這是你教會我的。所以，首先，我們必須盡早的一起去古阿萊的部落，精確估算所需要的成本，也讓他們心理有準備。」

「哎呀，才說著，你就把我拉回正事了，果然是個老經驗的頭家。」

「如果可以，明天我們去番仔寮，然後再找時間去新營東半邊那一帶。」

「新營，我想過這事，現成的甘蔗園大致已經被幾個大的商號包了，往那裡跑，確實也是個機會，比新化近多了。我們先處理番仔寮的狀況，眼看就要年底了，甘蔗園陸續要採收，如果能夠，過完年，元宵過後，我們開始犁田種植。」

「時間確實緊迫啊。」柳紀明說，「這些還要請葉頭家多多指導，帶著我們做。」

「嗯，這是我的事業，我也就不謙讓了，等與古阿萊見面再細談了。很開心跟你聊這麼多，也聽了你的故事。對我而言，是難以想像的。」

「哈哈哈，這種事，是非常個人的事，個人的機緣不同啦。我還是覺得現在最好啦，自在隨性。」柳紀明近乎感慨的說，「我在想，葉頭家花了錢整修這裡，萬一我有什麼奇怪的理由不住在這裡，會不會太對不起你？」

「不會，這東西不會跑，你可以現在就搬進來，不用多想我們之間的主雇關係。你愛睡就睡，在我確認你已經回泉州之前，這裡就是你的家，即使你不跟著我工作。」

「這……這樣太照顧了。」

「別說這個了，客套多了就怪了。」葉開鴻說。卻見木工師傅青仔與古阿萊一前一後走了過來。

「他們來了。」柳紀明也發現了，並好奇他們兩人怎麼走在一起。

「葉頭家你來了。」青仔見葉開鴻坐在樓梯上，趕忙打招呼。

「是啊，本來想看看你的工程，不知道你不在啊。」

「在，我們剛剛一直都在，只是這位古阿萊先生好奇這個工作，我向他說明了一些事。」

青仔爬上了樓梯，柳紀明趕緊起身讓出樓梯，並歡心的咧著嘴跟古阿萊打招呼。

「這位古阿萊先生對木工很有興趣，也很有天分，對於木工工具很能掌握，剛剛，我帶他去打鐵店訂製了一些他需要的工具。」青仔站了定位邊說邊把門給開了，順便把一個大鑰匙給了葉開鴻。

「真是這樣啊，古阿萊，你要當木工師傅了？」葉開鴻覺得訝異與歡心。

「沒有沒有，只是想說有了工具，在家裡自己可以動手修修補補的。」

「別客氣，如果青仔師傅說你有天賦，就一定是了，他不是愛誇大說話的人。」葉開鴻說，「對了，青仔，這屋子可以用了嗎？」葉開鴻看著房間又看著古阿萊說

「可以了，如果今晚要搬進來也可以了，如果哪裡需要修改或加強，日後隨時都可以修。」青仔說。

「太好了，這樣吧，阿明，從現在開始，你可以使用這個房間，你什麼時候想住進來就住進來，想住多就住多久。這個鑰匙交給你，好好替我照顧倉庫吧。」

「這……真不好意思，那就謝謝了，頭家。也謝謝青仔師傅。」柳紀明接過鑰匙，分別點頭示意。青仔多看了他一眼，微笑回禮。

「對了，上次出門前，我們說好了要到古阿萊家裡走走看看，什麼時候比較好？古阿萊你的時間如何？明天你上不上工？」葉開鴻問。

「明天喔，明天應該可以，現在進出的船不多，大型貨物也很少，我們都不好意思跟人家搶工作，偶爾不來也好，我看就明天好了，我跟他們兩個講一下。你們是要過夜嗎？」

「不，不過夜，我們上午去，辦完事就回來，不用太麻煩你們。」

「好，就這樣，我想他們應該很高興的。」

「我們就這麼說定了，我就先離開了，青仔師傅要一起離開嗎？」

「也好，既然這裡已經結束了，那我也該回去了，如果有其他的差遣，請不用客氣，盡量吩咐啊。」

「喔，青仔師傅，後天你會跟我一起去打鐵店嗎？」古阿萊問。

「當然啊，我一定要陪你去，確定那些工具沒有問題的。我們中午吃過飯在打鐵店碰頭吧。還是你要早一點來在我家吃個飯？」

「喔，那怎麼可以，我都還沒好好謝謝你，怎麼讓你請我吃飯呢？我會在打鐵店等你。」

話已說定，葉開鴻與木工青仔師傅便一起下了樓，留下古阿萊與柳紀明在平台上。古阿萊的注意力全放在青仔的木工作品，他仔細的以手指滑過欄杆表面，又忽然伸進底下接槽的縫隙，輕聲的讚嘆著。順著欄杆往下，他以手指敲了敲，推了推，然後整個手掌壓上地板，拍了拍又左右撫著滑過，又俯下身子聞地板。

「他這個工，做得好細啊。」古阿萊說。

「什麼？」柳紀明專注的看著古阿萊的手指，以及他俯身貼著地板的口鼻，渾身一陣燥熱，以至於沒聽到古阿萊說什麼。

「我是說青仔師傅的功夫很好，我根本不可能做到這個程度，你看……」古阿萊轉向房間的門軸，「這些都需要他那些工具才有辦法削切得精準。」

「怪不得你要訂製工具，這一定是你主動提出來的。要花多少錢？」柳紀明已經回過神。

「對，是我主動問他的，預定花三十五文錢。是青仔師傅定的價，我存了一些錢，這個不是負擔，只可惜師傅說，不用買全套，我想日後我很厲害了，我一定要買全套。」

「這東西我不懂，既然是青仔師傅說的，那應該沒有問題的。我只知道你很會修這個動那個，沒想到你會這麼感興趣，連工具都訂了。」

「是啊，你知道，這個屋子一開始做的時候，我就常常在休息的時間跑來下面抽菸，然後遠遠的看他工作。昨天你們回來，我看青仔師傅的工作已經不多了，我怕他要收工，所以，今天，我去工作一下子，就跑上來向他問問題，還嚇到他，真不好意思。」

「他一定很高興，做這種手藝的人，最喜歡有學徒問，因為要學好這些功夫需要很長的時間，最好能拜師，可以學得更精，以後靠這個吃飯。」

「是啊，我也是這麼想的，可是師傅說，拜師很多規矩，像我這樣只是單純喜歡做，買工具就可以了，有問題問他教我也是一樣的。你剛說靠這個吃飯，就像他那樣嗎？我倒是沒有這樣想，如果有一天我的功夫好到有人找我做木工，有錢賺，應該也不錯吧。」

「是不錯，功夫學精了，就會有人邀請你，就會有收入，但是長時期看來是不會太有錢的。這是一門功夫，手藝，可以換錢，可是一直用有沒有賺錢去衡量，一般的師傅也許也不同意的。」

「阿明，你說的這個我不懂，有錢賺很好，但是聽起來好像又不是太好。」

「哈哈，也是那樣啊。這件事怎麼解釋？就像你很喜歡刻這個那個，做了心情很舒服，每天看了自己的手藝就覺得自己很厲害。有一天，有人花錢跟你買，你賣了錢很高興，你又做了，別人又買了。你因為賺到錢很高興，所以你每天雕刻的時候，就想到要賣錢，有一天，手藝沒有賣出去，你就會不高興。這一來，你雕刻是為了賺錢，而不是原來那種單純的高興。還有，有些人喜歡某種形式的手藝，你為了賺錢你做了他喜歡的，而不是你滿心歡喜很想做的手藝。你變成了一個隨時等候人家有需要才做出手藝的人，不可能再願意花上一整天的時間，去構思一件你很喜歡也覺得很有挑戰的手藝。」

「阿明，你的話我有點模糊。你的意思是，青仔師傅並沒有高興，沒有很快樂？」

「不完全是這個意思。青仔師傅答應這個工作，有一定的收入，而且我相信一定不便宜，他當然是會很高興的，他高興的是有錢進帳。就像你去搬運貨物，有錢可以賺你很高興，可是你真的有那麼快樂的去搬這些貨物嗎？」

「這……」古阿萊來不及消化這些，「我去工作，也從來沒有想過快不快樂的事，搬運工賺錢容易，但是如果有其他的工作，我還是會考慮不做這些搬運工作。這樣我理解了，工作是為了有收入。可是，這當中就沒有樂趣嗎？沒有樂趣，怎麼延續工作的意願呢？像青仔師傅，假如他不喜歡他的工作，他應該早就做別的了吧。」

「這是他的專業，也是他生存的本事，再不喜歡，到了這個程度想放棄做別行，恐怕也不容易，況且木工相對不那麼勞力，而且可以做到年紀很大啊。」

「那不是很悲慘？」

「也不會啊，你看。」柳紀明走向圍欄，「你剛剛仔細的看了青仔師傅的手路，讚嘆那些功夫。這就是師傅以及一般木工的不同。一般來說，木工只要做到業主的形式要求就夠了，可是好的木工師傅會自己要求工作的細節，那是一種樂趣，也是對自己的要求，他在追求工作上的技術提升與精神滿足，那也是別人看一眼就知道功夫深淺的地方。但這些都不是工錢支付的範圍，因為業主在決定該付你多少工錢之前，就已經把這些你可能展現的功夫算進去。我想如果是你，你可能會雕刻什麼圖紋上去。」

「哈哈，阿明啊，你說一堆話的時候，我通常都聽進去，然後不知道往哪裡又鑽出去了。反正，我會把這個功夫學起來，我很喜歡跟木頭過不去的。」

「我知道，我只是提醒，工作是為了有收入進來，要想辦法在這裡面找到樂趣，但是，不能把所有跟木頭過不去的事，都跟錢綁在一起，那樣會很痛苦的。讓你的喜歡，一直單純的喜歡下去最重要。」

「好，你說的好像很有道理，但是，我還是不懂，我先把它記起來。」古阿萊搖搖頭說。

「哈哈，你幹嘛？」

「沒事，喔，我想到一件事，你的東西要不要現在搬過來。」

「現在？好啊，我只有幾件衣服，還有睡鋪。我們可以現在去搬。」

「你都睡在這裡了，這麼平整的地板，你還要那個睡鋪？」

「要啊！那是你幫我做的，我睡習慣了，我當然要拿過來，要不然晚上睡不著怎麼辦？」

他說著，覺得甜蜜。那個睡鋪怎麼能丟呢？他心裡咕噥著。

「好，先搬來，等我拿到我的工具以後，我再幫你整修得更平整。」

「好啊。」柳紀明給了古阿萊一個笑臉。

柳紀明鎖上了門，兩人下了樓梯，找到港口邊堤正抽著菸休息的西蒙與拔初，然後一起去了草寮，四人浩浩蕩蕩的抬了一張睡鋪床板走回倉庫，他們自己也被這個唐突的畫面惹得哈哈大笑。

再訪番仔寮

對於葉開鴻與柳紀明要來番仔寮的事，最興奮的莫過於蘇奈。天不亮就已經去了田裡挖一些地瓜，割了些芋莖，也採了些野菜。回到家，她選了一隻雞隔離到另一個籠子，三個月前，她託古阿萊帶六隻雞仔回來試養，不到半個月死了兩隻，上一次柳紀明來的時候還不夠上一盤，這回，她想要親手處理一隻雞來招待柳紀明。

其他人也沒閒著，古阿萊去了番仔寮東邊的竹林割了些竹筍，又順道穿越竹林到一條有許多岩石的野溪，這個時期，有許多毛蟹，運氣好的話也能抓些昨夜呱鳴求偶，累壞了而在岩石上休寐的青蛙。西蒙當然是拉著拔初到田裡巡陷阱。

「阿明總是帶來好運道啊。」西蒙清點了戰果，不禁讚嘆著。

「是耶，常常看到野兔，卻沒想到今天居然補到野兔。田鼠也有七隻，今天大概都吃不完了，說不定還會有剩，留著過幾天下酒。」拔初撓了撓頭說。

「跟著好運道的人，好運也會跟著我們。看來今天葉頭家應該會帶來好消息的。」

「希望是那樣啊，你看我這個土地，說大不大，實際走一走也挺大的，我決定拿來種甘蔗，我要試試我的運氣，我想我們應該會比父母親好運氣一點吧。」

「我們相信，就會是事實。」

「喂，西蒙，別講那種聽起來很認真很有道理卻不負責任的話。我相信葉頭家，我也相信阿明的好運道，這就夠了，我只要認真來做，沒有不成功的理由。況且，我的母親似乎也同意了。那天她喝了一點酒，說被人騙了很痛苦，可是不去試試，又怎麼會知道哪裡不一樣？再差，也是那樣了，再被騙也沒有什麼損失了。」

「你沒跟她說過這件事怎麼處理？」

「當然有，我相信她聽得懂，只是嘴巴習慣的強硬，上次被騙的經驗又讓她本能的張牙自衛。不過，她背著我跟很多人提過這事。」

「聽起來，像是在拉人一起來做啊。那這樣會不會來的人忽然變多，增加葉頭家的負擔。」西蒙說。

「這事我要問你的，你怎麼問起我來了，我哪裡懂這個，一想到就頭疼。我母親總愛說我腦袋笨笨，這確實是那樣吧。」

「哈，我們快去蘇奈家吧，看看他們有什麼，不能怠慢我們的客人啊。」

「希望，葉頭家有帶來上次喝的酒。」

「你喔！」

兩人把獵物裝進背簍裡，走回部落路上，遇到幾個正要下田工作的人。大概是因為知道今天會有漢人頭家來看田，有幾個人的眼裡顯得複雜，連揮手都讓人覺得有一種祝福順利的祈禱意味。西蒙是這麼感覺的。

古阿萊的收獲不算少，除了竹筍、蕨類，還因為去的時間早，毛蟹與青蛙收獲量，居然能以野芋葉各包了約人頭大小的量。

眾人趕緊分工處理食材。因為開心恍神，蘇奈還讓燙雞毛的熱水燙出兩個包。

葉開鴻與柳紀明抵達番仔寮的時間在巳時（約過了九點）左右，兩人臉色似乎有些怒意，這讓古阿萊訝異，問明原因，才知道剛剛快轉進番仔寮的路上，遇到幾個遊蕩的羅漢腳騷擾，他們似乎是外地來的，見到葉開鴻還算乾淨的穿著，想來攔一些錢財，被葉開鴻一口回絕。柳紀明還沒弄清楚怎麼回事，葉開鴻已經邁開腳步往前，急得他趕緊追了上去。那些人不甘心又圍了上來，葉開鴻也不驚慌，指著岔路說，他們是番仔寮的人，他不會給他們任何一文錢，要是再騷擾，我喊人追殺你們。那幫人不知道這是什麼地方，聽到「番仔寮」，也知道是部落人所住的地方，惹了沒好事。他們只得一連的幹聲離去。

「哎呀，是我不好，沒有事先把這樣的事說清楚，最近這附近有出現這樣的人，好像是別的地方來的。前幾天回來，在路上看到過有人被他們騷擾，剛好我們遇上，我們才走過去，他們就先離開了。」古阿萊說。

「沒有關係，大白天他們就只是這樣，有人要是嚇著了，就會應他們的要求，讓他們得逞。天色稍微晚一點或者一個人單獨遠行，確實要擔心，有的時候態度要硬一點。這種事常發生，在這裡我還是第一次遇到呢。」葉開鴻臉色緩和了下來，畢竟老江湖了。

「這種事，我居然也遇到了，真是應該喝兩杯壓壓驚啊。」柳紀明卻長長的呼了口氣說。他知道那個在中秋攔路的，留有短髯的羅漢腳也是那樣的人。羅漢腳惹事、搶、盜的事他聽說不少，但是遇到了自己被攔下來要錢，感覺還是心驚膽跳，禁不住怒意。然而他說要喝兩杯壓驚的事，卻惹得眾人大感吃驚。拔初還特別探過頭看著他。

「阿明，你剛說什麼，我好像耳朵被雷打了一下。」

「你別裝了，你聽得很清楚，要喝酒壓驚。你們看……」柳紀明從側揹的布包取出一瓶酒，「葉頭家說，他也只有這種酒了，要我們嘗嘗。」

「這是……跟上次那一瓶一樣嗎？」拔初瞪著眼睛，湊過去看。

「一樣的，我家裡沒有其他種類，下次出海再多拿不同的。」葉開鴻說。

「那太好了。」拔初幾乎要鼓掌。

「但是，要先把正事辦完。」古阿萊說。

「來來，你們讓葉頭家喝點水，休息一下吧。」蘇奈端出了竹杯、水壺。看著阿明，忽然心疼，「你還好嗎？」

「很好啊，很久沒有見妳了。我今天又來麻煩你們了。」

「別說那個，今天是辦大事啊，我們正好說著葉頭家跟你會帶著好運來，沒想到路上碰到了一群沒有靈魂的人，還好，還好你們兩人都沒事，這也應該是葉頭家富貴金命，壞事都遠離了。今天一定能有好的結果。」

「哪裡哪裡，蘇奈姑娘真會說話，我今天打擾你們，還要謝謝你們給我這個機會呢。」

葉開鴻驚訝蘇奈完全不同於先前跟著出遠門的那個人。

「這樣吧，就不浪費葉頭家的時間，我們直接到田裡看看，回頭就在我這裡吃中餐。一大早，這些男人都各自出門為葉頭家準備好料理，託你的好運道，他們還真的找到好東西了。」

「真的啊。真是謝謝你們，我開始期待了。」葉開鴻笑著說，那些被羅漢腳激起的情緒全沒了。

他們先去了古阿萊的田地，葉開鴻大致丈量了一下大小，在幾個地方挑起土地來揉一揉，看一看，又拔了不同植物觀察根部狀況，順便問最近的水源。接著轉到了西蒙的地，再移到拔初的田。三個地方葉開鴻都做一樣的流程與動作。一行人在部落勘查、轉移位置，最終還是吸引了幾戶人家的好奇而跟隨，議論紛紛。古阿萊等人聽在耳裡也不做任何反應，避免干擾葉開鴻進行的勘查。

另外為了方便牛車的進出，葉開鴻還特地順著外圍連接部落的進出道。沿線的土質狀況還好，可以不進行修路就通行牛車。

勘查動作很快的在一個時辰就結束了。回到古阿萊的院子，葉開鴻再確認成本、利潤的分配比例原則，還有雙方工作的劃分。因為一到三月是春植期，大部分的栽種戶也是這一段時間陸陸續續的收割。葉開鴻希望番仔寮這邊，過完元宵就開工。這些地比較平坦，部分的地原本就是種植黑麻的，所以不需要花太多精神去開墾清理，只要開工前幾天，把草砍一砍，乾了以後燒掉，方便牛來犁田。如果情況允許，葉開鴻也希望帶著古阿萊幾戶人家，先去參觀別人耕種及採收的情況，建立一點想像。

古阿萊的亭屋前樹蔭下，眾人一面聆聽，也提出期望，對於葉開鴻的說明與建議，古阿萊三家都同意也願意配合，並期望這一切順利。比較意外的是，院子忽然來了五戶人家，提出，希望能加入行列，這其中包括拔初的母親，這讓拔初楞在一旁，久久才反應過來。

「母親啊，妳好像弄錯了，我是你兒子，我的地已經跟葉頭家談好了，妳還有什麼地可以種？」

「哎呀，你都講好了，什麼好事都讓你遇到了，你好意思啊？我是替你嫁出去的哥哥說的，他們的地比你大，可以種更多。不能只有你有好事，我當媽媽的怎麼可以偏心？」

「妳不是不贊成我的地拿去種甘蔗？怎麼連大哥的地，妳都要拿去種。」

「你閉嘴啦，你笨笨的不知道啦。」

拔初母子完全不顧他人在旁的交談，讓大家笑了。

「你們真是有趣啊。」葉開鴻說，「這樣吧，先說明，我是很希望多跟大家合作的，馬上就要進入耕作時，時間還有人力也都做了安排，為了避免大家的困擾，我想，暫時就先這三戶人家優先種植。如果後面還有意願跟我合作的，你們可以先看看古阿萊這三戶的情況，把這個過程弄清楚，再考慮是不是要一起來。今年六、七月的時候是秋植期，還可以種一次，所以不急著這一次。」

「唉唷，你這個人喔，別人是巴不得一次就通通跟我們簽約合作，你還嫌多。真是的。」拔初的母親嚷著。

「母親啊，葉頭家有他的工作安排，妳不要亂說啦。」

「你閉嘴啦，你笨笨的人喔，好好跟人家葉頭家工作，他跟你一樣笨，不會欺負你。」

「母親啊，妳這樣講，我對葉頭家不好意思啦。」

「反正你好好給我種甘蔗，我會天天去監督你，你要是偷懶，我就罰你一個月不准喝酒。」拔初的母親聲調、音量沒有降低，卻惹得大家笑。

一個住戶卻覺得不好意思了，主動說：「葉頭家說的話也是有道理，他今天來，也是談了一段時間的結果，這件事我們都聽說了。現在我們忽然要求加進來，確實也是太著急了。既然葉頭家把話都說清楚了，我們可以理解到你不是來欺騙我們的人，所以，就照你的意思，我們也希望你能多多照顧我們這個番社的人。我想我們打擾了你們的談話，我們就先告退了。」

「謝謝你的諒解，我們也在試啊，能不能成功還都要看運氣，總不好把大家都拉下來冒險。這一次你們先讓我們幾個試試，能的話，種植期間也能夠接受雇用來幫忙，我會給一樣的工資。如果一切都順利，你們也放心，六月的時候，或者明年的時候，我們一起合作種植。

日後，希望越來越多人一起加入啊。」葉開鴻客氣的說。

「你這個人，跟其他生意人不一樣啦，你腦袋笨笨的。」拔初的媽媽看著葉開鴻，忽然說。然後往院子外走去，其他人也點頭致意，跟著離去。

「拔初啊，你母親說你是笨笨的，聽起來是在誇獎你，不是罵人呢，我到現在才知道。」西蒙說。

「什麼意思？」

「她說葉頭家笨笨的，可是從她開口到現在，一直誇獎葉頭家，甚至完全同意葉頭家的決定。我敢說剛剛那些親友鄰居，一定是她遊說一起來的，她知道這個合作是個很不錯的決定。」

「是嗎？是我笨笨的，還是她太聰明？反正都差不多吧。」

「哈哈，你的母親確實是聰明人。」葉開鴻忍不住笑了，「你的母親有智慧啊，她清楚這個狀況，她是同意這個合作的。她來，是專程來看看我是怎樣的人。所以，拔初你要高興啊，你的田地，你媽會好好的幫你耕種的。」

「那就糟了！」所有人包括蘇奈都異口同聲說。

「怎麼了？」葉開鴻被這個情形弄糊塗了。

「真要那樣，我一刻也不能偷懶。」拔初說，而他的話惹大家都笑了。

「我們準備吃飯吧。我去把飯菜端出。」蘇奈說，又分別給大家倒了杯水。

「我們要先簽契約嗎？」葉開鴻問。

「也好，簽了契約，這件事就算先定了個案，心情落實了我們也好做準備。」蘇奈說。

合約的內容大致就是出港以前，葉開鴻在草寮向古阿萊三人說明的那樣，剛剛葉開鴻在拔初的母親來之前，又再重複的一次讓蘇奈安心。按理說，風險與資金都是葉開鴻準備了，合約簽與不簽意義不大，但是葉開鴻還是體貼的先準備了一式兩份的契約三份，並請柳紀明當見證人，而非擔保人，目的是讓古阿萊三戶都能安心。

簽完約，因為葉開鴻要回鹽水，所以古阿萊決定不開酒，飯後他要親自送葉開鴻回去。

「路不遠，我來回不會花上很多時間。阿明你就留在這裡吧，明天我們再一起回去。」

「不用送我回去，我想路上不會再遇到他們。」葉開鴻說。

「是啊，阿明你今晚留在這裡吧，你難得來。」蘇奈說。

古阿萊說。

「對！阿明，你說的要喝酒壓驚，我可以陪你，你不要這麼早回去，反正你也是一個人。」拔初說。

「我怎麼好意思，兩個人來一個人回去，讓葉頭家自己一個人走回去，這種事我怎麼做得來啊。」柳紀明想陪古阿萊走路，就算去了再回來一趟他也願意，可又不知道怎麼拒絕。

「阿明你就留下來吧，我可不是一個人回去，還有古阿萊陪著。」

「可是那樣也不對啊，古阿萊陪著葉頭家，我們留在這裡喝酒，這說不過去啊。」柳紀明爭辯著。

「哈哈，你們就等我回來再一起喝，我去鹽水港，再多買一罈回來，算是謝謝你帶著葉頭家來把事情都定了下來，我們該好好感謝你，我的兄弟阿明。」

「這酒錢我出。」蘇奈說。

「這……」柳紀明實在找不到理由不留下來。開口說要陪古阿萊來回要被人笑，他也說不出口這心裡話；要真是留在這裡，萬一拔初與西蒙要先回去，豈不留他與蘇奈兩個人獨處？想到這個，他打了個冷顫。「既然這樣，我就不跟著走了，剛好我可以先睡覺，晚餐等古阿萊一起喝酒，我可要好好的把你們灌醉。」他言不由衷的說。

「把我們灌醉？阿明啊，你可別只喝兩杯就被丟到亭屋睡覺哈。」拔初說。

「好！你們都等著，反正蘇奈請喝酒，我們還有葉頭家的酒，晚上我們再好好聊一聊。」古阿萊說完，起身取了亭屋旁他的背簍與長刀。

「謝謝你們了。」葉開鴻向眾人鞠躬告辭。眾人都一起送到了院子口。

葉開鴻與古阿萊一走，情況忽然變得有點尷尬了。

拔初與西蒙明裡暗裡都在較勁，希望能博得蘇奈的青睞。後來出現的柳紀明雖然沒有競爭的意思，但是他那個習慣送禮與讚美人的舉動，還是讓蘇奈芳心大動。三個列為候選的男人與主動選擇權的蘇奈，要在一起一個下午，不是工作不是飲宴，聊什麼？怎麼聊？蘇奈先想到，拔初與西蒙也渾身不自在，深怕與蘇奈獨處的柳紀明更是苦惱，想著如何逃避這個情況。

遠處傳來拔初的母親與人交談的聲音，而柳紀明連打了個兩個呵欠。「你去睡一下好了，我聽說你沒事就會去躺著睡覺？」收餐點進屋子的蘇奈，轉出來時聽到呵欠聲，她體貼的說。

「啊？連這個也有人說啊。我沒有太多壞事被妳聽到吧？」

「沒有，你的這些兄弟說的。」蘇奈指著西蒙與拔初說。

「不是我，我認為沒事睡覺是好事，我也很喜歡這樣。」西蒙急忙撇清關係。

「我母親又在大聲說話了，我去看看她，晚上哈，你們要等我喔。」拔初急著離開。

「我知道，不是拔初說的，不過，我真的很愛隨便亂躺著休息睡覺，不管什麼時候，真的很像小狗。我去亭屋睡一下，你們聊聊吧。」

「哈哈，你亂說什麼，什麼小狗，去睡吧。」蘇奈說。

柳紀明幾乎是立刻就起身，他盡量慢慢的走，掩飾自己很想迴避的念頭。他躺到了上一回他喝醉躺下的位置，四肢大開的閉起眼睛，忍不住大打了一個呵欠。他想不起來昨夜是什麼原因讓他輾轉難眠，他又是什麼時候，如何睡著的。他又打了呵欠，意識似乎模糊了，隱約聽見西蒙與蘇奈的交談聲，時隱，時揚。他覺得自己睡著了，甚至聽見自己的打呼聲。但有時又覺得自己清醒著，清醒得可以辨識出兩隻鳥在他頭頂上方不到一尺的地方落下，互相換位置，又展翅離去，那翅膀搧動的氣流還夾雜著鳥體特有的一點羶味。

我沒睡著！他一個意念流轉，以為自己是清醒著作夢。因為那個投河的阿才，又叨叨絮絮的述說著自己的情感，柳紀明沒有在當時見到阿才極度憂鬱絕望的眼神，此刻阿才依然藏著，掩著自己的目光與臉孔，他嗚嗚的說，他不怪他的男人，只怪自己不夠好。然後柳紀明意識清醒著跟阿才說：不是你不好，是你那個男人沒有福分，也或許你們兩個沒緣分，不是誰的錯。柳紀明清楚的說，而阿才依舊搖著頭，柳紀明似乎看到他笑著的臉，卻顯得酸楚。

最終，柳紀明確認自己是昏沉沉的清醒著，因為古阿萊此刻正摟著他的肩，跟柳紀明說，要兩人一起種植甘蔗過日子，他知道這是夢，因為古阿萊不會在日常裡，這麼摟著他，也不可能說這些溫柔的可以熔穿一切的言語。他是清醒著的，柳紀明這麼認為，因為蘇奈已經刻意裝扮了，他也清晰的聞到了蘇奈特有的帶有乳香氣息的體味。而且越來越清晰，他倏地睜開眼。他看見蘇奈正跪趴著低頭看著他，氣息都吹到了柳紀明臉頰。柳紀明嚇得完全清醒了，他不知道怎麼回事，他滑下眼睛避開蘇奈皺著眉憂心地注視他的眼睛。卻見到蘇奈領口下完整垂下的豐滿乳房，他不好意思的笑了。

「你笑什麼？」蘇奈笑著看他。

「妳好美啊，蘇奈。一醒來看見美麗的人，整個人都舒服了。」

「呵，你看，你送的髮箍，古阿萊說這個很精美好看。剛剛，你是怎麼了，你作噩夢了嗎？」蘇奈心頭亂顫，側過頭讓柳紀明看她的髮箍。

「我睡很久了嗎？」

「應該算很久了吧。你睡得很不安穩，是早上那些人影響你嗎？你看起來很累啊。」

「我不知道，大概是昨夜沒睡好，換了床鋪不好睡。」柳紀明邊說邊起身坐了起來，撓著頭說。「剛剛，我好像一直在作夢啊。」

「你坐坐，我去給你倒個水。」蘇奈說完，離開了亭屋的睡鋪。

柳紀明看著蘇奈的背影離去，發現她箍起了他送的髮箍，頭髮顯得柔順。他下了睡鋪走到中午坐著的桌椅。蘇奈也過來了。

「西蒙剛剛不是還在？」

「剛剛？他早就走了，他們也差不多都要回來了吧？」

「看來我還真睡了很久啊，真不好意思。」

「是睡了有一點時間。大白天的，你都作了什麼夢？我看你一直翻來翻去，一直說話，還呻吟。」

「我都亂作夢，我甚至還夢到妳。」

「我？所以，你就呻吟了？」

「呻吟？我真的呻吟了？我是夢到被狗咬所以呻吟。」柳紀明瞎編。

「我不相信，你一定夢到我的……，哎呀，阿明先生，你很不正經啊。」

「不是啦，我沒有夢到妳的……」

「我的什麼？」

「我怎麼知道妳說的是什麼，不過，夢裡面，妳好漂亮啊。」

「你亂說的吧，難道夢以外，你醒來以後看到的我不漂亮？」

「不是那樣啦，妳真的……不是，我是說，妳現在看起來很漂亮。只是剛剛我說的是我夢裡的妳很漂亮，然後……哎呀，妳問得我都亂了。」

「好吧，你夢到我，我在幹什麼？」

「還要說夢喔。」柳紀明瞥頭看了一眼已經坐在身旁座椅的蘇奈，見她眼睛直直的，一瞬也不瞬的看著他，他隨口把阿才的片段加進去了：「妳低著頭，我問妳怎麼了，妳說妳不好，所以妳的男人跑了，但是妳不怪他，因為妳愛他，妳哭是因妳真的很愛他。」

「呸，你亂作夢，在我們這裡啊，只有女人把男人趕走，沒有男人會自己跑了。」

「哎呀，反正是亂作夢嘛。」

「亂作這種夢也不行。」蘇奈說，忽然想起什麼，口氣溫柔的說：「如果你跟我組成一個家，我沒趕你走，你自己會不會跑掉？」

「我？這不是好問題。」聽到結婚這種事，柳紀明頭皮直發麻，撓著頭說。

「管他是不是好問題，你回答我。」

「這怎麼說呢，現在還沒有真實發生，誰知道哪個時候會發生什麼事。兩個人相愛可能真的就結婚了，可是相愛的人也有可能因為什麼理由就不愛對方了。所以，我怎麼回答妳呢？反過來問，如果妳把我娶回來，妳會不會哪天愛上了另外一個人，忽然就把我趕走？」

「會！」蘇奈忽然一股氣上來，本來只是調調情，這個柳紀明卻認真的回了刺耳的話。

「我們女人有這個權力，因為不滿意就把男人趕走。」

「所以，我要怎麼跟妳組一個家庭？每天得要擔心害怕被趕出去。」

「你不要惹我就行了，況且，我們這裡也沒有真正把男人趕走的事。」

「不是，不是這樣的，就像契約，簽契約以前要講清楚，也要想清楚，否則沒必要這麼麻煩的結婚在一起，天天擔心惹對方生氣，不能安心過日子，那多不快樂啊。」柳紀明忽然佩服起自己的機智。

「哎呀，你真是個人（註：一般稱漢為人，稱原住民為番）啊，連結婚都可以拿契約來說。我問你，你愛一個人會先想到愛他的理由嗎？」

「這個……」柳紀明被問傻了。阿才愛上他的男人，也不是圖什麼，就只是愛了。柳紀明喜歡，或者說愛上古阿萊，又有什麼理由？他強健？個性好？雄性氣息吸引？都是又都不是，就僅僅是愛上了他，沒什麼理由的。

「應該沒有吧？」柳紀明囁囁的說。

「既然沒有，你不愛一個人，還需要什麼藉口嗎？不就是感覺不對了，不愛了？一直要勉強在一起，不是很痛苦嗎？不趕走，那要放在身邊天天罵天天打嗎？」

「這個……」柳紀明又被說呆了。他在泉州老家，或者來這裡，他所知道的漢人，沒有人是因為相愛而結婚，也沒聽說因為嫁了不好，或者不愛了，就解除婚姻關係。「蘇奈，妳說的，不是婚姻而只是相愛的人的關係吧？」

「哎呀，阿明先生，你不愛一個人，你幹嘛跟對方結婚過日子，不痛苦嗎？就算不愛那麼深，起碼也要有喜歡的感覺吧。不是嗎？」

「哎呀，妳把我說糊塗了。這有什麼差別嗎？」

「我問你，你們的人結婚，他們走路牽不牽手？」

「不會，女人要走後面。」

「做老婆的，可不可以躺在丈夫的懷裡聊天，打瞌睡？」

「這個……妳要說什麼？我好像完全都不懂啊。」

「我本來應該說很多，但是我不想說了。愛一個人，應該歡歡喜喜的一起過日子，彼此開開玩笑，偶爾相罵，還能抱頭痛哭，要一直像沒有結婚以前那樣的自在相處，彼此愛戀對方，那樣結婚才有意義。你們那種簽契約一樣的結婚，很痛苦的。不可能像我剛才說的。」

蘇奈看著柳紀明，很認真的說。

「我說不過妳，其實說真心話，我很喜歡妳說的那樣的婚姻關係，可是兩人的婚姻還是要有一點約束啊。要不然，你愛了就維持婚姻，不愛了討厭了就趕出門，那樣的關係很不穩定啊。」柳紀明被震撼到了，他有些想不明白，但此刻他想停止了這樣的交談，感覺他一路是被蘇奈強壓著透不過氣。他想到阿才，他想到古阿萊，他努力的總結蘇奈的話語中關於婚姻與愛情。認為：相愛的兩個人在一起，結不結婚不重要，要結婚應該也是以相愛為前提，但不愛了，就得分開嗎？蘇奈真的了解她自己說的話嗎？蘇奈說的相愛與漢人說的婚姻不同啊。

「約束？如果你說的約束是外在，像契約那樣明明白白規定的，那好，沒有規定的，是不是就可以去做？我前面跟你說了，我們這裡的女人雖然被允許那樣，但是，根本沒有人把丈夫趕出過的例子。我剛剛說的是婚姻必須有愛情，相愛本身就存在著責任與約束，那是內心自發的。所以沒有愛情，兩人也就不要勉強。你說你說不過我，我就不說了。來，我問你。」蘇奈語氣忽然變柔了，應該說更柔了，「我把你娶回來，我們住在這屋子，一起相愛著過生活，好不好？」

「不好！」聽到蘇奈近乎求婚的話語，柳紀明毫不遲疑的回絕，「我那麼懶，到後來你不愛了把我丟掉，我要去哪裡哭啊。」

「你！」蘇奈羞得站了起來，「討厭！」

柳紀明忍了一下，終於忍不住大笑。他不明白為什麼要與蘇奈在這個話題打轉，他不懂男女，蘇奈也沒有真正有過婚姻，或者她說的相愛。

「你笑什麼？」蘇奈臭著臉問。

「剛剛我怎麼說也說不過妳，我感覺完全變傻了，這下子，好像我稍微贏了一點。」

「討厭！」

「別生氣啊，妳這麼美的人，生氣雖然也是美麗，可是會老得很快。」

「你，討厭！」

蘇奈的表白

儘管鹽水港的工作量因為船貨物不同而變少，古阿萊每天還是習慣性的去逛逛，做半天的工作。另外，他也想帶著新到手的木工工具，去給阿明修修補補。西蒙與拔初多半也會來排工作，但留在番仔寮整理田園種植芋頭、地瓜，以及準備一些種植甘蔗的尖鋤、刀具的時間更多了。

過去幾天，古阿萊已經重新把柳紀明那個樟木床板刨平，並從幾艘船上要了好幾張已經破損的麻袋，為床板包覆出一個墊子，讓柳紀明好睡覺。為此，柳紀明滿心歡喜，不工作的白天時間，總愛搬出那張木板睡床，找遮蔭的地方躺著，想東想西。古阿萊近來還突發奇想，不管阿明在不在，在他不上工的大半天，就帶著他額外訂製的雕刀，把柳紀明住屋的樓梯，一段一段的雕刻起一些花卉、動物，有浮雕有立體，使得樓梯的扶手和欄杆各處都出現了一些雕刻成品。有幾朵花鳥令古阿萊自己特別感到有成就感。柳紀明與葉開鴻忙於四處尋找新的甘蔗原料供應農，對古阿萊的隨性創作，除了讚美也沒多加關注。青仔師傅無意間知道了這件事，一日，他特地跑來觀賞這些作品，這令古阿萊大為振奮與開心，青仔卻憂喜參半。

「古阿萊，你的手藝很驚人啊。」

「是嗎，真是謝謝誇獎我，只是想試試，沒想到有這麼多的樂趣，以前在家裡就是一把小刀，現在工具多了，小地方更順手了。」

「多試幾下，一定做得出不一樣的。來來，我跟你多說幾個關於木工的事。」青仔指著樓梯扶手兩根木條接榫的位置，「這個榫，就是木工的功夫，結實、牢固、美觀。這木條，平滑，邊角前後一致。相同位置功能的木條，大小、做工一模一樣，這就是木工的手藝。」

「嗯。」

「這個，你雕刻的這朵花，線條與肌理細緻，跟真的花朵一樣，這是雕刻師的手藝。」

「這個……」古阿萊不太懂青仔的用詞，不過知道這是肯定他的手藝，所以還是很高興。「師傅，你的意思是說木工師傅與雕刻師傅不一樣？」

「是！」青仔微笑說。「你現在有空嗎？」

「我沒事，所以才來這裡刻這個。」

「好，如果沒事，你跟我去幾個地方。」

「好！」

青仔帶著古阿萊先去了護庇宮，向他講解梁柱結構與榫接位置，又指著上面福祿壽喜那些花朵、禽鳥、裝飾的手工，說明那些雕刻的意義。隨後又去了市區幾戶大宅以及武廟，以同樣的方式，介紹木造結構那些最基本的原理與所需技術。

「你可以理解我的意思嗎？起厝，木工是基礎，雕刻是附加的；木工使人安心，雕刻使人愉快，好的木工與雕刻，都可以讓建築產生建築本身以外的價值。技術好的師傅，不論木工還是雕刻，都是業主爭相爭取的，這也是我們這一行吃飯的本事。不過，在這裡，你必須先是木工，才能維持溫飽。」

「這個，我要多想想。」古阿萊想起了柳紀明先前跟他提過的「興趣」與「賺錢」的事，心想這些人腦袋想的事太多了。

「你跟我去家裡一趟。」青仔說。

青仔帶著古阿萊到了他家。屋子左側有一間類似倉庫或工作室的大屋子，裡面有很多半加工的木材、木板、角木，甚至還有未剖開的樹幹。除了青仔外出上工的工具，裡面還有較大的鋸子、斧頭、槌子。

「如果你願意，你來鹽水港不上工的時間，你可以到這裡來，練習最基本的木工本事。」

「真的，真的可以嗎？真是太好了。那這樣，我可以拜你為師父嗎？」

「這個以後再說吧，練功夫很枯燥，但是很重要。我也就不客氣了，我要求你好好練習鋸樹做木板片，練習鑿洞、接榫。然後反覆去今天看的地方，看看那些師父的作品，練習怎麼做結構。可以嗎？我可以這樣要求你嗎？」

「當然，我很高興，我願意。謝謝師父。」

青仔帶著古阿萊四處看建築的事，被許多人知道了，鹽水港便傳言著青仔收了一個番人徒弟。以至於古阿萊自己一個人四處看建築，看木造建築的時候，很多人注視，也主動招呼他。當然葉開鴻也聽到了這個傳言，主動邀請青仔日後帶著這個徒弟，參與他起大厝時的部分木工工程。

「哇，古阿萊，你真是行啊，以後要叫你師傅了。」柳紀明說。

「哈，其實，這都是你帶來的幸運啊。」古阿萊忍不住用力的摟著柳紀明的肩。

「是嗎？」柳紀明居然害羞，出現了一些忸怩。

古阿萊後來密集的去了青仔家裡很多天，直到開始有人收割甘蔗，他才暫時停止。

這個收採的蔗園，位在鹽水港東北方，規模比古阿萊的田地大上一倍，他們搶在春節前採收，也是因為去年栽植得早，加上準備今年春植結束前開始種植，想讓土地有一兩月的休耕。古阿萊等人與柳紀明，跟著葉開鴻前去觀摩，沒想到業主見到他們，便主動邀請他們一起工作。第二天，他們準備了刀具，加入了收採甘蔗的行列。蘇奈加入砍甘蔗行列，古阿萊、西蒙、拔初、柳紀明的搬運能力，讓地主以及其他幫工覺得驚奇。兩天的實際參與工作與學習，也讓古阿萊等人大開眼界。從請來的砍工、搬工、牛車搬運的數量規模，加上每天中午一餐飯的成本，大致已經超出了古阿萊等人一年的工作總和還要多，連精明的蘇奈也不知如何算計。一下子要拿出這些錢，根本是不可能的，還好，葉開鴻承諾由他負責。這樣子，僅是各拿一半的利潤，也足夠他們吃上一年，或者更久。光想到這個，他們簡直高興得恨不能立刻開工自己的甘蔗。

揣著兩天的工錢，走在回番仔寮的路上，蘇奈感慨的說：

「看看他們，有這樣的腦袋，絕不可能跟我們一樣沒有錢。」

「也不是完全那樣，畢竟，不是每個人都有田地，也不是哪個人都能下田。更何況後面麻煩的事也不容易處理。」西蒙說。

「還好有葉頭家處理這些，若不是與他合作，直接收購。我們也不可能從當中獲得足夠的利潤。」蘇奈說。

他們說的後續事宜，是指甘蔗採收之後，送往糖廍製糖以及爾後的銷售。糖廍有兩個形式，一是糖廍本身向種植戶直接收購甘蔗原料，然後自己製糖銷售。二是由糖郊收購原料，交由糖廍加工製糖，糖廍只收取糖郊支付的加工費。對種植戶來說，採收甘蔗，要嘛全交由糖郊處理，要嘛賣給糖廍，這些得在種植前有個初步的洽談與協議，否則後期採收後不知道賣誰，只能被動的要價。但不管哪一種，這對番仔寮的未來種植戶來說，都是一個大工程。他們不懂市場，也沒有能力議價，只能找掮客。最好能有葉開鴻這樣具有前瞻眼光的生意人，把他們納入合作對象，省去這些煩惱。這也是附近一些零星的還沒有被特定商郊綁定的種植戶，願意接受葉開鴻的原因。

「還好，有葉頭家都打點好了。」西蒙也附和蘇奈的話。

「可是，光想想，我就覺得可怕，我居然要變有錢了。」拔初的聲音從走路行列的最後傳了上來，高拔的聲音還有些刺耳。

「不是，你現在還沒有錢，你的土地連一塊石頭都還沒開始清理，而且他們要過年了，我們有十幾天是沒有工作可以做的，所以，你，拔初，現在還沒有很多錢。」西蒙潑了一盆冷水，他的話引起眾人大笑。

「你喔，總要挑我的話。我想像一下不可以喔，我要是真變成了有錢人，那會是什麼樣啊？」

「會變成一個沒事跑到野地茅草叢裡睡覺的有錢人。」

「呸呸，你就愛亂說。」

除了笑，古阿萊一直沒接話答腔，任由西蒙與拔初你一言我一句的對嘴。自從迷戀上木工，他有些觀念也在悄悄轉變，青仔師傅與柳紀明的話語，時不時的浮起。工作賺錢與興趣雅興之間的思辨，木工技術安身卻沒辦法帶來固定收入的現實，這些反覆衝擊著他。過去他努力賺錢，總是搬最多最快，希望多賺，能存點錢，將來老了不能工作了，或者有其他臨時緊急用錢時，也有個可以應急或過日子的資本。但現在反而不想每天拚命工作，要留一點時間學好技術。他現在單身不需要養家庭，蘇奈一個人也能處理生活所有瑣事，她將來結婚，這個甘蔗田也能養活他們。古阿萊想著想著，忽然羨慕起柳紀明了。

「古阿萊，你在想什麼？」蘇奈的聲音從後面來。

「我在想，這的確比單純去港口搬東西來得複雜，但是能夠養活一家人，甚至整個番仔寮。我在想，這一次，我們好好的起個頭，讓其他人看看，以後有機會也一起來種。」蘇奈冷不防的一問，讓古阿萊一絲心虛，不自覺編了個藉口，又稍稍被自己隨口接話的反應驚嚇到。

「你真的那樣想啊？」蘇奈也覺得意外。

「是啊，古阿萊，真要那樣了，我們部落很多有錢人了，拔初心裡可能要失落了。」西蒙說。

「你別老是說這個吧，我失落什麼？難道你不這麼想啊，你沒錢，你怎麼娶蘇奈啊。」拔初搬出蘇奈壓制西蒙。

「你閉嘴！」蘇奈與西蒙的聲音不約而同的響著。

春節期間，柳紀明是選擇到番仔寮度過，他注意到番仔寮有一些變化。首先這裡的人似乎已經不再對他有敵視的眼光，自己一個人走在部落的走道，還會有人主動向他打招呼。蘇奈田地邊那三棵苦苓樹堆積的石頭上，已經搭建出一個亭屋，大小跟古阿萊家的差不多，亭屋上有幾個年輕人聊天嬉鬧，見到柳紀明有幾個人向他打招呼。柳紀明猜想那是古阿萊的作品，那個工法看起來與柳紀明現在住的樓梯與平台一樣。而古阿萊家那個亭屋，已經延伸蓋出了一個有圍牆的空間，古阿萊說春節晚上天氣涼，這給柳紀明睡覺用的，蘇奈還準備了一些毯子和軟枕頭。

柳紀明一個人閒蕩，身邊跟著幾隻部落的犬隻，走回古阿萊家，牠們才解散。這個情形讓柳紀明大為開心，認為那些狗已經把自己當成是同類，一個流浪中的同類。

「阿明，古阿萊沒跟你說什麼時候回來嗎？」蘇奈擦著濕手問。

「沒有耶，應該會等吃過飯再回來吧。」

「那不就很晚了？」

「我們除夕，也就是過年的前一夜，一般會很慎重的吃一頓飯。古阿萊把青仔當成師父，這個時候送禮、吃飯也是應該的。也許會早一點回來吧，他中午就出發去了。」

「那我們要不要等他回來吃飯？」

「妳看呢？天還亮著，要不，我們等天黑了再吃吧。」

「好啊。」柳紀明給了蘇奈一個微笑。

「你經常有笑臉啊，阿明。」

「妳也是啊，妳不凶的時候，也是笑臉的，很漂亮呢。」

「呵呵，什麼我很凶？你很常說我漂亮，我真漂亮嗎？」

「是啊。」柳紀明說著，心裡卻忽然不想再說這個，總覺得像是哄小女生。

「我問你。」

「妳說。」

「這個時候大家在過節的，你不會想家嗎？」

「想家？」柳紀明楞了一下，這個時間，布莊早就關門，發紅包讓員工回家，自己也應在家裡等著大家圍爐吃團圓飯，聽父親說話、訓示，再過一段時間大家各自解散。

「應該沒有想家的念頭吧，來你們這裡，我覺得自己好像是這裡的人，這裡就是我家啊。」柳紀明老實說了自己的感受。

「是，這裡就是你的家，你要把這裡當成你的家。」蘇奈說得用心，又意有所指。

「我很喜歡跟你們在一起，比在我家跟我的家人在一起還自在快樂。妳問我想不想家，我還真不好回答呢。」

柳紀明的不好回答，確實有幾分難以說明他與老家的關係。他不同於那些在原鄉斷了根或徹底刨開關係的人，他只是一時興起而來到大員。這個一時興起並未因為他待了夠長夠久，跨過一兩個年頭而淡逝去，反而因為生活著而愈發感到有趣、新鮮與生猛。對於想不想家？他清晰的記憶老家的一切，就像他依然住在那裡，他清楚這個時間，他必須清帳作帳，盤點店裡布料與銷售額，準備關店門，並交代夥計前後檢查門窗。等他回家跟母親問好，等候吃飯，跟家人聊天或不聊天，回自己的房間，閱讀或寫字，或躺在床上發呆想事。但，這些不是想家而是記憶。

兩人聊著，說著，笑著，有意義沒意義，就像被問及想不想家那樣，既不想也想著，兩人既是聊天也是彼此關係的距離親疏的拉扯。

「我看我們先吃飯吧，天都黑了。」蘇奈說。

「也好，這個時間他還沒回來，就應該是不會吃飯了。」

「光說話，我都忘了點燈。你坐一下，我點燈進屋子吃飯吧。」蘇奈說。

「我來幫你點燈。」柳紀明說著，點燃了根草芯，引燃院子與亭屋的煤油燈。飯桌在屋子與亭屋之間的廚房，空間不大，一家四口剛剛好，這是柳紀明第一次進到這裡，覺得煤油燈的照明下，矮桌椅構成的吃飯空間，顯得溫馨。兩人一餐無語，蘇奈內心卻是千言萬語，她臊紅著臉，眼迷心醉的吃飯，終於跟自己心愛的男人單獨的、充滿甜蜜的吃飯。忽然，院子口叫喚聲把蘇奈拉回現實。

「誰在那裡？」蘇奈聽出是西蒙的聲音，心裡一頓咒罵，挑這個時間來，「進來吧，我們在吃飯。」

「怎麼這麼晚吃？」西蒙進屋子看見才扒了半碗飯的柳紀明。

「今天煮了米飯，等古阿萊等到剛剛還不見人影。我們就先吃了。不知道他會不會回來？」蘇奈說。臉上的紅臊，剛剛被稍稍的氣白了。

「如果他沒說不回來，就會回來，只是不知道什麼事耽誤了。」西蒙說，忽然想到什麼，接著說，「這個時間回來，會不會遇到半路要錢的羅漢腳？」

「你不要嚇人啊。」蘇奈說。

「那怎麼辦？」柳紀明想到古阿萊會遇上什麼，放下了碗筷。

「我想應該沒事，不過，我們去看看吧，說不定在路上會接到他。」

「我跟你去。」柳紀明說。

「好，你快把飯吃了，我去準備火把，順便找拔初一起。」

西蒙再回來時，果然與拔初佩了刀，帶著火把。他給了柳紀明一根火把。

「別擔心，我們只是走走散步，古阿萊比我們都聰明強壯，不會有事的。你在家吧，熱個湯，說不定古阿萊帶著酒回來。」西蒙對蘇奈說。

「喔！」蘇奈顯然對西蒙這種以男人對家人的口氣，有些不習慣與排斥，還沒來得及反應，他們已經離開院子。

三人浩浩蕩蕩帶著火把出門，卻在走到部落入口，就看到古阿萊，佩著刀，執起一把火把走來。四人相遇，討論的卻是古阿萊那把以油松木片做成火頭的火把。

古阿萊為什麼這麼晚回來？青仔的女兒阿芬很多年以後回憶這件事，她說是因為古阿萊的拜訪送禮，讓青仔高興得非要留下他吃晚飯，還考量古阿萊路途遠，提前吃了晚餐。所以，古阿萊並沒有太晚離開鹽水港，卻也是天黑，一般人都吃過晚餐的時間。

初六那天，古阿萊徵得大家同意，決定下田開始清理雜草，西蒙與拔初也同時各自帶著家人進行。工作前，因為多年前種植黑麻廢耕之後，長出了不少雜樹與芒草，要以刀具清除並不是件有效率的事。古阿萊決定先放火燒了再以刀具清除尚未燒盡的樹幹、草叢。所幸，這是冬天，多半的茅草枯黃，加上多年廢耕，樹下、草叢多有枯枝腐葉，火燒效率應該高些。古阿萊、柳紀明、蘇奈三人，用去了大半天，砍除土地邊界上的草作為防火巷。接近傍晚開始點火時，柳紀明已經倒在田邊的亭屋上，惹得古阿萊與蘇奈笑個不停。拿刀使刀對他而言，是全然不同於搬運貨物的力道，以至於手臂、腰、背都瘦疲的直不起身來。

第二天有些部落人自發性的來幫忙，把枝葉燒盡的立樹砍下，集中作為家裡燒飯的柴薪，另外把殘留的草叢鋤倒，與細碎無用的枝葉集中再燒一次。這樣也用去了兩天的時間。西蒙與拔初的狀況也大致如此，這讓他們感慨當年他們墾田種植黑麻的辛勞。

葉開鴻果然在元宵過後第二天一大早，帶著六輛裝滿甘蔗段苗的牛車出現在番仔寮。見到原本的莽草雜樹，已經燒成空曠的焦褐色，整片土地只看到在零星的灰燼下長有不均勻的微微青綠色草芽，大為讚賞。他不記得他有這樣教古阿萊怎麼處理那些草。

古阿萊的田地上，大致齊聚了十五個揹著背簍與鋤具的人，除了古阿萊、蘇奈與柳紀明，還有西蒙與拔初以及他們的家人與族人鄰居。六隻牛鞍配上犁之後，東西向的一畦一畦的挖出種植溝。眾人便依照指導，在種植溝內，每一尺插種一根。牛犁田的速度快，才過了中午就已經轉換到西蒙的田。插種的人們慢了些，快到傍晚前一個時辰，才插完不到一半。

柳紀明也在插種的行列，他緊跟在古阿萊與蘇奈之間，一方面學著怎麼使用尖鋤，一方面由古阿萊兄妹倆隨時補上他落後的進度。但糟糕的事還是發生了，就在中午準備休息以前，柳紀明沒注意到一顆在種植溝上的石子，一個沒踩穩，扭傷了腳踝，而已經往下揮動的尖鋤卻不知怎麼的，鋤向他扭傷腳的腳背，痛得他大叫了起來。他拒絕了回古阿萊家休息的建議，整個下午他便在田邊的亭屋睡覺、休息，看著大家一畦一畦的插種。

古阿萊希望第二天柳紀明就別下田，留在亭屋等他們回來即可，但柳紀明堅持要跟去。但第二天早上，古阿萊與蘇奈準備吃早餐上工，柳紀明還在睡覺，兩人便留了飯菜上工了，直到中午，蘇奈想起柳紀明，不知他吃了沒。

「那個阿明起床吃東西了沒？看來，這種工作不適合他啊。」蘇奈邊鋤邊說。

「哈哈，這麼聰明可以當頭家的人，的確不適合幹粗活，可是他好像很享受啊。」

「是啊，真是個怪人，明明可以輕鬆的跟著葉頭家跑來跑去，卻要跟著來做這些粗重的事。」

「也多虧他，我們這些事都進行得很順利，我們的田看來今天可以種植完畢。明天換西蒙的地。」古阿萊直起了身子，看看已經種上甘蔗的地，忍不住讚嘆：「真是好看啊，我們的地。這要長起來，像那天我們去砍的甘蔗園，那一定很好看。」

「的確是這樣的，阿明是個很帶運氣的人。看來每個人都有他適合的工作，不過，一個可以拿尖鋤打自己腳的人，還真是少見啊。」蘇奈說著也忍不住笑了，「我去看看他醒了沒，弄個東西給他吃。」

蘇奈一直鋤到她這一畦的邊界，便先回家，見到柳紀明正坐在亭屋，輕輕搖晃著身體，她走了過去。

「你還好吧？」蘇奈伸手輕輕抬起柳紀明扭傷的右腳查看，腳踝腫得不大，前面破皮的地方稍稍紅腫，「一定很痛吧。」

「很痛，也很有意思，我從來都不知道，身體可以這樣子受傷，也不知道這種痛會一直來一直來。」柳紀明說。

「很有意思？疼痛還很有意思？你真是個特別的人啊。」

「我不特別吧？我下了鋪，還試著走路，雖然痛，還是可以走路，只是身體好像少了一塊，踩著地的感覺都變了，我第一次知道這種事啊。」

「你還下了鋪？」

「我要小便啊。」

「喔。」蘇奈尷尬的給了柳紀明一個笑臉，「你坐一下，我給你弄吃的，我還要再回去田裡工作，今天下午甘蔗應該可以種完，明天到西蒙的田。」蘇奈把放在亭屋睡鋪的早餐盤拿走，進了廚房。真是可愛的人。她心裡笑著。

廚房有一些熟食，昨天的米飯還有一些，她切了幾片燻肉，夾了一些醃菜，想著弄點喝的，又覺得一身黏想洗把臉，她放下餐盤，舀了桶水到廚房一角的洗浴間。正月裡，天氣不算熱，田裡工作，還是流了不少汗。她洗了臉，索性又脫去上衣擦身子，她忽然想起一件事，透過洗浴間竹編牆的縫隙，看到柳紀明坐在那兒搖晃著身體。蘇奈遲疑了一下，褪去所有衣物，仔細的擦浴全身，覺得一身清爽而體內一陣燥熱向擴散，逐漸沁上皮膚。她燥熱著，裸著身走出洗浴間，心跳逐漸加速，她深吸了一口氣，朝著亭屋喊著：

「阿明，你進來一下。」蘇奈喉頭乾涸的，喊聲都變了調。

「喔！」柳紀明應了聲，下了亭屋平台，一瘸一瘸地沿著亭屋廚房的連結通道，進到廚房，見到一盤食物在矮桌上，他往左看，蘇奈紅著臉全裸著站在洗浴間前，兩手交疊著放在肚臍與恥骨之間，安靜的看著柳紀明。在柳紀明印象中，稍稍外擴、飽脹的乳房，此時充了氣似的，稍稍往內集中托起，挺昂的乳頭，噘著，張蕊著。腰更細了，腹部出奇的平坦內縮，而恥骨上像是兩張山棕葉倒插疊層的陰毛，密緻的從中線向兩側梳開。兩條勻襯有肌理的長腿，直掛向地面。

柳紀明楞了一下，目光也沒迴避的打量著蘇奈，然後被深深的吸引，木頭人似的，一動也不動的站著。

蘇奈走向柳紀明，輕手將柳紀明雙手牽起，放在自己的胸部，她喉頭乾得厲害，嚥了嚥口水，顫抖著說：「這是你看過的身體。」

柳紀明感覺蘇奈通體泛著淡淡粉紅而溫熱著，隔著半個手臂的距離，他明顯感受那的溫度與蘇奈的羞怯。柳紀明沒有收回雙手，他感覺蘇奈的乳頭抵著手心著，他忍不住，左手壓貼了上去，而右手以手背順著蘇奈乳型，由內向底下輕輕貼觸滑過下方乳球，再滑向蘇奈左腰背。蘇奈已經微張著唇，輕閉著眼，不自覺輕吟了一聲。柳紀明停止了動作，一動也不動。時間似是過了許久，蘇奈睜開了眼，滿臉疑惑又羞怯的趕緊低頭退了一步。

柳紀明覺得應該做個解釋，他走向前，輕輕執起蘇奈的雙手，將她的雙手疊著貼向他的小腹，又往下滑到襠部，安靜的貼著。蘇奈忽然掙脫著抽起雙手，憤怒與屈辱地瞪了柳紀明一眼，轉身跑進洗浴間穿衣。

「你看不上我！」蘇奈輕吼著。「不管我暗示了你幾次，你就只是不斷的迴避，你根本沒把我放在眼裡！幹！」蘇奈又說，洗衣間「垮啦」的有些聲響。

「不是那樣的。」柳紀明說。

「你了不起！」蘇奈走出了洗浴間，「你要的女人都跟仙女一樣。」

「不是那樣的。」柳紀明抓住了正要經過他身邊的蘇奈的手，「妳聽我解釋。」

「不要，我不要聽，沒有人可以這樣羞辱我。」蘇奈想掙脫，柳紀明抓得更緊。

「我是逃婚，才離開家裡的。」

「什麼？你說什麼逃婚？」蘇奈沒聽懂「逃婚」這個詞是什麼意思，聽到這是柳紀明離開家的原因，忽然反應不過來，這又是那一樁？跟她受屈辱感有什麼關係，她停止了掙扎，仍不願回身看柳紀明一眼。

「我的父母一直要我結婚，他們前後安排了兩次婚姻，我第二次就逃掉了。」柳紀明說著，放鬆了抓握蘇奈的手。

「這跟我有什麼關係？我逼你了嗎？」

「不是那樣的。我對女人沒有任何生理反應。」

「沒有反應？我不信，在新港社那晚，我注意到你的身體反應很激烈，你甚至還呻吟出來，你在夢裡一定跟誰幹這檔事。」

「那是喝酒的關係，我完全不知道發生什麼事。直到妳貼近，我聞到妳的味道，我完全清醒，也完全平靜下來。」柳紀明省略了古阿萊的片段。

「你別再羞辱我了！你娘的。你的意思，我完全沒有吸引力，我是個冷水？你火燙的身體聞了我的味道，你就全熄了念頭？你祖媽的，怪不得啊，我全身讓你看了，碰了，你居然像個女人看到我的身體，只會說好看？哎呀，阿明啊，你這是人話嗎？你這樣羞辱我？」蘇奈氣得轉過頭瞪著柳紀明，迸出了幾個罵詞。

「我的確像個女人那樣看著妳。」

「什麼？你……」蘇奈又想罵人，但柳紀明的話讓她感到驚嚇。

「我很喜歡妳，我真的很喜歡妳，從小到大，我家裡面的女人從來沒有少過三十個，我總是跟著女人過日子，我卻從來沒見過像妳一樣的女人。從我第一次見到妳，我就對妳有強烈的好感，但，那是一個女人喜歡一個女人的欣賞與讚嘆。」

「你說你是女人？」

「不是，我喝了酒還是很……」柳紀明沒說出「很硬」之類的粗俗話，「我是說，我有正常男人的身體，但是我沒有辦法對女人有任何的生理反應。」

「這是什麼道理啊，你一定是妖怪，太可怕了。」蘇奈搖搖頭，想離開。

「妳先別走，妳聽我說。」柳紀明攔住了蘇奈，「我們家開布莊，我甚至後來也有一家布莊自己當頭家。從小到大，我從來沒有吃過任何苦，我甚至連掃地的事也沒有做過。我來到這裡，只是單純因為逃婚，然後跟著羅漢腳搭船來大員，最後到了鹽水港，遇見了古阿萊他們，我便不想走了。再後來到了妳這裡，我才真正有一個家的感覺。妳美麗、健朗、能幹，我不相信有任何一個男人，可以對妳不動心。」

「你啊，你不動心，你根本沒把我放眼裡。」

「不是這樣的，妳是我的家人，我的姊妹，我想跟你們過生活，但是我沒辦法像一個男人對妳產生任何慾望。我二十七歲了，看過不少女人的身體，可我從來沒有對一個女人產生慾望。不是我不想，是根本不會有念頭。我不是妖怪，更不是沒有把妳放眼裡。」柳紀明說完忽然哽咽，他轉了身走出屋子，回到亭屋，坐在睡鋪邊，兩腿懸著。

他忽然有了想回泉州老家的感覺。他已經兩次與人表白自己的家世，這一次，他甚至說出了自己離家的原因，下一次呢？他愛慕古阿萊的事會不會又在什麼情況下說出來。不可以的。他心裡用力的說，這是他唯一感覺甜美，值得一輩子珍藏的感情。他不準備跟包括古阿萊在內的任何人說。

大約一管菸的時間，蘇奈氣也消了，穿上了衣服，拿了一盤食物走到亭屋。

「你吃飯吧。」蘇奈平靜的說，「如果，我不在乎身體的需要，你願意跟我住在一起嗎？我們可以組一個家庭。」

「妳是聰明人，這件事情妳不能過度浪漫啊。」

「怎麼？」

「我對妳一點幫助也沒有，懶惰、愛睡覺，沒事愛閒蕩，什麼粗重的工作也做不了。誰幫妳種田啊？妳不想要養一堆小孩，組一個大家庭嗎？這裡的人，西蒙最適合妳，不是我，我是沒有什麼用的。而且，就算我真的把這裡當成自己的家，過些時候，情況都變了，我只會是累贅，而且，我感覺我遲早要回去的。」

「唉，你們喔，講契約，講現實，總是把事情說得清清楚楚，除了生孩子賺錢，沒有任何情愛浪漫，你把我最後一點點幻想，徹頭徹尾給澆熄了。」蘇奈搖搖頭，「算了，算我做了夢愛上你這麼個人，現在我清醒了，我去工作了。真討厭啊。」

「喂，蘇奈！」

「幹什麼？」

「我的事，妳別跟別人說啊。」

「唷，你還怕丟臉啊。看在你很喜歡我的份上，我就守著祕密不說了。還有，今天的事，你死了也別跟人說啊。今天，真是丟臉啊我。」蘇奈搖搖頭，往院子外走去。

柳紀明回到鹽水港大致是七天以後的事。番仔寮的種植期結束後的第三天，他的腳也幾乎完全復原。依據葉開鴻的規劃，因為這個時期是採收與種植的重疊時間，他建議古阿萊等人除了自己甘蔗園的除草管理，其他時間多多參與鹽水港周邊幾個甘蔗園的種植與採收，一方面觀摩與熟悉整個種植、採收甚至糖廍製糖的過程與成品輸送，一方面也藉這個機會打工賺點生活費。因此古阿萊、蘇奈、西蒙與拔初，一大清早前往新營東北方上次採收的甘蔗園南側一座更大的甘蔗園工作時，帶著柳紀明一起離開番仔寮。

考量柳紀明可能還不太能快步走遠路，一行人在天剛亮時便出發，古阿萊一開始就走在前頭，西蒙與拔初走在後頭。蘇奈，甚至刻意走在柳紀明不到兩步的距離，上了牛車路，蘇奈並走在柳紀明身旁。

「怎麼？」柳紀明覺得蘇奈有事。

「前幾天，我們做完了西蒙的田以後，西蒙忽然跟我說，我家的田地很大，將來我恐怕沒辦法一個人照顧得了。」蘇奈以柳紀明可以聽見的最小音量說話。

「他跟你求婚？」柳紀明幾乎壓低聲的說話。

「算吧，但是，這不符我們的規矩。我就跟他說，阿明很早就和我說過，這裡只有西蒙適合我，我們可以一起在田裡工作，還可以生一堆小孩。所以，如果他願意，我可以討他過門。」

「妳真的跟他說了？他答應了嗎？」柳紀明忍不住偷偷回頭望向西蒙，發覺西蒙正越過拔初的頭頂，露出詭異的笑容。

「他？他高興得跳下田，他說你真是個帶來好運的人。」

「是嗎？我真是帶運氣來的人？古阿萊有什麼想法？」

「我還沒告訴他，我想他會接受的。」

「接受？難道他會不高興？」

「怎麼會不高興？只是會感到意外吧，意外我不是跟你。」

「哈哈，這個……」提到感情，提到古阿萊，柳紀明總是很難一下子整理出思緒。「讓人尷尬啊。對了，妳打算什麼時候？」

「西蒙要我問問你的意見，他不好意思開口問你，他說這是部落規矩，由女人決定這事。」

「規矩？妳看，你們還不是訂了一堆規矩，讓人彆扭。」

「哎呀，那不一樣啦。」

「你們的想法呢？這可不是我要結婚啊。」

「我們討論過了，等年底吧，賣完這批甘蔗，他把地全留給他家人，再進我家門。我這甘蔗賣了，也好分一半給古阿萊。這一段時間我跟西蒙可以相互幫忙，只是各住在自己的家。也讓我好好觀察這個人，是不是真的跟你說的一樣適合我。」

「這樣很好啊，幹嘛還問我？」

「這樣當然好啊，我出的主意還能不好啊。我這麼問，是問給他看的，免得讓他覺得我太凶太霸道。」

「哈哈，妳喔。」柳紀明說著又偷偷回過頭望向西蒙，發覺西蒙的笑臉充滿感激與幸福，柳紀明趕緊給他一個微笑。

「問妳！我的事，妳沒跟他說吧？」柳紀明壓低聲音說。

「沒有！」蘇奈斜著眼帶著微笑看著他。

「還有，妳的身體真的很好看！」柳紀明貼過臉，幾乎以氣聲說。

「呸！」蘇奈瞪了一眼，把頭擺正朝著前方，笑了。

柳紀明沒有跟著古阿萊等人一起去甘蔗園工作。從番仔寮回來以後，他直接留在鹽水港，他跟其他的羅漢腳搬運工一樣，排班等工作。他認為這樣最舒服，時間與工作量可以自己掌握，他有更多的時間睡覺發呆。需要整天工作的農田，並不適合他。但偶爾應葉開鴻的邀請，一起去了幾個糖廍走走，甚至協助某些需要較多談判條件的事，葉開鴻早已經確認柳紀明在某些關鍵時機的判斷能力，他總是適時的接話引導，讓雙方取得較合理與滿意的談判結果。

葉開鴻的信任與委託，令柳紀明感到稍稍撫平自己白住在倉庫的虧欠感。

「我有件事想跟你宣布。」一日，從麻豆一家糖廍回來葉開鴻說。

「應該是大事！」

「的確是大事啊，我已經請風水師看時間，四月中旬，我的大厝要開工，我打算蓋一間雙層的大厝，就是先前我說的想法。希望柳頭家到時候也能一起來。」葉開鴻滿心歡喜的說，也不避諱的稱呼柳頭家。

「哈哈，你這麼稱呼我，到時候我該以布莊頭家柳紀明的身分出席，還是羅漢腳阿明的身分出席呢。」

「哈哈，你看我，一高興就說了自己的心裡話，這一切隨你啊。」

「好，如果我還在，我一定以葉頭家助手的身分跑到旁邊偷偷出席，如果我不小心回去了，我會以柳頭家的身分出席。這件事會註記在柳家記事中，很多年以後後人會知道，道光二十七年（一八四七）泉州柳記布莊頭家柳紀明，出席鹽水港葉開鴻大厝起工動土儀典。」柳紀明很認真的說。

「怎麼？你要離開？」

「還沒有，只是這些天忽然有這種念頭，淡淡的。可是，我很喜歡這裡，也喜歡這種生活方式。」

「哈哈，柳頭家畢竟是柳頭家，我不敢多想把你留在這裡，糟蹋了你一身本事，不過，還是那句老話，您自在的住下去，你多住一天，我算是多賺一天。你要是真不走，委屈你做我的總管，我另外起一間厝讓你住，工作時間你隨意。」葉開鴻聞出了一股別離氣息，他幾乎是開了條件想留人。

「那就先謝謝葉頭家，這聽起來很吸引我。我就這麼個懶散的人，蒙你一路多照顧，真是感激不盡。」柳紀明說。

柳紀明並沒有真正想離開的意思，可就只是一個念頭，特別是他向葉開鴻與蘇奈，分別說了自己的來處之後，這種情緒實際是被挑起的。

葉開鴻離開之後，柳紀明走向港口邊堤，他在常去的樹下看見一隻遊蕩的狗走過，他脫了鞋，像往常一樣，壓在腳踝下，然後仰躺著。

傍晚的鹽水港還是忙碌的，有些船正緩慢的確認泊位固定，搬運工從各船、倉庫收工中，有些人坐在邊堤抽菸休息，而遠處水道上，已經出現一批又一批歸巢的白鷺鷥，成人字形低空飛掠。幾個住在草寮的同夥看見柳紀明躺在邊堤樹下，都笑兮兮的打招呼經過。所有人正忙著準備休息。

「阿明，你在這裡啊。」

聽到古阿萊的聲音，柳紀明趕緊爬了起來確認。「古阿萊，你不是去甘蔗園？這麼快回來，其他人呢？」

「我沒有去了，那樣太久了工作時間，我其他事都不能做了。我跟蘇奈說，我去一次、兩次就好，其他時間我來這裡找工作，還要去我師父那裡學功夫，我剛剛從師父那裡回來。」

「哈哈，當初是你拉著大家去種甘蔗，現在反而是你第一個跑回來。」

「不是那樣，我想種甘蔗，也是希望年紀大一點的時候，還能有個穩定工作，也是希望給蘇奈一個生活的依靠。現在，我一方面做粗工，一方面學木工技術，我想，老的時候我應該還過得去，況且現在，蘇奈已經跟西蒙說好了，所以我很放心啦。他們好好學，將來一起好好種田。現在，我不用再那麼認真去種甘蔗了，偶爾幫蘇奈、西蒙、拔初他們做一些田裡的工作就可了。」

「蘇奈跟西蒙說好了？」

「是啊，蘇奈說今年賣了甘蔗就讓西蒙過門，她講了他們的計畫，我沒有繼續聽完，我覺得腦袋一直哄哄的不知道怎麼思考，我覺得對不起你，本來以為你會跟蘇奈在一起的，我也一直期望那樣。」

「唉唷，西蒙跟蘇奈本來就是最好的一對啊，不是我，你看我跟流浪狗一樣，到處躺著睡覺。」

「哎呀，你這麼說我都不好意思了。明天這裡有工作嗎？」

「你又不是不知道，工作每天有，我只是懶惰，有做就好。你要來嗎？」

「要，我要去學工夫，工作也還是要做一點，過幾天，蘇奈的甘蔗園要除草，就要忙那裡了。」

古阿萊與柳紀明的談話不長，但柳紀明很是喜歡，特別是古阿萊說了幾句，然後等著下一句說什麼的空檔，他看著他，覺得自己很實在，也很快樂。

但這樣的幸福又能維持多久呢？柳紀明莫名地開始有了焦慮。望著遠處西半邊的雲彩，橙紅光映中，也有了一些灰黑雲塊遮擋著晚霞。

夜裡，柳紀明夢見阿才，阿才沒多說什麼，只是安靜的看著他。他被遠處的狗吹螺喚醒了，醒得一身雞皮疙瘩。

「呸，真不吉利啊。」柳紀明輕聲的咒罵著。

三天後的下午，古阿萊匆匆的跑來倉庫，「砰砰砰」的樓梯走動聲，把剛剛躺著準備睡一覺的柳紀明吵醒。

「發生什麼事？」柳紀明幾乎是驚醒著，看見古阿萊緊張又滿臉笑容的樣子，也覺得迷糊了。

「沒事，不是，是有一件事想跟你說，不是，是想請你幫忙。」

「你慢慢來，別著急，說吧。」

「是這樣的，我的師父說要給我說一門親事。」

柳紀明心頭忽然挨了一記重槌，悶得他氣喘不過來也接不上話，只維持著笑臉看著古阿萊。

「說要把他的女兒阿芬嫁給我。」古阿萊顯得害羞，頭都低了下來。

「我說我沒有錢可以娶她，但是他說沒有關係，如果願意，可以跟他們住在一起，以後，我們可以一起做木工賺錢養家。」古阿萊抬頭看著柳紀明說，「阿芬也說願意跟著我。」

阿芬？是哪個阿芬？柳紀明知道有個女孩住在一條巷子，曾經是個很美麗的藝閣。他想問，但問不出口，只專注的調整氣息看著古阿萊。

「我答應了，可是不知道該怎麼娶人家的女兒，畢竟他們不是我們番人。」古阿萊說，「後來，師父說，可以請葉頭家夫人做媒人。」

「葉頭家夫人？這確實是適當的人啊。」柳紀明稍稍清醒了。「所以，你的意思是，我們現在去找葉頭家，請他幫忙。」

「嗯，我不知道該怎麼辦，所以，我來找你想辦法。這個親事，師父暗示了很久，我不好回答，這一次他主動講清楚。我想既然蘇奈的事已經講定了，我答應師父應該是最好的決定。你很聰明的人，你幫我。」

「客氣什麼，你的事就是我的事，我們現在就去找葉頭家。」柳紀明感覺自己內心在哭泣與顫抖，也因此特別清醒與激動，手腳都顯得無力與輕顫。穿了鞋子，上了鎖，便拉著古阿萊下樓。

兩人下了樓，正準備往葉開鴻家走去，卻看到葉開鴻正從港口走回來，他前去協調第一批糖貨出船的時間。他們等在倉庫前，把古阿萊的事說了一遍。葉開鴻忍不住哈哈大笑，答應一定請他太太翁蜜做這個媒人。

葉開鴻的大笑，是因為原本要替柳記明說的媒，因為葉開鴻覺得不適合，因而難以啟齒拖延到現在，沒想到最後居然是事主柳紀明帶著古阿萊來請他幫忙，而且還是青仔主動提出的親事，這事繞了一圈，讓葉開鴻直呼神奇，大為開心。

古阿萊回家前，忍不住抱了柳紀明。

「阿明，你真是個帶來幸運的人，到時候你一定要幫我，我不知道你們是怎麼結婚的。我只能想到你，你真是個帶來好運道的人。」

「你別想這麼多，媒人會告訴你一切怎麼做，別緊張。我也沒結過婚啊。」柳紀明安慰著，心裡想著一輩子就這樣偎在古阿萊懷裡多好，他深深的吸了口氣，想把古阿萊吸進身子裡。

當晚，柳紀明一直無法入眠，壓抑著聲音哭了幾回，港口附近吹了幾回狗螺聲響應，他記得好像是阿才一直陪著他，拍撫著他的背，整夜，一句話也沒說。

醒來時，太陽已經高掛斜照了進來，柳紀明赤著腳下樓，走到港邊，又沿著邊堤下到溪床，經過草寮時，注意到草寮內空著的睡鋪，大致補到了十一個。他很自然的走到他習慣泡浴的地方，在那裡浸浴了好長時間，直到自己覺得清醒了些，便又順著溪床往上游走去。去年最後一次走這個區域，當時是秋天，滿視野的褐灰白芒花情景，現在已經變得綠油。這是第一次，柳紀明覺得，綠油是一種絕望的顏色，他漫無目的走著，很久以後，找到了一塊有遮蔭的大石頭上，躺下，忍不住地放聲大哭。

再回到倉庫，已經是天黑了一段時間，柳紀明刻意的避開草寮，沿著溪床一路直接走到港口邊堤，轉回倉庫，上樓，鎖了門，躺著，睡著，安靜的哭著。

不知過了多久，他被自己的飢餓喚醒，但精神都來了。他推開了門，屋外明亮讓他幾乎張不開眼。他深吸了口氣，又長長的呼了口氣，決定穿鞋下樓到市場找點吃的。

經過港口，有個工頭叫喚他，他揮了手大聲回話，「我先找吃的！」

他稍稍驚訝於自己的聲量，想起自己哭了大半個白天和晚上，忽然笑了。

「阿明你笑什麼？」一個聲音從他後面傳來。

他認出是拔初的聲音，回頭，果然是。「我笑我自己啊，怎麼可以把自己餓成這個樣子，頭都昏了。不聊了，我先去找吃的，你吃過沒？」

「哈哈，再一個時辰就正午了，你問的是中餐嗎？」

「別笑我了。怎麼只有你一個？你沒有在田裡？」

「葉頭家介紹的甘蔗工作今天沒有，我想來這裡找些工作賺點零用，所以跟著古阿萊來了。西蒙跟蘇奈留在番仔寮鋤蘇奈田裡的草，他們很恩愛啊。」

「古阿萊呢？」柳紀明忽然不想聽蘇奈恩愛的事。

「他說要去找你。你跑到這裡來，他怎麼找得到你。」

「先不管，我去吃個東西再來，你要去嗎？」

「我這裡還沒有結束，你自己去吧。」

「好吧，看起來你很認真啊，不像你了。」

「喂，什麼話啊。你去吧，我好像有別的事要找你，過些時候吧。」拔初說，「等一下，早上來的時候，你以前睡的草寮那些人，說昨晚上鬧鬼，他們看到一個跳水死掉的羅漢腳，沿著溪邊一直走到港口，他們怕死了，有人說要搬到別的地方去了。你知道這個事嗎？你怕不怕啊？」

「沒有，我沒聽過這個事。我是羅漢腳，窮得連鬼都怕了，我還怕鬼？我先走了。」

柳紀明揮了手離開，到市集找吃。心想拔初也有事找他，自己還真不能夠躲著一切啊。不過，說起昨晚鬧鬼的事，他忽然笑起來了。

「我變鬼了。」他笑著說。

古阿萊是先去找了青仔，再回來找柳紀明，青仔證實葉開鴻妻子翁蜜有來探詢婚事的意願與細節，初步決定依古阿萊的希望，在甘蔗收成後的年底再來辦婚宴。因此古阿萊在十一月初的時候得依禮提親。青仔也轉告古阿萊的意願給媒人，說是因為不懂這種事，希望葉頭家娘全權幫忙處理，翁蜜自然是答應了，也要青仔放心，她會好好的處理這件事。

古阿萊找到了柳紀明，告訴他這些決定以及商量的結果。

「古阿萊，我真為你高興啊。沒有比這個更適合你、更圓滿的事了。」柳紀明拍拍古阿萊的臂，心裡卻一陣酸。

「是啊，我想了想，確實也沒比這個更合適。都是你啊，我的好兄弟，你帶給我們無數的好運道。」

「別說這個了。我們是好兄弟啊。」柳紀明說著，心裡卻狠狠的抽了一下。

你們都有了好運道，我的愛情呢？柳紀明苦笑著心裡吶喊。

才剛入夜，柳紀明已經習慣性的從護庇宮走到港邊走走，他注意到船長王仔已經燃起了火把，似乎在整理船。王仔也發現了柳紀明，喊了他上船。

「船老大要出貨了？」柳紀明上了船說。

「是啊，葉頭家調度的第一批貨物要出貨，這一次，幾個頭家召了五條船，明天一起出發。」

「葉頭家要坐鎮押船嗎？」

「沒有，葉頭家要留下來處理進貨。這一次是黃頭家跟陳頭家親自帶隊，去廈門與泉州。」

「泉州，你的船去泉州嗎？」

「是啊，你要跟嗎？」

「這個，我考慮一下。」

「貨物明天開始裝，弄一弄大概要後天下午才會出發，你隨時想到了，就跟我說，我的船有空位，我也需要你啊。」王仔說，「你看我光顧著說話，你坐吧，今晚沒事吧，我們可以坐這裡聊聊。」

「我還能有什麼事呢，能悠閒的坐在不晃動的船上喝茶，應該是件很享受的事吧。」

「哈哈，是啊，我沏個茶，或者你想喝點酒，我這裡有酒。」

「喝酒？聽起來也不錯，我們可以喝酒。」柳紀明確實想喝酒，他上船，原本也是期望船長陪他喝點酒，他知道船上有，這是王仔上次說的。

兩人對飲，酒喝得慢，話倒是說得不少。柳紀明有了醉意，耳朵也遲鈍了，他任由王仔叨叨絮絮，只機械性的點頭。望向船外，發現一些樂趣了，他注意到半滿的月亮已經升起，在遠處山稜上的雲海破碎間隙中，時隱時現，照映在港口水面的映光有時長有時短，甚至也浮浮沉沉。

「這水面居然有霧氣。」柳紀明說。

「有啊，入夜後，天一涼，很自然就有水氣，越晚越濃變成霧，你居然不知道，這要罰三杯啊。」

「船老大別笑我，我這是第一次真正閒下心坐在甲板看鹽水港。你看，連月亮都沉落在水面。」柳紀明注意到，逐漸濃密的水氣成霧，在火把的照明下流動著，不仔細看，還以為霧氣與遠處倉庫疊影著。而鹽水港半圓弧的水面，恰如今晚的月亮，不同的是，水面墨綠，而月亮倒影卻皎潔輝亮，在水面霧氣下，也時隱時現，猶如迷失了去路。

柳紀明望著此景，想起什麼忽然喃喃道：「霧失樓臺，月迷津渡……霧失樓臺，月迷津渡……」

「阿明先生，你念詩？還是什麼？你好有學問啊。」

「我忘了，我忘了誰寫的，我太久沒有吟詩誦對了。」柳紀明撓了撓頭，覺得酒精開始作祟而渾身燥熱。迷濛中，霧氣裡，他彷彿看見阿才，從水中冒出，安靜無語的看著他。

「我第一次知道鹽水港可以這麼美，它應改名叫『月津』，月迷津渡。那是一件多麼文雅的事啊。這水面太美，月光太美，鹽水港的房影透過水面霧氣，也有幾分搖曳，美啊。

我……我是不是該學李白，入水撈月？船老大，你等著，我替你撈月去。」說完，柳紀明縱身一跳，躍出船身入水。

「好，阿明，把月撈了，我們一起放心上。你的苦處，我知道，我的苦處，可只有我知道。哈哈哈。」王仔醉了，他大笑，然後一直掉著淚說話。

王仔說話的聲音近乎哭嚎，那種壓低聲響半泣半訴的說著話，他見柳紀明縱身入水，像是帶著自己的心事落水，令他心頭一陣莫名的暖意。

阿明，我理解的，就像這港區的夜色，即使天天在這裡工作的人，都未必知道，更何況隔條街那些不同世界的人們，更不可能理解啊。

「得有相同的情感，相同的敏銳啊。我知道的，我從見你第一眼就知道了。」王仔總算清楚的說話，「糟了，人呢？」

王仔警覺到柳紀明下水太久沒動靜，整個酒醒了，慌亂的想站起身探個究竟，卻見到柳紀明全身濕漉漉的，從上船的木棧板走來。

「你……」王仔瞠著眼以為看見了鬼。

「這水好冷啊，我回去睡了。你早點休息，明天我跟你一起去。」柳紀明沒多走向前，說完便頭也不回的離開。

柳紀明醒著，睡著，夢裡哭著，笑著，一直到隔天下午才打開房間門。他決定回泉州，除了身上的衣服，他留下包括剩錢的所有東西。他將鑰匙插上大鎖孔後，下了樓梯，然後上船坐在木船離岸的另一舢，安靜坐著。想起了葉開鴻，想起了一個上午幾次出現在閣樓門口的古阿萊等人，他不想跟任何人碰面與道別離。

動土。

那是一八四七年（道光二十七年）農曆二月下旬的事。同年四月，鹽水港著名的八角樓

（二〇一七年十月二十五日　岡山）

INK PUBLISHING
文學叢書 606

月津

作者	巴代
總編輯	初安民
責任編輯	陳健瑜
美術編輯	陳淑美
校對	吳美滿　陳健瑜　巴代
發行人	張書銘
出版	INK 印刻文學生活雜誌出版股份有限公司 新北市中和區建一路249號8樓 電話：02-22281626 傳真：02-22281598 e-mail:ink.book@msa.hinet.net
網址	舒讀網 http://www.sudu.cc
法律顧問	巨鼎博達法律事務所 施竣中律師
總代理	成陽出版股份有限公司 電話：03-3589000（代表號） 傳真：03-3556521
郵政劃撥	19785090 印刻文學生活雜誌出版股份有限公司
印刷	海王印刷事業股份有限公司
港澳總經銷	泛華發行代理有限公司
地址	香港新界將軍澳工業邨駿昌街7號2樓
電話	852-2798-2220
傳真	852-2796-5471
網址	www.gccd.com.hk
出版日期	2019年 10月 初版
ISBN	978-986-387-301-3
定價	300元

※本書獲「財團法人國家文化藝術基金會」「財團法人原住民族文化事業基金會」創作補助

國家圖書館出版品預行編目(CIP)資料

月津／巴代著．--初版．
新北市：INK印刻文學，2019.10
面；14.8 × 21公分．--（文學叢書；606）
ISBN 978-986-387-301-3（平裝）

863.857　　108009352